极限失控

赤蝶飞飞◎著

时代出版传媒股份有限公司
安 徽 文 艺 出 版 社

图书在版编目（CIP）数据

极限失控/赤蝶飞飞著.—合肥：安徽文艺出版社，2023.9
ISBN 978-7-5396-7609-8

Ⅰ.①极… Ⅱ.①赤… Ⅲ.①推理小说－中国－当代
Ⅳ.①I247.5

中国版本图书馆CIP数据核字(2022)第221526号

出 版 人：姚 巍
责任编辑：张星航　　装帧设计：张诚鑫

出版发行：安徽文艺出版社　www.awpub.com
地　　址：合肥市翡翠路1118号　邮政编码：230071
营 销 部：(0551)63533889
印　　制：合肥创新印务有限公司　(0551)64456946

开本：880×1230　1/32　印张：9　字数：200千字
版次：2023年9月第1版
印次：2023年9月第1次印刷
定价：45.00元

(如发现印装质量问题，影响阅读，请与出版社联系调换)

目录

第二个故事《惊声尖笑》

第三个故事《夜长梦多》

楔子　噩魇

轰隆隆！

一个炸雷震得窗玻璃嗡嗡直响，雷声余音未消，外面又传来急促的拍门声。

被惊醒的夏天裹着睡衣走出卧室，打开客厅的灯，墙上钟表显示此刻已接近凌晨3点。他没有立即开门，而是警觉地透过猫眼向外探视，外面黑漆漆的，什么也看不见。疑惑间，又是一声炸雷，楼道的声控灯亮了，猫眼中立刻现出半张丑陋可怖的脸，那脸如同一只被捅烂的蜂窝，横生的槽洞里又布满灰褐色的肉蕾。

夏天本能地打了个哆嗦。这时，拍门声又响了，比刚才听起来更加暴虐和狂躁。夏天迟疑地从里面旋转锁钮，簧片刚发出嘣的一声，门就被撞开了，沉重的金属板材重重磕在夏天额头上，顿时让他眼冒金星、血流如注。

半边脸如同鬼魅、半边脸尚算正常的中年男子从门外闯入，那男子一袭湿衣，浑身散发着浓浓的酒气。在客厅灯光下，通过正常的那半张脸，可见其样貌与夏天有着几分相似之处，从年龄判断，应是夏天的父亲。然而，这位父亲不仅不去关心受伤的儿子，反倒冲其大声咒骂，责怪他为何不早些给自己开门。

吵闹间，一中年女子穿着睡衣从另一间卧室出来，从样貌和年纪来看应是夏天的母亲。看到受伤的夏天，她惊慌失措地捂住儿子流血的额头，然后开始大骂丈夫。

父亲带着酒劲一个巴掌抡过去，然后扯住母亲的头发死命往墙上撞。从他利落熟稔的手法来看，这绝非首次施暴。为保护母亲，夏天奋力攥住父亲的手腕，僵持几秒钟后，将其狠狠地甩开。父亲有些诧异地望着儿子，从他意外的程度来看，夏天当属首次抗拒他的淫威。

因此父亲恼羞成怒，他反身从客厅茶几上抓过一把水果刀气势汹汹地冲过来。担心儿子再受伤害，母亲连忙挺身而出。同样，为了保护母亲，夏天也迎了上去。母子联合锁住父亲的手腕，把刺过来的锋刃扳成垂直向上的利锥。

在双方进退拉锯中，一阵狂风自楼道袭来，冲进房间后打了个旋，随即把房门咣地摔上。紧接着又是一声炸雷，四下的灯全熄灭了。

黑暗深处，空气里是夏天粗重的喘息声和狂乱的心跳声。等闪电再一次照亮客厅的刹那，他惊骇地看到，父亲脸朝下趴在地板上，身下正冒出殷红的血浆。母亲也看到了，她掩口抑制住几欲冲出喉咙的尖叫，瑟缩10余秒才壮着胆子走上前，小心翼翼地把父亲扳过来。借助闪电的亮光，看见父亲瞪大眼睛，胸口插着那把锋利的水果刀。

母亲伸手试探了父亲的鼻息，继而瘫坐在地。夏天愣愣地站着，许久才弯腰去搀扶两腿发软的母亲。就在此刻，他发现被闪电映得惨白的地板上有个晃动的影子，侧目看去，不知父亲何时站立而起，嘴角挂着阴森诡异的笑，一边拔下扎在胸口上的水果刀，一边朝自己摇摇摆摆地走过来。

惊恐万状之下，夏天一时没有反应，直到对方扑上来一手死死卡住自己脖子，一手握着尖刀凌空划下时才想起自我防护。虽然他攥住了父亲握刀的手，后者的脸却压得更近，雷电交加中，那张可怖的面孔在忽明忽暗的光影里愈加狰狞。突然，一大摊黑血裹着含混不清的骂词从父亲口中喷薄而出，瞬间淹没了夏天的双目……

一 命运的使者

夏天再次打了个哆嗦，瞳孔中浓重的猩红逐渐化为一团柔和的白光。他使劲揉了揉眼，视野随之变得清晰，定睛一瞧，自己正趴在卧室里的电脑桌前，夜色间，不远处的窗外只留着几盏寂寥的灯火。

又是噩梦，5 年来，类似的梦境不知出现过多少次了。

抹了把额头上的冷汗，夏天打着哈欠走出卧室，打开客厅的灯，墙上的挂钟显示此刻是 2020 年 7 月 21 日 23 点 27 分。他放轻脚步，推开另一个房间的门，发现母亲屋里黑漆漆、静悄悄的，唯独床头的风扇传出吱呀呀的声音。

关好门，来到洗手间，夏天打开水龙头洗了把脸，然后走进厨房，从款式有些陈旧的冰箱里拿出瓶可乐，拧开仰脖灌了几口，最后关掉所有灯回到卧室。

通过夏天适才的行动轨迹，我们可大致了解这个家庭的基本状况：面积不大，顶多 60 平方米，是一个设计比较紧凑的两居室，装修比一般家庭还要寒酸一些，家具也非常简单，但物品归置得有条有理，地面也十分干净整洁。

当然，如果你稍微观察得仔细一点，就会发现，这里的环境跟适才梦境中是完全不一样的，至少后者面积更加宽敞，家具也要像样得多。也等于说，夏天曾经过过一段尚算体面的日子。

重新坐回椅子里，夏天拿遥控器关掉了老旧的空调。天气依然很热，但经历了刚才的噩梦，身上的寒意这会儿仍未彻底消散，除此之外，过于舒适的环境只会让人意志消沉，比如刚才他就在小说创作中迷迷瞪瞪睡着了。当然，他这么做，最重要还是为了省电。

又喝了一大口可乐，夏天继续进行创作。他不是职业作家，仅仅是在下课之余爱好悬疑小说创作而已，日积月累，渐渐有了些名气。2 年前大学毕业后，他进入一家贸易公司，工作刚刚稳定下来，不料年初发生新冠疫情。公司因业务不断萎缩最终倒闭，接下来夏天一直未找到特别合适的工作，于是小说创作不得已成为夏天当前谋生的主要手段。

夏天擅于创作长篇小说，作品主要在一家名叫“悬疑世界”的网站上连载。该网站是国内首屈一指的悬疑类小说原创基地，拥有逾千万的铁杆粉丝，他的代表作《傀儡》就是在“悬疑世界”一炮走红的。

但最近，夏天又迷上了中短篇小说创作，这并非兴趣点开始发生转移，而是因为后者创作周期短，来钱相对快。而投稿的渠道也是通过“悬疑世界”，它开设有一个出版方、作者和粉丝三方交流的论坛，里面时常发布一些专业悬疑杂志的征稿信息。因读者所好，夏天眼下正在创作的就是一部悬疑类短篇小说。

跟别人不一样，夏天在创作时不抽烟不酗酒不饮茶也不喝咖啡，而是通过可乐来提神。现在，可乐喝光了，作品也接近尾声。从电脑屏幕右上角，视线越过空空的可乐瓶子，可见墙壁上有张夏天跟母亲的合影。相较适才梦中的形象，母亲虽苍老不少但气质依旧高雅，儿子虽更加清秀俊逸，但眼神中透着更多的阴郁。

把视线重新收回到屏幕跟前时，夏天已经完成创作，他梳理一遍稿子确保没有瑕疵然后点击保存。关闭 word，打开浏览器登录“悬疑世界”，他的眼睛忽然间明亮起来，因为“悬疑世界”的论坛里标红闪动着一则“一字千元重金征稿”的讯息。

“悬疑世界”的帖子审核以极其严苛而出名，其标红处理显然也是经过版主许可的，所以诈骗的可能性不大。夏天本能地点了一下，结果屏幕陷入黑暗，就在他以为计算机接触不良导致显示故障的时候，耳畔传出一个陌生的男声：“夏天先生，你好！”

夏天吓了一跳，毕竟家里只有自己和母亲两个，哪来的第三人呢？而且一张口便直呼其名，这也太匪夷所思了。惊诧中，夏天发现屏幕不知何时又亮了起来，上面被一个小丑的面孔满满占据。

“我是命运的使者。”“小丑”的嘴巴一张一合道，“想要接纳好运避免噩运，就必须如实回答我五个问题。”

夏天看了看音箱，声音的确是从那儿传出来的。莫非遭遇了黑客，电脑系统被控制了？如果是这样，虽然不用害怕遭遇实实在在的人身攻击，但存在电脑上的那些稿子难保万全，因此他把嘴凑到麦克风跟前小心翼翼地问道：“你到底是谁？我凭什么听你的话？”

“我说过了，我是命运的使者，我拥有扭转时势、颠覆乾坤的能力，既可以让你遇难呈祥，也可以让你祸从天降。”“小丑”似乎发觉夏天暗地里有什么动作，于是警告道，“不要企图关掉电源，那将使你所有的心血化为乌有。”

夏天本能地把压在主机电源上的手缩了回来，进而站起身环视四周。他怀疑房间内被人装了监控，否则，即便“小丑”能看到自己，以屏幕和摄像头对应的角度，根本无从发现他刚才手上的动作。

“不要紧张，坐下来慢慢聊。”见夏天还在站着到处巡视，对方叹了口气，“这盏灯实在多余，还是熄了为好。”话音刚落，房间的灯自动熄灭了，只剩下电脑屏幕还亮着。

“这下妥了，你不用再受周边环境的干扰，可以安心坐下来回答我的问题了。”“小丑”毫不理会夏天的反应，慢条斯理地开问，“第一个问题，你所经历的最恐怖的事是什么？”

夏天仍沉浸在深深的意外和惶惑中，根本没听清对方的问话：“你说什么？”

“你所经历的最恐怖的事是什么？”“小丑”重复了适才的问题，见夏天仍站在那里发呆，他换了种安抚的语气，“一字千金，请珍惜当前的机会，也请务必相信我掌控一切的能力。”

夏天当然不信怪力乱神之说，但眼下情状又一时难以解答。作为试探，也作为周旋，他决定暂时答应对方的要求。

“的确，我经历过一件极为恐怖的事情，就发生在5年前。”想到那件事，夏天情不自禁打了个寒战，凉气随即顺着脊柱冲向后脑，“那件事的发生彻底改变了我的人生，从此也为我植下了噩梦的根源。”

二　邀请函

“小丑”点点头，示意他继续讲下去。

“我的父母都是话剧演员，他们在大学时认识，毕业后很快结了婚。可他们的婚姻并不幸福，因为我父亲除了长得好看外几乎一无是处，他脾气暴躁，而且经常酗酒，我和我母亲挨打受骂是家常便饭。我 4 岁那年，父亲因跟别的女子产生婚外情，被对方的男人报复毁了容，从而结束了演艺生涯。自那之后，他变得更加狂躁和暴力，我和母亲的生活也正式开启了地狱模式。直到 5 年前那个下着雨的晚上，我们才得到意外解脱。因为，我最恨的那个人……”夏天咽了口唾沫，停顿片刻后缓缓吐出三个字，“他死了。”

“小丑”问：“你杀死了你的父亲?”

“不，是他自己杀死了自己。”夏天矢口否认，“当时他拿着水果刀冲向我和母亲，我们被迫自卫，双方争夺刀具的过程中忽然停电，等下一道闪电照亮房间的时候，他已经倒在地上，胸口插着那把水果刀。后来警察到现场，经过研判确定是他自己造成的意外。虽然我恨极了他，可他毕竟是我的亲生父亲。我永远都忘不了当时的场景，他的眼睛瞪得老大老大，一副死有不甘的样子，地板上到处都是血……”

夏天讲不下去了，电脑屏幕微弱的蓝光映射在他有些抽搐的脸上，可见那件事情对他造成的冲击的确非常大。

“嗯。”“小丑”再次点了点头，“目睹至亲的死亡，而且以如此惨烈的方式，的确是件极端恐怖的事情。记得刚才你提到，你对你的父亲充满怨恨，那么这个世界上你最爱的人又是谁?”

“这算是你的第二个问题吗?”提到爱，夏天自觉身上洋溢着一层暖意，将适才体内累积的冰寒逐渐化解。

“对。”“小丑”说，“于你而言，这或许跟上个问题一样简单。”

的确如此，夏天的答案不假思索地脱口而出：“我最爱的人，是我的母亲。”

说完这句话，夏天拖着从僵硬逐渐变得柔软的身躯坐回椅子里，不等对方示意主动讲了下去：“她美丽、热情、时尚、风雅，追求她的男人不在少数，可她最终还是选择了我的父亲。父亲遇事不顺尤其毁容失业后，每天对我们娘俩非打即骂。母亲本是要强的人，平时眼里揉不得半粒沙子，无奈我是她的软肋，为防止她不在的时候我变成唯一的出气筒，她不得不变得与世无争、逆来顺受。为了我，她甚至放弃了自己钟爱的演艺事业。作为报答，我发誓要保护母亲一辈子，不让她再受一丝一毫的伤害。”

“小丑”：“或许，找个伴侣来照顾她更为妥当，从众多追求者中为她挑选一个，也不失为你的一份孝心。”

“你的话听起来没错，也的确有不少追求者。其中有一个叫邵飞的成功企业家，他跟我母亲是初中和高中同学，多年来一直倾慕我母亲。父亲死后，他更是对我母亲展开了长达5年的苦苦追求，虽然母亲有所动心，但我坚决不同意，我无法接受任何一个接近她的男人，尤其是追名逐利的商人！父亲溅在眼前的那摊血仍历历在目，我绝不能让母亲重蹈覆辙受二茬罪!”

“小丑”摇头：“这并非保护，而是一种无形的禁锢和枷锁……”

夏天粗暴地打断：“这不是我们需要讨论的，请继续你的第三个问题。”

“小丑”问：“好吧！你认为你最大的缺点是什么?”

夏天思考了几秒钟：“可能有些过分敏感。比如我既希望表现自己，又特别在意别人的评价；我不会轻易相信任何人，所以几乎没有一个特别知心的朋友，甚至……我至今没有恋爱过；我缺乏胆量去追求，也没有勇气接纳别人；我不是很自信，总担心自己出了什么问题……”

“小丑”说：“在医学上，这叫作暗示性自卑症……”

“我没有病。”夏天再次打断对方，“敏感也罢，自卑也好，这顶多属于性格缺陷，不是病。”

“好吧。”“小丑”也不多废话，直接进行到下一个问题，

“你所经历过的最严重的危机是什么？”

夏天皱着眉思考。

就在“小丑”等得有些不耐烦准备开口的时候，夏天的答案来了。

“死亡。”夏天盯着“小丑”那张面无表情的脸，“父亲在的时候，母亲挨打受骂很多时候是因为我，父亲死后，母亲受尽艰难以致债台高筑也是因为我，没有我，她一定可以过得更好。所以，我实施过自杀，幸亏母亲发现及时把我送进医院。可以说，没有母亲我就不可能活到现在。”

“我知道你想说什么。”见“小丑”又要讲话，夏天提前堵住了他的口，“我没有病，不要把任何不正常的行为都视为病态！”

“你误会了。”“小丑”为自己辩解道，“我绝对没有这个意思，我是想问你最后一个问题——此刻，你最大的梦想是什么？”

虽然看不到对方的脸，但夏天似乎察觉到了面具底下所隐藏的笑意。于是他呼地站起，同时面露愠怒之色：“钱，我需要足够的钱，你能满足我吗？”

“说说你的困境吧，或许我真的可以帮助你。”“小丑”仍旧用一种不急不缓的语气说，“别忘了我是命运的使者，我有操控一切的能力。”

这话提醒了夏天，后者方才意识到自己仍处于受制于人的被动局面。因此，夏天长长吐出一口气，不得不慢慢坐回椅子里：“父亲被毁容加剧了他的防备心和控制欲，他开始疯狂控制母亲，不让她继续抛头露面。于是，原来的优渥之家变成了没有收入的困难户。父亲死后，原来的宅子没能卖出去，为了生计母亲不得不借钱在外面办了个演艺培训班，经过几年的发展眼看资金就要回笼，不料传染性疾病暴发，培训班最终因招生困难而倒闭，母亲欠下三百多万元外债。”

“这个数字对有钱人来说或许根本不算什么，可对我们这样的家庭而言简直是灭顶之灾，你无法体会逢年过节时被一群债主堵在门前讨债的心情，母亲为此愁得头发都白了。我看着万分心疼，却无能为力，毕竟那些赚来的稿费相较这笔巨债实在是杯水车薪。所以，我做梦都想得到一大笔钱，好帮母亲偿还这笔巨额债务。”

“小丑”又说：“如果给你个机会，可以解决以上所有问题，你……”

“这是第六个问题了。”夏天认为对方要跟他讲条件，故而又一次仓促地打断，“现在五个问题都如实回答完毕，你打算怎么帮我？”

“小丑”没有说话，几秒钟后电脑屏幕突然黑掉了。就在夏天手足无措的时候，房间的灯重新亮起，而电脑屏幕内的“小丑”不知何时出现在身边，这把夏天吓得差点叫出来。

“夏天先生，让您受惊了。”“小丑”躬下身，递上一张创意新颖、设计精良的邀请函，“我谨代表大赛组委会向您提出诚挚的邀请，望您一定参加。”

夏天好不容易缓过神来，疑惑地接过邀请函，当看到内页尾端的署名及椭圆形的红色印章时，只感到一股热血直冲脑门，继而愣在原地。

三　王牌故事家

这回不是惊吓，而是兴奋。这让夏天有点欣喜若狂。

因为红色印章明明白白地写着“《王牌故事家》悬疑文学大赛组委会”，落款乃该组委会的负责人向霖先生。

要知道，《王牌故事家》是国内悬疑界有口皆碑的网络直播栏目，在圈内有着广泛的知名度和极高的权威性。该栏目每期邀请十名嘉宾，以直播连线的方式进行技艺 PK，最终选出一名胜出者，奖金最高上千万。而参加者通常都是些推理名家，甚至不乏一些大师级的人物，所以能被邀请绝对是一件值得炫耀的事情。

当然，如此有创意的栏目其邀请方式、直播地点、嘉宾姓名、故事选题也都是保密的，至少每期都不相同。

由于该栏目是业界同类型唯一的，再加上材料和工艺都十分特殊的邀请函，夏天对其真实性并不怀疑，兴奋之中忘记了礼貌和客套，他颤抖着声音直接问“小丑”：“什么时候出发，需要带什么东西?”

“现在就走，您只需带几件换洗的衣物和必要的生活物品即可。”

尽管对深夜行动略有不爽，但夏天还是以最快的速度收拾完毕。背好背包，他环视四周，最后又拿上正在充电的手机和桌边那盒健脑安神口服液。离开前，他给母亲留了张字条压在鼠标下，说明去向，让母亲安心等他归来。

遵从“小丑”的要求，夏天被蒙上眼睛带入一辆早就等候在路边的轿车内，轿车行驶 20 来分钟，把他领到一个从声音到气息都十分陌生的地方。

取下眼罩，夏天发现自己身处一个 30 平方米大小的封闭直播间，这里没有窗户，门也是被密码锁锁死的。有意思的是，其装修风格和陈列布局跟搬家前自己的那间书房几乎一模一样，只是多了个便捷式洗手间和一张沙发床以及一个食品柜。当夏天准备提出疑问的时候，才发现“小丑”不知何时不见了。

夏天正疑惑，天花板某角落传来一个经过变声器处理的男声：“夏天先生，非常荣幸邀请到您参加我们第七届《王牌故事家》悬疑文学大奖赛，其他九位嘉宾也将陆续到位，现在是 2020 年 7 月 22 日凌晨 1 点 30 分，即刻进入比赛时间。或许您已经看过我们的栏目，但在这里，我还是要重复一下比赛规则，以便您知悉和遵守。不过在此之前我想先说明一下，考虑到直播效果和保密原则，本期我们将继续采用分机摄制和联网直播。也就是说，您和其他九名嘉宾分别待在不同城市的直播间，每个直播间配有一名 Waiter（工作人员），以便在条件允许的范围内给嘉宾提供必要的协助。

“当然，由于栏目的特殊性，我们所有工作人员都不便以真面目示人，作为您的 Waiter（工作人员），我也一样。此外，想必您已经发现，我们的直播间为全封闭，比赛结束之后门上的密码锁会自动打开。总而言之，您需要在这个地方待上十日，这里有足够的食物和书籍资料，您不必为吃饭和读书的问题担忧。如果您有特殊需要或者想增补物品，就请点击电子屏幕上的‘主办方’按钮，我会随时通过房间内的自动传输渠道提供服务。现在正式介绍比赛规则。第一，直播间内不允许使用手机和电脑网络，除了我之外，也不允许跟任何与大赛无关的人联系，以确保您在完全没有干扰的环境中安心创作。

“第二，从保护嘉宾安全和维护直播秩序的角度考虑，房间装有 360 度无死角摄像头，也就是说，您在面对直播镜头的同时也随时随地处于被监控状态，所以请务必谨言慎行。

“第三，通过墙上的电子屏幕，您将看到其他待在各自直播间的九名嘉宾和粉丝即时给出的分数，通过操作屏幕上方的按钮，可以跟其他嘉宾单线或群体通话，也可直接呼叫‘主办方’，除此之外，嘉宾之间不得以其他方式进行联络。

“第四，在这十天内，每位嘉宾须以现场创作和对外直播的方式，轮流讲述一个最能代表自己水平且可以不是主角但必须有本人参与的新故事，组委会根据全国粉丝投票情况排出名次。注意，您的故事内容必须原创，且题材不得跟其他嘉宾重复。

“第五，故事创作完毕后可以呼叫‘主办方’，我将根据您和其他嘉宾完成的状况请组委会进行先后排序，每天限一人进行直播，直播时间为每天下午16：00。

“第六，比赛结束，排名第一的嘉宾将获得‘王牌故事家’称号，并由大赛组委会主任向霖先生线下颁发荣誉证书，本期奖金为1000万元人民币。但必须强调的是，凡参与比赛的嘉宾不得中途以任何理由退出，否则除取消排名资格外还需承担组委会由此造成的经济损失。当然，违反比赛规则者亦按如上论处。夏天先生，您是本期十位嘉宾中第一个成功报到并上线者，因此拥有比别人更多的构思时间，上天总是眷顾勤奋和努力的人，祝您好运！”

言毕，直播间重新恢复死一般的寂静。夏天把背包放在沙发床上，从衣兜里掏出手机，脸上漫过一丝苦笑：不能上网、不能对外联系，这玩意儿只能当钟表使了。哦不，当钟表也用不上，因为电子屏上有时间，而且更清楚。

眼前的可触摸式电子屏为长方形，根据用途划分成两大块：左侧五分之一为功能区，上面有各式箭头和按钮；右侧五分之四为展示区，主要显示嘉宾信息和粉丝数据。其中展示区分为上下两行，每行有五个比较大的显示框。因为夏天来得最早，所以被系统默认排在第一位，可能是距离过近的缘故，他的脸在主摄像机的拍摄下大得有些变形，其余九个显示框则随机以九位嘉宾的头像低亮显示。

意料之中，夏天发现其他九位嘉宾都比自己有名，其中两位还是自己崇拜已久的偶像。一位是暂时排在第三位的卓不凡，此人男性，现年52岁，职业悬疑作家，代表作《弱视》。

他是悬疑界的“大哥大”，其作品字字铿锵有力，句句摄人心魄，风格狂放不羁。与作品对应，其外表也显得不修边幅，总是一副头发、胡子蓬乱的邋遢形象。至于性格，夏天通过电视上的综艺节目和人物专访了解一些，有点清高孤傲、冷峻寡言。

另一位是暂时排在第九位的欧阳凤玲，此人女性，现年39岁，职业悬疑作家，代表作《针眼》。她是悬疑界的“大姐大”，作品如同其人，笔法含蓄、情节婉转，仿佛蒙着一层神秘的面纱，让人猜不透看不穿。虽年近不惑但保养极好，外出活动中，她总喜欢顶一头茶色鬈发，身穿深红旗袍，显得知性优雅、大气端庄。同样，通过电视上的综艺节目和人物专访，夏天对她的印象是：平静之下暗流涌动，喜怒时常不形于色。

正看得热血沸腾、心潮澎湃，排在最末的一张照片突然高亮显示，随即被调整到第二位。此人夏天不仅认得，而且私下打过交道。他叫张森，男性，现年33岁，职业悬疑作家，代表作《黑色禁区》，系省书法家协会理事，创作小说之余喜欢挥毫泼墨。他扎着一条马尾辫，唇上留着小胡子，艺术家派头十足，只是人品不敢恭维。据夏天了解，此人极善于见风使舵，关键时刻明哲保身。

正看着，第一个和第二个显示框下方的灯同时闪绿起来。信号提示，张森要跟自己私聊。夏天有些不喜欢他，但断然拒绝难免引发对方敌意，犹豫片刻，他还是伸手按下了左侧功能区的联通按钮。

四　私聊

随即两人的头像被成倍放大，占据到右侧展示区的三分之二，其余人的照片则缩小显示。

“真的是你呀!”仔细辨别夏天的面孔后，张森显出几分惊讶和窃喜，“光看名字和小预览图，我还以为碰上一个跟你同名同姓的人呢!”

夏天脸色通红，语气中带着几分惭愧：“十位嘉宾中就我不怎么出名，难免让你感到意外。”

“不不不，能被邀请来的都是悬疑小说界的佼佼者，主办方火眼金睛岂会把人看错?”可能觉得言辞有点不妥，张森思忖片刻，忙又补充道，“当然，我也绝对没有看低你的意思，我只是为在这里遇到老朋友而感到惊喜。”

算了吧，你是在窃喜碰到一个实力比自己弱的对手，从而在竞争中多一分胜算！夏天暗想。

“自上次分别至今半年有余，一切都还好吗?”见夏天点点头，张森随后的话又不知不觉戳到了对方的痛处，“看背景，摄影棚是搭在你家书房吧？嗯，装修风格还是挺有品位的。”

夏天的嘴角抽搐了一下，没有言语。原来的房子因死过人至今没卖出去，眼下他跟母亲一直靠租房生活，60平方米的空间居住都局促，哪来的独立书房？或许正因为连个像样的摄制棚都无处搭建，主办方才把他请到这个地方来的。

跟夏天聊天实在沉闷，张森悻悻离开：“那……你先休息，婷婷过来了，我跟她说几句话哈。”话音刚落，第二个显示框下方的灯便闪断了，随即两人头像恢复到原始比例。

夏天这才注意到，第三个显示框不知何时已经亮起，镜头中的女子名叫孙婷婷，现年28岁，业余悬疑作家，代表作《墨菲定律》。她是汉服推崇者，酷爱琴棋书画，算是一位难得的才女。然而，恃才者多半傲物，故一直没有看得上眼的对象。

在众多追求者中，张森算是最执着的一个，他追求孙婷婷将近4年，圈里很多人都知道他用钞票折做生日蛋糕，一掷万金为红颜的故事，可惜未能成功。

由于二人选择了私聊，夏天这边听不到，他看暂时没有新的嘉宾上线，于是打开背包，取出一支健脑安神口服液，用吸管刺破瓶口的胶塞刚放至唇边，第四个显示框下的灯亮了，随即自己头像下的绿灯也亮起来。

新上线的名叫邱月，女性，现年29岁，业余悬疑作家，代表作《三岔口》。她是一位时尚达人，即便日常也涂着蓝眼影和红嘴唇，头发则染成淡青色，整个一贝蒂娜火鸡。此人讲话口快舌利，行事尖酸刻薄，在网上经常同别人发生口角，惹得圈子内外都不待见她。

跟刚才一样，夏天犹豫片刻才按下了功能区的联通按钮。

“Hello，小帅哥。”邱月没有直呼夏天的姓名，而是拿夏天最不喜欢的三个字语气轻佻地称呼他，“有兴趣聊一聊吗？”

“小帅哥”三个字，在夏天听来有幼稚、肤浅的含义，所以他明显有些不悦：“我叫夏天，希望你能正确称呼我的名字。”

“怎么，不喜欢别人喊你帅哥啊？”邱月仍旧一副开玩笑的口吻，“我这人啊嘴巴不好，通常都称人肥猪、鸡崽什么的，很少这么夸赞，除非见了真正的帅哥，没想到嘴巴甜了也有招人嫌的时候。不过说老实话，你的确长得蛮帅，算是悬疑界的颜值担当了。”

“谢谢夸奖。”夏天依旧冷冰冰的，“要是没什么事，我准备上床休息了。”说着，夏天打了个哈欠。

“这么刺激的栏目，这么令人心跳的夜晚，我就不相信你能睡得着。”邱月拿了根细支的香烟放进嘴里，拿打火机点着吸了一口，而后吐出浓浓的烟雾，“1000 万元奖金对我来说只是个数字，可一想到能跟卓不凡、欧阳凤玲等名家同场竞技，我就兴奋不已，对你来说，更应该荣幸备至吧？”

镜头被烟雾模糊掉了，仅隐约呈现邱月坐在椅子里的婀娜轮廓。夏天将口服液一口吸尽，正思考着要不要把私聊切断，这时，第五个显示框的头像亮了，随即有人请求加入。

来者金子琪，女性，现年 25 岁，是一位留着芭比头的小萝莉。作为一名业余悬疑作家，她出道晚，但作品风格相当成熟，代表作《邪视四十五度》，其视角独特、文风犀利，被媒体称为“天才般的少女写手”。金子琪跟夏天不止私下相熟，而且关系密切，算是十位嘉宾中夏天唯一能聊得来的人了。

看到金子琪上线，夏天阴郁的心情瞬间明朗起来，他迫不及待地按下了显示屏左侧的联通按钮。

“夏天，真的是你啊?”金子琪的脸因离镜头更近从而大得更为夸张，“乍一看名字和头像，我还以为认错人了。”

这话跟张森适才所讲类似，但在夏天听来，却丝毫没有嘲弄和揶揄的味道。

“连我自己都不敢相信呢，直到现在还恍若梦里一般。”夏天迎合着对方。

“那是你对自己的期许太低了，在我眼里你一直都很优秀的。”金子琪眨动着一双闪亮的眼睛，“以前我们两个都是合作关系，这次竟然变成对手了，哈哈!”

“我可不敢这么想。”夏天撇了撇嘴，“和你们相比，我就是来陪练的……”

“别这么说。”金子琪打断对方，“知名度又不绝对代表个人实力，像《王牌故事家》这样的直播栏目，除了实力比拼外，多少还有些运气较量的成分，现实中的各种 PK，所谓大师败给不知名选手的例子多了去了，你要自信点!”

夏天的嘴角弯了弯，他听得出，对方的话语里没有挖苦和讽刺，只有坦白与真诚。

“哎哟，两位一上来就聊得热闹，完全把邱某人当空气，看来你们这关系非同一般啊。”邱月夹着香烟阴阳怪气地插嘴道，“知名度怎么不代表实力？哪位大师败给了哪位不知名的选手？饭可以乱吃，话不可以乱讲，若被卓不凡和欧阳凤玲两位听见，怕是要责怪你们含沙射影、目中无人呢。”

“我们聊我们的，关你什么事？咸吃萝卜淡操心。”金子琪白了邱月一眼，似乎并不忌惮得罪眼前这位同行。

“嘿，小丫头片子怎么说话的，有没有点长幼尊卑啊？”邱月气愤地把吸剩的烟蒂摔到镜头上，“神经兮兮的，有病吃药啊你！”

夏天握瓶子的手一紧，他犹豫着要说些什么，刚打算开口，邱月便下线了。

“你不该得罪她的。”夏天担忧地望着金子琪，“她这个人睚眦必报，而且喜欢胡搅蛮缠，小心以后盯着你不放。”

“你没听说过‘一物降一物’吗？”金子琪满不在乎地笑道，“觉得难缠是因为你们好说话，碰上我这样刁顽任性、蛮不讲理的算她倒了血霉，想盯就让她盯着吧！”

夏天右手抓着刘海：“你这么说，我都不知道该怎么回了。”

“那就不提她了，说说这次大赛的事儿吧。”金子琪往后退了两步，在一个单人沙发上坐下，这样的距离使她的脸看上去显得正常一些，“目前在线的五个人中你来得最早，想必有关比赛的内容与规则 Waiter（工作人员）都跟你讲过了，怎么样，有压力吗？”

“肯定有。”夏天老老实实地回答，“拿奖金想都不敢想，但至少不能在观众和粉丝面前丢人吧？”

“不想当将军的士兵不是好士兵。”金子琪犀利地指出，“凡是来参赛的嘉宾，哪个不冲着‘王牌故事家’的称号和1000万元的巨奖？说老实话，你真就没想过要拿第一吗？”

夏天咽了口唾沫：有！不仅有，而且比谁都迫切。但他不想在别人面前显得那么功利，包括金子琪这样“聊得来”的朋友。另外，适得其反的道理他懂，毕竟希望越大，失望也就越大。

见夏天不吱声，金子琪也没有追问，自顾自地嘟哝道：“唉，读书的时候就怕命题作文，最喜欢自由创作，想不到本期让我们在特定范围内自由发挥，反倒不知该从哪里下手了。”

“我也是，思来想去没有一点头绪。”说着，夏天丢弃手里的空口服液瓶，掩口打了个哈欠。

“你困了？”金子琪一手托着腮帮子说，“搞文创的不都喜欢夜里爬格子吗？”

“没错。”夏天用下巴挑挑面前的大屏幕，“可现在已经快3点了，姐姐。”

“的确有点晚了，那你休息吧。我待会儿也要睡了，期待梦里能够灵感迸发。”

“晚安。”夏天站在原地，看着金子琪头像下的绿灯停止闪动，进而大屏幕右侧显示区恢复如常。

五　卓不凡的警告

确实到了该睡的时候，虽然夏天也喜欢晚上爬格子，但仅局限在前半夜，最晚不超过凌晨两点，否则他就会头痛失眠，即便喝了母亲给他买的健脑安神口服液也不管用。像今天晚上，若非23点多眯那一小会儿，他很难撑到现在。看看大屏幕，时间已近凌晨3点，加上内心的压力和亢奋，再不及时休息，估计得吃安眠药了。

对夏天而言，像邱月所说的那样一晚上不睡觉是不可能的，他可不想第二天带着一双“熊猫眼”去直播，万一出镜的话，粉丝看到了难免要担心，虽然比起其他九位嘉宾他的粉丝要少得多。但最重要的是，他需要时刻保持清醒的头脑构思新故事，绝不能因为失眠导致未来一天昏昏沉沉、了无收获。

于是夏天离开大屏，走向洗手间，他需要在睡觉前先上个厕所。虽然洗手间是整个工作区唯一的摄像头照不到的地方，但他还是在门板后面发现一个红色的感应装置，大概就是15

分钟不见人出来就报警那种。这东西通常装在公共洗手间用来防止如厕者滑倒等意外发生时出现无人救助的情况，安在这里倒叫人觉得有些不太自在。

匆匆忙忙解决完毕，夏天走出洗手间。他发现外面盥洗台的侧墙上挂着毛巾，不很名贵，却也干净柔软。拉开抽屉，里面牙具、牙膏、梳子等一应俱全，令他喜出望外的是，除电动剃须刀外，还有一台造型时尚的吹风机。

简单地洗漱完毕，夏天走到沙发床前，伸出两手往下按了按，床垫软硬适中。在床上坐了一会儿，又来到食品柜前，隔着玻璃，可见里面陈列的都是饼干、面包、罐头、香肠、果冻、饮料等方便食品，他特别留意了一下，食品柜右侧末第二排摆放的正是他创作时必须要喝的可乐。

转过头来，视线返回大屏，发现又有四位嘉宾上线。这四位按序号排，依次是：

6号弓涛，男性，现年29岁，业余悬疑作家，代表作《潜伏者》。这位经常留着飞机头、戴着黑框镜、穿着修身牛仔衣的青年才俊颇得夏天好感，夏天通过综艺节目和人物专访获知，该小伙虽然有些口吃，但为人简单直接，喜好打抱不平，给人一种另类的正义感。

7号沈方，女性，现年37岁。业余悬疑作家，代表作《卡琳日记》。这位看上去有些中性化的工作室老总总是顶着一头利落的短发，身着西式制服。由于她显山露水是在前些年，近几年主要退居幕后做管理层，也鲜有新书问世，再加上其为人比较低调，公开活动极少，所以夏天对她的了解不是很多。

8号连弛，男性，现年41岁，职业悬疑作家，代表作《裁缝》。他因面相富态，肚腩突出，常穿一件咖啡色的长衫，左腕戴着菩提子手串，留着光头，总是乐呵呵的，故别人赠他绰号“弥勒”，是圈子里有名的老好人。

9号欧阳凤玲，是夏天最为欣赏的女性悬疑作家，她的书每一本夏天都读过，而且不止一遍，提起书中的人物夏天都能如数家珍。看到偶像在线，夏天本打算上前打个招呼以求关照，却发现四五个人正在跟她热聊。因此，他改变了主意。当别人为某件事挤破脑袋、趋之若鹜的时候，他总会表现出相反的态度。

夏天的视线停留在10号位，后者头像仍以灰色显示。嗯，越是名声响亮、身份尊贵的越喜欢压轴出场，夏天这样想。这也难怪，谁叫人家卓不凡是悬疑界的“一哥”呢？十名嘉宾中他扬名最早，作品最多，而且至今仍是国内悬疑文学的领军人物。以他的名气，即便相比前几期的嘉宾，那也是独树一帜的大牌。

正想着，卓不凡头像下的绿灯亮了，静止的照片顿时切换成动态影像。夏天看到，卓不凡坐在金丝楠木制成的椅子里，两手按腿，脖子向前伸着，似乎在寻找什么东西，不多时，自己头像下的绿灯闪动起来。

——卓不凡要找自己私聊?！夏天受宠若惊，愣了好几秒，确认信号无误后才战战兢兢地按下了联通按钮。

“卓不凡老师，非常荣幸见到您。”望着偶像，夏天激动得声音都在颤抖，“请问您找我有什么事呀？”

“哦。”卓不凡的视线并不在夏天脸上，语气也冷冰冰的，“我正在熟悉显示面板的功能。”

夏天内心的热度直线下降：“啊，原来您点错了，我还以为……”

“没有点错。”卓不凡接下来的反应终止了夏天伸向联通按钮的手，“你叫夏天是吧？我读过你的作品，故事创意很好，人性揭示深刻，观点独特，文笔也很老辣，总之，读你的书，很难将其与你的外表和年纪联系到一起。”

这些话能从卓不凡嘴里说出来，已经是很高的褒奖了。然而，未等夏天的心跳恢复平静，对方的话便又发生了转折。

“实事求是地说，这十位嘉宾中间，你还是有一定竞争力的，想必能通过大赛取得一个不错的名次。但你最好听我一句，趁着大赛未正式开始，及早收拾东西离开，再晚就来不及了。”

“您的意思是……让我现在走人？”夏天怀疑自己听错了。

“是的。”卓不凡并不回避对方质问的目光，“你要相信，我这么做是为了你好。”

“我明白您的意思。”夏天局促而尴尬地笑了，“您是担心我实力不济，在比赛中输得过于难看吧？”

“不。”卓不凡伸出右手食指左右摇了摇，“你没明白我的意思。刚才我已经说过，在十位嘉宾中间，你是有一定竞争力的。我劝你放弃，不是因为你的名气比别人低，而是不想让你搅进这个危险的局里，为此白白浪费时间，弄不好甚至还会丢掉性命。”

“我还是不明白您的意思。”夏天仍在对方讲话的前半截内容中挣扎和扭曲，“一方面肯定我的能力，另一方面又劝我放弃比赛，这不是自相矛盾吗？况且，主办方说过，中途退出是要承担责任的，还有……”

夏天本还想说“铁门由密码锁锁着，我就是想走也出不去呀”，后仔细想想，又把它咽了下去。

“这么跟你说吧。”卓不凡望了一眼摄像头，似乎鼓足很大勇气才讲出下面这番话，“《王牌故事家》不是一个简单的赛事直播栏目，至少不是你想象中的那种。这潭水深得很，并非任何一位玩家都能从中得到好处且在危险来临时全身而退，除非你有绝对的把握夺取第一，否则能走多远就走多远。”

“您是说，赛事背后有着不为人知的阴谋？”以卓不凡的身份和地位，根本犯不着靠撒谎或恐吓来逼退一个与自己实力明显不相称的对手，而《王牌故事家》栏目夏天也看过几期，至少表面上未发现什么问题，因此夏天将信将疑，“以上这些，您是怎么知道的？”

卓不凡舔了舔发干的嘴唇，他似乎很久没这么长时间地说过话：“我只能告诉你，现在的社会是一个极现实的商业社会，为了追名逐利，很多人无所不用其极。《王牌故事家》肯斥资千万选霸封王，自然也不是什么赔钱赚吆喝的公益机构。很抱歉，面对摄像头我说这些已经违规了，信不信在你。”

“我没有理由不相信您的话。只是卓不凡老师，既然您认为这里面有危险，为什么您还要受邀参加呢？”话一出口，夏天就发现自己犯了严重的错误，故而羞赧地说，“对不起，我不该问如此愚蠢的问题，毕竟您是行业的佼佼者，有绝对把握力拔头筹……”

“跟这个没关系！”卓不凡不耐烦地打断道，“你得相信，我之所以这么做，一定有着不便解释的原因！”

“不用解释，我明白的。”夏天苦笑了一下，“《王牌故事家》就像悬疑界的‘春晚’，栏目组需邀请名家帮忙撑起台面，名家则需要通过栏目巩固身份和地位，至于我这样的草根选手，无非是台柱子的点缀和陪衬罢了。不管怎么说，我还是要谢谢您，换作别人，未必会主动告知我这些……”

“随你怎么想，我只是尽点人事而已。”卓不凡再度打断夏天，“该说的我都说了，别怪我没有提醒你。时间不早了，我要去休息了，再见。”

说完，卓不凡头像下的绿灯立即闪断。

六　黑猫

夏天目送卓不凡走到金丝楠木椅子斜后方的沙发床边，看着他脱掉鞋子上床，然后扯床空调被盖在身上。

为什么卓不凡上线后说出这番话，而且只提醒自己，并未去警告其他人？难道随意劝退嘉宾就不怕主办方实施处罚？还是因为他特别的身份和地位可以得到主办方的格外优待？

夏天带着满脑子的疑惑走到铁门前，拽住门上的把手本能地拉了一下，果然锁得死死的。转至沙发床边，脱掉鞋子和衣侧卧。不是不信卓不凡，而是机会实在难得，再加上主办方有言在先，中途退出需要付出代价，且铁门早被锁死，即便没有把握谋取第一，他也想尽全力拼一下，万一真如金子琪所说，运气爆好或者超常发挥最终得到第一名呢？

此刻大屏幕上，张淼和孙婷婷仍在私聊，其余嘉宾都已躺到各自的床上，有的已经熄灯睡觉。虽然《王牌故事家》的栏目夏天看过几期，但都是嘉宾面对镜头讲故事，可见的背景区域非常有限，像今天这般几乎全景式的后台展现还是头一次看到。不知道是不是主办方的要求，每位嘉宾所处的环境不同，比如有的在书房，有的在客厅，但都配备了食品柜和沙发床，可能为了方便摄制组录制嘉宾的日常，作为花絮满足粉丝们的需求吧。

想着想着，夏天迷迷糊糊睡着了。醒来的时候已经是第二天早上 8 点多，睁开眼看见屋顶的灯还亮着，于是抬起胳膊去关，结果四壁光秃秃的没有开关装置，定定神，这才想起不是在自己家里。

再看大屏幕，除邱月外，其他嘉宾差不多都已经起床，有的正从食品柜里取出东西来吃，有的正在盥洗台洗漱，有的在活动四肢，有的在偷空私聊。沈方则伏在写字台边拿笔托腮，貌似已经开始为大赛构思故事了。

虽然还没有正式进入直播状态，但通过大屏幕嘉宾们都是彼此可见的，夏天可不想让别人，尤其金子琪看到自己睡眼惺忪、蓬头垢面的模样，他匆匆到洗手间方便，然后洗脸刷牙，接着习惯性地给手机充上电，继而从食品柜里拿出一盒水果夹心饼干和一盒老酸奶。刚撕开饼干的袋子，大屏幕那儿便嘀嘀响了起来。

转头看去，原来是金子琪要跟自己私聊。夏天也正好找她有话说，于是腾出左手按下大屏幕左侧的联通按钮。

“早上好，夏天。”金子琪已经收拾干净打扮完毕，正元气满满地喝着一瓶奶昔，“怎么样，昨晚睡得还好吗?”

“还行。”夏天不喜欢边吃（喝）东西边说话，因此他的食物只能在手里掂着，“可能是太累的缘故，躺在那儿没一会儿就睡着了，房间里的灯都忘了关，搁在平时一超过凌晨2点肯定要失眠了。”

金子琪点点头，继续问道：“你的药还在吃吗？”

“都跟你说过多少次了，那不是药，是我妈给买的营养品。”夏天翻个白眼，嘴里嘟哝着，“我没病吃什么药？”

金子琪扑哧一乐，把奶昔吹得咕噜噜直响。

“你笑什么？”换作别人，夏天早生气了，也只有金子琪才能换来他不恼不怒的一句嗔问。

“你翻白眼的样子让我想起一个人。”金子琪憋住笑。

夏天：“谁？”

“王宝强。”三个字一出，金子琪噗地把嘴里没咽完的奶昔喷在镜头上，继而拍着胸脯咳嗽不止。

“哈哈哈……”夏天也笑了。

“对不起，对不起，我真不是有意的。”金子琪拿纸巾擦拭着摄像头，脸上满含羞涩和歉意，她的动作十分轻柔，仿佛在擦拭夏天被弄花的脸。

夏天丝毫没有生气，真的，在他看来，这样的金子琪非但不招人讨厌，反倒显出几分直爽率真和“软萌可爱”。

“好了，不闹了。”夏天恢复正色道，“你这一大早找我，有事吗？”

“也不算什么正事，就是觉得好奇。”金子琪换张纸巾继续擦拭着镜头，“你什么时候开始养猫了？你不是说过不喜欢小动物吗？”

“猫?”夏天愣了2秒钟，“我没有养猫啊。”

金子琪自顾自地说道：“那为什么会有只黑猫蹲在你床头，而且时不时地舔一下你的头发，看样子跟你很相熟似的?”

“黑猫?”夏天朝沙发床上回望了一眼，“在我床头?等等，你说现在?”

“就今天凌晨啊，嗯，大概3点40左右的样子。当时，我准备要睡觉了，想看看大屏幕上还有谁在线，结果看见有只黑猫蹲在你床头。”金子琪忽然想到了什么，忙不迭为自己解释，“我是在不经意的浏览中发现的，不是有意要看你的啊。”

“你等等。”夏天在房间各处检查了一遍，包括书柜顶端、写字台下、卫生间和沙发床底，确定什么都没有后又返回至大屏幕前，“我看过了，屋子里根本没有任何猫的踪迹，你一定是看错了……”

“绝对没有看错。”金子琪信誓旦旦道，“你房间的灯亮着，视野很清晰，而且目标是那么大一只猫，又不是……咦，如果你没有养猫，会不会来的是只野猫，然后趁你未睡醒通过门或窗户逃走了?”

“没有这种可能!”夏天断然否定，他本想说这里根本没有窗子，门也是被锁死的，但仔细想想觉得不妥，于是换而言之，“因为开空调我的门窗都是关好的，别说是只猫，就是只苍蝇都飞不进来。”

“你别吓我啊。”金子琪擦拭的手停了下来，“照你所说，是我的眼睛出现问题，或者精神过度紧张产生了幻觉?”

“拜托你也别吓我，刚才听你那么一说，我背上出了层冷汗呢。”说到这儿，夏天忍不住打了个哆嗦，“不谈这个了，咱聊聊别的，我正好有件事情要问你。”

金子琪将手里的纸巾丢进垃圾桶：“什么事？”

夏天环顾四周，小心翼翼地问：“咱们私聊，确定别人无法听到是吧？”

“应该是的。”金子琪点点头，又补充一句，“但主办方肯定能听到，你需要顾虑他们吗？”

“那没太大关系。”夏天稍稍安心一些，“昨天晚上，卓不凡老师主动找我聊天了。”

金子琪“嗯”了一声，似乎并不感到意外。

“他劝我趁大赛未正式开始赶紧离开这里。”迎着对方逐渐惊诧起来的目光，夏天咽了口唾沫缓缓解释道，“他说这是一个危险的局，弄不好会丢掉性命，除非有把握力挫群雄夺取第一。他还说，之所以透露这些，都是为了我好……”

“他为什么要跟你说这个？”金子琪忍不住打断，“卓不凡老师也是我的偶像，所以我对他十分关注。我注意到，昨晚他只跟你一个人聊过天，聊完之后就睡觉去了。也就是说，他那番话只对你一个人说过，不包括我在内的其他八位嘉宾。如果事实真如他所说的那样，他这么做的目的又是什么？”

“这也正是我想知道的。”夏天无奈地耸了耸肩，“至少不会是想劝走一个对手吧？如果是这样，那也该劝走一个势均力敌的，而非我这样的小角色。”

“你不要妄自菲薄好不好？虽说十位嘉宾中你是年龄最小的一个，出道也比较晚，但你能力卓越、才华横溢，大有后来居上的势头，除了你自己哪个敢小看你？”顿了片刻，金子琪接着说，“关于《王牌故事家》栏目，我也听到一些幕后传闻，想必卓不凡老师的话并非空穴来风。”

“至于仅仅提醒你一个，没有警告其他人，我估计有两方面的原因：一方面，可能他觉得其他人也会多多少少听说过有关传闻，没必要多此一举；另一方面，可能你初露头角，为人又比较低调、内敛，卓不凡老师觉得跟他没什么利益冲突吧。你也知道，卓不凡老师清高孤傲、不太合群，时常拒绝晚辈的新书推荐、友情转发等请求，对不够成熟的同行作品却不吝批评鞭挞之词，所以在圈子里的威望仅限于专业层面……”

“那就更不对了。”夏天也打断对方，“既然清高孤傲，他怎么会关心一个跟他毫不搭边的人的死活呢？这不符合他的性格嘛。”

“行啦，你就甭钻牛角尖了，他说了你不是也没走吗？就当人家好心提个醒，以后我们谨慎提防些便是。”金子琪看样子要离开了，“你抓紧吃东西，有人已经开始准备故事了呢。”

夏天朝沈方的位置看了一眼，听话地点点头，结束私聊。

吃完东西，夏天拿瓶可乐坐在写字台前，他没有开电脑，而是从抽屉里翻出纸和笔搁在桌上。前期的构思和创意他喜欢在纸上进行，这样随想随写，要比电脑方便快捷。就这样边喝边想，转眼几个小时过去，写了十几页的纸，却仍然没有满意的构思。

于是，夏天从椅子上起身，走到书柜前翻阅图书。——单靠冥想不是办法，他还需要从书中汲取灵感。没翻几页，便听到大屏幕处传来嘀嗒的声音。转头看去，见沈方的头像在显示区被单独放大，右上角显示“直播”字样，与此同时，左侧功能区的按钮全部变成灰色。原来到了直播时间——每天16：00，将由主办方根据这个人的完成顺序安排一位嘉宾讲述自己创作的故事。

“各位嘉宾，电脑、电视和手机前的粉丝朋友们，大家下午好。”此刻的沈方已经尽最大努力做出放松的样子，但从她僵硬的笑容中还是能看出紧张的心情，“很荣幸，作为十名嘉宾之一受邀参加本届《王牌故事家》栏目，并经向主办方申请，第一个开讲自己刚刚创作完成的故事。”

“作为日常生活中必不可少的一样东西——钟表，想必大家都非常非常地熟悉。我今天讲述的故事就跟钟表有关，只是这里所提到的钟表不似大家印象中那般平常，它有点诡秘，甚至用‘恐怖’来形容都不过分，这个故事的名字叫作《丧钟》，希望大家做好心理准备。”

直播内容不仅正式对外开放，对其他嘉宾也是开放可见的。因此，夏天开始侧耳倾听。

第一个故事《丧钟》

讲述者：沈方

楔子 交易

月朗星稀，虫鸣祟祟。

一行人脚步高低不平地行进在蜿蜒曲折的田间小路上，借助手机电筒发出的亮光，除崎岖不平的路面外，还可见半截豹纹短裙、裸露的小腿和一双暗紫色的平底凉鞋，由此可知行走者是个腿脚不太好的年轻女人。

女人边走边骂骂咧咧，小路走到头之后是一片黑漆漆的林子，出了林子，又在没膝的荒草中蹚行数百米，最终来到一破败的建筑跟前。月光下，根据建筑影影绰绰的外观，结合周边大致的环境，可依稀辨出这建筑原是一个废弃的机井房。

女人没有丝毫犹豫，跛着脚跨进机井房犬牙参差的大门。

“你个挨千刀的，半夜三更约老娘到这种地方……”女人依旧骂骂咧咧，不料骂词未完，忽然有只胳膊从后面勒住了她的脖子。

“啊！”女人顿时惊叫起来。

“叫唤个屁，是我！”背后传来一个低沉沙哑的男声并伴着粗重的呼吸。

听出对方的声音后，女人立刻没了怯意：“你个王八蛋，快把老娘放开！”

“那多没意思。”男人一手紧勒对方脖子，一手胡乱撕扯她的衣服，“在这荒田野地儿，你都不想玩点儿刺激的吗?”

“刺激你妈个×，放开我!”女人用手机向男人的裆部狠狠砸了一下，待对方哎哟一声弹开后又转身朝其重重补了一脚，“我踢死你个老流氓!”

“你个贱货没轻没重的!”男人捂着裆部痛苦地叫道，“这是要谋杀亲夫呀你!”

“少占我便宜，快把东西给我，咱两清。”女人伸着一只手。

“急什么?答应你的自然少不了。”痛楚渐渐淡去，男人从地上缓缓站起身，“常言说，‘一日夫妻百日恩’，咱都做过多少夜夫妻了，临了就不能再温存这最后一次?”

“滚!老娘这会儿没兴致。”女子整理着被弄乱的衣服，“还是那句话，东西给我，咱两清。”

男人把手伸进右侧裤兜里，摸了半晌，最终掏出两张皱巴巴的十元纸币递过去:“老子有钱，这回不让你白忙活。”

“去你妈的，把老娘当什么了，打发叫花子是吧?”女人破口大骂，“还是自己留着买张草席，省得死了没人埋!”

“别他妈不识抬举，给钱是瞧得起你，二十块钱还嫌少，你以为你是什么东西!”男人气呼呼地把钱塞回口袋里。

“东西给我!”女人反抓住对方衣领，“再他娘的磨叽，信不信我一个电话召来十个弟兄，分分钟撕碎了你?”

“我信我信!怕了你行不?”男人把手伸进左侧裤兜里，几秒钟后，取出一枚戒指托在手心，“喏，东西在这儿。”

女人松开对方，用手机电筒照射那物，只见其金光闪闪、炫彩夺目，就在她将要伸手去拿的时候，男人突然把掌心收了起来。

男人厚颜无耻道：“这是我妈临死前留下的，不说玉石，光纯金的坯头都值好几千呢，这样的宝贝不能轻易送出，除非你答应再赠送一次，就当作转手礼吧……”

女人不由分说，掰开对方手掌将戒指夺过，在手机电筒下仔细观察并轻轻用指甲刮其表面，刮着刮着忽然勃然大怒起来，把戒指狠狠砸在对方身上：“去你妈的金镶玉！竟敢拿仿银戒指镀上金粉糊弄老娘，玉也是玻璃做的，这玩意儿连二十块钱都不值！”

“我妈留下的东西，你嫌假找我妈去呀！”男人仍旧一种泼皮无赖的语气，“反正东西给你了，你也可以拿着去骗别人，赚多少归你自个儿，我一分都不要。”

“行，算你有种！”女人咬牙切齿地拿起手机拨号。男人见状急忙上前抢夺，两人很快扭打在一起。

你进我退中，女人的手机咣当落在地上，蓝幽幽的光照着两个胡乱纠缠的身影。突然，黑暗中发出咚的一声闷响，继而女人摇摇晃晃地倒了下来，她的后脑勺刚好枕住半截手机，殷红的血液和着石砖的尘渣渐渐淹没整个屏幕。

女人抽搐几下，不动了。男人似乎有些慌张，他丢下手中的砖头，蹲身拨开女人的头发查看伤势，接着又用染血的手试探下对方鼻息，最终一屁股坐在地上。

就在此刻，外面传来窸窸窣窣的响动，响声由远及近。男人判定，一定有人过来，而且此人并非路过，其目标就是这间机井房。绝对不能让人发现这里的秘密，否则这辈子就完了！这么想着，男人匆匆起身，两手拽住女人的双腿往墙角的方向拖。那里有一大堆散落的残砖，残砖与墙体夹角的空隙完全可以用来藏匿尸体。

藏匿好尸体之后，男人龟缩在破烂的铁门后面。当然，在完成这些之前，他先取走了地上那部见证凶案的手机。

外面的声响逐渐抵达机井房跟前。男人听得出，来者脚步沉重，似乎背负着什么重物。果然，几秒钟后，一黑影从门外进来，他似乎对这里的环境比较熟悉，或者根本不需要熟悉，因为他没有启动任何照明设备，也没有检查周围的环境，径直把背负的重物放在了地上。

扑通！男人通过响声估计，这重物至少百十斤往上，就在他猜测重物是什么东西的时候，伴随着黑影粗重的喘息，又有一个小一点的重物被安放在地。做完这一切，黑影站在原地喘息片刻，继而匆匆离开机井房。

听见脚步声远去，男人小心翼翼地自门后钻出，打开手机去照地上的重物，想看看那黑影半夜三更到这荒郊野地究竟藏了什么东西，说不定自己因祸得福就此发了大财呢。

很快手机亮了，然而，呈现在蓝光之中的却是……男人见状差点惊叫出来，幸亏及时捂住了口。慑于地上的重物，又担心黑影再次返回，他惊恐万状，接着从机井房里跑出，朝着黑影脚步相反的方向落荒而逃。

1 挂钟

梁译坐在椅子里，从老花镜中认真端详着放在桌上的一只挂钟。这是一只款式十分古旧的挂钟，但黄花梨木的骨架、精密考究的表盘和纯金制造的钟摆却又暗示着其身份昂贵、价值不菲。

很明显，挂钟有新近修补过的痕迹，补料的色泽、档次跟原材料不怎么搭调，可即便如此，其与生俱来的高贵还是令周围貌似光鲜的现代家具相形见绌。看着看着，梁译忍不住抬起胳膊，用他粗糙的双手将挂钟一寸一寸抚摸起来。

“爸，怎么还没睡啊？我都睡一觉了。”梁泽穿着睡衣从屋里出来。

“我不困，你接着睡去吧。”梁译头都没抬。

梁泽摇摇头，打着哈欠走向洗手间。1分钟后，梁泽从洗手间出来，见父亲仍在冲着挂钟发呆，遂走到桌子对面拉张椅子坐下来陪着他看。

“爸，从买回来到现在整整两周时间了，您还没看够啊？”见父亲始终视自己为空气，梁泽终于忍不住开口，“不就是一只破挂钟吗？您花大价钱买它回来修修补补也就罢了，因为您喜欢，可也不至于天天宝贝似的盯着它吧？我觉得您看它的时候比看我都多。”

“你懂什么？”梁译的视线仍在挂钟上，“这可是民国时期的东西，上层人家祖传的奢侈品，有着很高的收藏价值呢。”

“平时也没见您有收藏的爱好呀。”梁泽把身子往前探了探，“万千物品独爱这一份，别是有其他渊源吧？”

“平时也没见你这么多话！”梁译不耐烦地摆摆手，“睡你的觉去吧！”

梁泽不说话了，起身从客厅的冰箱里拿了袋酸奶，刚关好冰箱门咬开袋口，便看见父亲眼里噙满了泪水，开始哽咽，最后竟扭曲着面孔抽噎起来。转头看看墙上的钟表，时间正停留在 23 点 12 分。

在梁泽的记忆里，自父亲买回挂钟，差不多每到夜里这个时候，便会守着挂钟独自发呆，幽幽哭泣。问及原因，父亲只说是思念过世的母亲。可这也未免太准时了吧，所以在梁泽看来这个理由过于牵强。但慑于父亲的暴脾气，他一直没敢往深里问。而今日今时情景再现，且父亲看上去比往日悲伤更甚，他便忍不住想要弄个明白。

“爸，爸？”梁泽重新坐在椅子里，伸出右手用指头轻轻叩着桌子。

梁译则完全沉浸在自己的世界，对儿子的动作毫无反应，直到左臂被人重重摇了一下才恍若梦醒。

“您是不是又在想我妈了？”梁泽的手还搭在父亲胳膊上。

“是啊，不知不觉，你妈走了 12 年了。”梁译下意识地擦着脸上的泪，“年纪大了，每到夜深人静总会情不自禁想起过去的事情，一时难以自控……”

“不是这样的。您别再欺骗我、欺骗自己了好不好？我妈不是在这个时间走的，您以前也不是这个样子。”梁泽指着面前的挂钟，“是它，是它让您着了魔似的天天在半夜三更哭哭唧唧，对不对？”

“你这孩子咋说话的？我咋欺骗你了？咋着魔了？”梁译布满泪痕的面部肌肉颤抖着，“长大了翅膀硬了，会教训老子了是不是？”

“我哪敢教训您呀！我这是在关心您好不好？”梁泽低声嘟哝着，“谁叫您是我爸呢？换作旁人我才懒得过问。”

梁译冷哼一声：“还是关心关心你自己吧，都27了，啥时候娶个老婆给咱梁家续上香火再来跟我谈关心。”

“那您是没指望了。”梁泽瘪瘪嘴，“以我现在的病情，跟陌生人打交道都困难，见了女孩更是发怵，这辈子估计就这么单着了。”

“什么自闭症？依我看就是惯出来的坏毛病，早知这样，当年就该狠狠心让你去当兵，磨炼个三年五载就好了！”说着，梁译用右手食指戳了儿子脑门一下。

梁泽随之晃晃脑袋，一时沉默下来。

梁译显然在说气话，见儿子发怔，遂担心地摸摸他的脸，口气随之软了下来：“爸爸并非有意要刺激你，主要是我跟你妈就你一个儿子，你妈在的时候什么都由她操持，现如今她不在了，而你一天天长大，我的身体却一日不如一日。如果哪天我也有个三长两短，这个世界上就再没有人照顾你……”

梁译哽在这里，说不下去了。梁泽似乎要说些什么，却什么也说不出来。父子俩沉默良久，最终还是梁译打破了僵局。

“睡去吧，明天还要找金大夫复诊呢。”梁译的手滑落到儿子肩膀上轻轻拍了拍，“时间不早了，我也要去睡了。”

梁泽点点头，却并未起身。

梁译叹了口气，缓缓站起来朝自己的卧室走去，走了几步又回来，双手捧起桌上那只挂钟。

“爸。”梁泽忽然一个激灵，“这东西……就别往卧室搬了。”

“年纪轻轻咋那么迷信？”梁译嘀咕着往屋里走，至门前停住，摸了摸早就损坏的锁扣，转过头对儿子说，“你记住，我不在家的时候，绝对不能随便动它。”

“放心吧。”梁泽身子往后靠了靠，“搁在客厅这么多天，我不也没动过吗？”

“那最好不过。”言毕，梁译关上了房门。

梁泽坐了一会儿，也起身往屋里走，他关掉客厅的灯，一边吮着酸奶一边打着盘算，推开门的那一刻，他的心里终于打定主意。

2 复诊

“你是说，你爸爸总会在深夜23点12分冲着挂钟发呆和哭泣？”问话的名叫金铭，是这家心理诊所的负责人，同时也是梁泽的主治大夫。她的年纪看上去跟梁泽不相上下，顶一头酒红色的长鬈发，戴一副朴实无华的黑框眼镜，衣着素净，姿态优雅，语气亲和柔软、不急不缓，声音清澈悦耳，令人极度舒适。

“是的。”在这样的沟通环境下梁泽并无太大压力，他老老实实回答，“一开始我没怎么留意，后来发现差不多都在这个时间点，准得就跟闹钟定了时一样。”

金铭轻轻点点头：“这种现象的确令人费解，不过从心理学角度也可以找到相对应的答案。临床上，我们称之为特金斯尔纳综合征，此症多发于精神敏感且意志薄弱的人群，尤其是丧偶或失独的中老年群体。由于特定的感官与精神刺激，他们总会对某种事物表现出非比寻常的兴趣跟依赖，在应激源的作用下，甚至会产生心理和身体上的双重反应。催眠你知道吧？它也是基于这种理论，只不过手段和方式不同罢了。”

见梁泽懵然不懂，金铭继续柔声地问道：“关于挂钟的来历，你了解多少？”

“我只知道是我爸两个星期前从网上出高价买回来的。”顿了片刻，梁泽又补充说，“买回来的时候挂钟还是坏的，不知原来就是坏的还是快递的原因，反正我爸修了修才能正常使用。”

“高价买回，而且还是坏的，你爸爸不仅没把它给退回去，还自己出钱修了修？这不合情理呀。”金铭说。

“我也这么想。”梁泽抓抓鬓角，“可能我爸太喜欢它了吧。”

金铭在小本子上沙沙记录着，而后将钢笔在手里慢慢转着：“你爸爸平时有收藏的习惯吗？”

梁泽果断摇头：“没有。”

“那么他以前有过类似的行为吗？就好比对着挂钟发呆和哭泣……”金铭接着问。

梁泽继续摇头：“没有。”

金铭停止转笔："你爸爸现在做什么工作？"

"之前在一家印刷材料厂做货运，干了整整20年，直到40多天前才退休，现在给一家私人食品公司老板做专职司机。"梁泽扑闪着疑惑的眼睛，"我爸的情况跟这些有关系吗？"

"任何症候的出现都不外乎两个方面的原因：一方面是当事者的性格与心理，也就是内因，内因是事件发生的主导因素；另一方面是当事者的工作和生活环境，也就是外因，外因对事件的发生有诱导和催化的作用，我们通常将两者结合起来作为分析和判断的依据。"待对方将以上内容认真咀嚼、消化、吸收之后，金铭才进一步问道，"对于你爸爸的工作状况，你这边了解多少？"

这时，助理小茜端了两杯水过来，分别递给金铭和梁泽。

梁泽接过喝了一口，舔了舔嘴唇："我爸平时很少跟我谈起工作上的事。不过，据他之前的同事讲，我爸在单位人缘一向很好，从没跟谁闹过不愉快，老板也很器重他，否则他绝对干不了20年。至于现在这家公司，虽然我爸仍旧很少谈起，但我估计，其境遇跟之前应该差不多。"

金铭边点头边记录，完了接着问："记得你说过，你的父母还是比较恩爱的，对吗？"

梁泽说："是的，他很爱我的妈妈。我妈过世后，我爸很长时间没缓过来。当我问起面对挂钟发呆和哭泣的原因时，他也说是想念我妈，但我觉得不可信。因为那只挂钟不是我妈的遗物，我妈也不是23点12分走的，它跟我妈没有丝毫关系。"

金铭思考片刻，把笔插进桌上的笔筒里，往身后的椅子靠背仰了仰：“我想见见你的爸爸，你觉得可以吗？”

“这倒没什么不可以的，只是……”梁泽犹豫着，“你别说是去给他看病的，不然他又要发脾气骂我了。”

“放心，我知道该怎么做。”金铭微微一笑，“说完你爸爸的事，现在聊聊你的情况吧。”

“嗯。我感觉经过3个月的系统治疗，各方面的状态比以前好很多了，至少在你面前，我不用再躲躲闪闪，心里也没有以前那种莫名的恐惧感。”梁泽直视对方的眼睛回答道，以显示自己所言不虚。

“的确有进步。”站在一旁的小茜也说，“至少面对我的时候也不再脸红了。”

梁泽的脸本来不红，经她这么一说便又红了起来，刚才直视金铭的目光也随即收了回去。

“3个月的时间，我们彼此都很熟悉了，对吗？”见梁泽点点头，金铭继续说道，“也就是说，你相对舒展的交际仍仅限于熟人之间，而且在某种条件的刺激下还会反复。从这个角度，我并不认为你取得了多大的进步。除非，你在跟陌生人打交道的时候也能跟应对熟人一样游刃有余。”

梁泽叹了口气：“本来这次复诊想跟你商议药物减量的，看来我要失望而归了。”

金铭从转椅里站起来，面向背后的书架，看样子在寻找什么：“我还是那句话，冰冻三尺，非一日之寒，治疗也不能急功近利，必须做好长期准备。”

梁泽嘀咕着："长期？得多长？"

"每个人的药物接受度不一样，不能一概而论。通常情况下，作为治疗的辅助手段，这类疾病的服药周期得一到两年，甚至更久。而且，光吃药只是一方面，想要更快痊愈还得配合各类行为和心理治疗。"说着，金铭从书架上取下找好的两本书递给梁泽，"拿回去好好看一看，对你的病情会有帮助的。"

梁泽接过，捧在腿上随手翻着。

"这段时间，身体有什么不舒服的吗？"金铭重新在转椅里坐下来。

梁泽的视线还在书上："没有。"

"那就暂时不用调整药品和剂量。"说完，金铭冲小茜吩咐道，"再给梁先生开两周的药。"

"好嘞。"小茜转身离开。

金铭继续交代梁泽："除按时服药、及时接受心理疏导外，日常还要加强体育锻炼，比如慢跑、游泳等，都对你的病情有好处。"

"啊，好的。"梁泽终于抬起头，"这两本书多少钱？"

"不要钱，我送你的。"见梁泽瞠目结舌，金铭又笑了，"要实在不好意思，读完了可以还我。"

梁泽的表情这才有所释然，他匆匆忙忙站起："那就谢谢你了。"

"不必客气。"金铭也站起来。

这时，小茜提着装好的药过来。梁泽接过，用手机微信扫码结账，然后向金铭告别："那我走了，金大夫，你忙。"

金铭点点头。小茜把梁泽送到门外，回来时见金铭隔着窗子冲梁泽的背影发呆，忍不住笑出声来。

“傻笑什么?”金铭白了她一眼，坐下来在电脑上录起资料。

小茜走到桌边，在梁泽适才坐过的凳子上坐下来，两肘支着桌面双手交叠撑起下巴：“金铭姐，你是不是喜欢上他了?”

金铭未置可否：“你怎么知道?”

“察言观色呀。”小茜认真地说，“你对梁先生的态度，尤其看他的眼神跟对其他病号明显不一样。如果连这点都看不出来，我就白给你当这么长时间的助理了。”

“你想多了。”金铭这才开口否认，“我对所有病号都一视同仁，不存在态度上的差别。至于梁泽，由于他特殊的成长环境和严重的心理问题，我适当多了些关心，仅此而已。”

小茜不相信：“你确定是同情而不是感情?”

金铭敲击键盘的手停顿了 2 秒钟，又继续敲下去：“干你的活儿，少在这儿八卦。”

小茜扬了扬眉毛，虽然没说什么，但脸上的表情分明显示她已经获悉了答案。

3 家访

梁泽迎来金铭拜访的时间，是他前去复诊的第二天下午。

金铭在梁泽引导下走进梁译房间，一眼就看到了放在床边桌台上的那只老式挂钟。

“就是它。”见金铭投来问询的眼神，梁泽确认地点了点头。

托起挂钟仔细观察，未发现什么特别的地方，于是金铭把挂钟放回原位，开始观察房间里的环境。

“从买回起，挂钟就一直放在这里吗?”金铭问话的时候，视线并不在桌台边上。

“不是。”梁泽回答，“爸爸房间比较杂乱，所以挂钟一直放在客厅，昨天晚上才搬进来。”

金铭没有说话，而是将视线停留在对面墙壁上的一张黑白照片上，照片中的女人看起来还非常年轻，眉眼跟梁泽甚是相似，很明显那是他母亲的遗照。金铭抬手摸了摸，指尖沾了一层灰尘。

“我不否认你爸爸对你妈妈的感情，但在睹物思人的问题上他的确撒了谎。”金铭向梁泽展示指尖的灰尘，“这张遗照触手可及，可上面的灰尘厚度，显示至少半年以上没有被人擦拭过。”

虽然该结果早在意料之中，但面对金铭的推理，梁泽还是感到心里不舒服，毕竟，从亲情的角度，他当然希望父亲说的是真的。

金铭察觉到了梁泽的不安，因此匆忙把话题引回到挂钟上：“这只挂钟，是你帮你爸爸买的，还是他自己买的?”

“是他自己在网上买的。”顿了片刻，梁泽又说，“他说花了一万八，现在看来，这还是个保守的数字。”

“你爸爸经常网上购物吗?”金铭接着问。

“不经常，”梁泽说，“他顶多上网下下棋、打打扑克牌、看看新闻之类，很少购物。”

“那有关挂钟的讯息，是谁提供给他的?”

“这我就不清楚了，应该是我爸自己找到的吧。”

金铭听罢，皱着眉毛，若有所思。

此时此刻，梁译正在下班途中。他先在小区附近的菜市场买了些蔬菜瓜果，接着到一家卤味店买了鸡腿、鸭脖之类，最后到小区门口的蛋糕坊取了蛋糕，提着大袋小袋回家的时候，见单元楼门洞旁贴了张寻人启事，大致扫了一眼，趁无人注意迅速撕下塞进口袋里。

至入户门前，梁译腾出右手拧开锁推门而入，赫然发现自己房间的门开着，且一眼就看到放在桌边的挂钟，料想梁泽动了不该动的东西，于是一股怒火直袭脑门。他放下手里的物品，怒气冲冲地去推儿子房间的门，可能用力较大，门板咣地撞到什么东西，紧接着，令人惊诧的一幕映入眼帘。

梁泽满脸通红地从金铭身上起来，连连说着对不起。金铭被梁泽突然压倒在床上本就有些慌乱，见梁译瞠目结舌地站在门口看着自己，因此更觉难堪。

“爸，进来之前您就不能先敲敲门吗?”梁泽向父亲抱怨道，“幸好撞到的是我，要是把金大夫撞伤了怎么办?”

梁译的表情十分尴尬，但同时又带着一点窃喜，反正之前的恼怒早被驱赶得一干二净：“那个……金大夫哈，真不好意思，不知道你们在里面……”

“您别误会，我只是来做一下家访，刚才被您无意撞翻，我们才……”金铭亦匆忙站起，向梁译比画着解释。

“理解理解，年轻人嘛。”梁译显然没把对方的话听进去，他逐步退到客厅，朝紧跟着出来的梁泽轻轻戳了一下，“什么时候谈上的？带人回家咋不提前告诉我？”

“有完没完啊您？”梁泽有些生气了，“金大夫都说过了人家是来做家访的，您还在这儿胡说八道！”

“对不起啊金大夫。”梁译根本没有放在心上，他先向金铭大声表示歉意，然后又低声点赞儿子，“行啊你小子，能耐见长呵。”

梁泽无语地翻个白眼。金铭则觉得是时候告辞了：“梁泽，还有叔叔，今天的家访先到这儿，我还有点事，先走了。”

梁泽赶忙拦住：“别啊金大夫，您不是有问题要问我爸吗？他现在回来了，您看能不能……晚一会儿再走？”

金铭恍然悟起，她跟梁泽确有约定来着，于是有些迟疑。

梁译赶紧借机挽留：“是啊金大夫，我把菜都买好了，烧饭也就半个多钟头的事儿，待会儿咱们边吃边聊。”

见金铭动摇，梁译又进一步说：“今天是梁泽的生日，您就留下来多陪陪他，好不好？”

“那好吧。”金铭终于点点头，“不过，做饭的事情让我来。”

梁泽一听，赶忙劝阻：“那怎么行？您是客人，还是让我爸做吧。”

“一家人不说两家话，你就听金大夫的好了。”梁译把儿子扯往一边，“咱爷俩去择菜洗菜，帮金大夫打打下手。”

梁泽还想说些什么，父亲硬把他拖开了。

40 分钟后，三盘热气腾腾的炒菜、一碗鲜香扑鼻的长寿面上了桌，外加买回的鸡腿、鸭脖等卤味，荤素搭配，营养均衡。

“有蛋糕，我就没弄主食，免得吃不完浪费了。”金铭利落地解着围裙。

“哎呀，金大夫好手艺呀！”望着满桌饭菜，梁译由衷地感叹道，“我要是有这样一个贤惠、能干的儿媳妇，死也瞑目了。”

梁泽听到，忍不住啧了一声：“爸，您又来了。”

梁译干笑两声，招呼站在一旁佯装没听见的金铭：“金大夫忙活半天很是辛苦，咱们都别客气，趁热开吃吧。”

“等一下。”金铭把桌子中央的蛋糕盒打开，抽取蜡烛一根一根插上点燃，“开吃前，还是让寿星先许个愿吧。”

“金大夫是个讲究人。”梁译冲金铭竖了下大拇指，而后敦促梁泽，“别磨叽，赶紧的。”

梁泽双手合十，敛目垂首，几秒钟后，睁开眼睛一口气欲把蜡烛全部吹灭。岂料，由于气息不稳，其中一根蜡烛“死灰复燃”，于是金铭又补了一口，两人在淡淡的烟雾中相视而笑。梁译望着二人，好一阵心旌摇曳。

金铭主刀，先切一块蛋糕递给梁泽，再切一块递给梁译，最后切了很小一块放在自己跟前。梁译觉得不妥，欲把自己那块跟对方交换：“金大夫，您是客人，怎么能……”

金铭赶忙伸手打住：“谢谢叔叔的好意，我真的不爱甜食，吃这点意思一下就行了。”

“这样啊。”梁译尴尬地把盘子收了回去，忽而又想起什么，于是问道，“对了金大夫，听梁泽刚才说，您要问我什么问题?”

“哦，其实也没什么，主要是想趁家访的机会感受下你们父子的生活日常，如果可以的话，还想借机了解些有关您的工作环境、社会交往、思想活动等状况。”金铭担忧对方疑心或者抗拒，所以尽可能地把复杂问题简单化。

梁译眼神飘忽，显然已经产生戒备心理：“这个……也是为梁泽进行系统治疗的一部分?”

“是的。”金铭点点头，“我之前多次说过，梁泽的病情有复杂的因素，主观方面可以依托药物和心理治疗，而客观方面大多跟有生活环境有关，作为患者最主要的沟通对象和唯一的直系亲人，这离不开您的支持与配合。”

“我明白。”梁译这才表示出充分的理解，“金大夫您问吧。”

“好。”金铭又点了点头，“有些问题可能会触及您的隐私，但为了使谈话取得更好效果，还是希望您能知无不言。”

4 骤亡

梁译：“一定。”

金铭做了个 OK 的手势，然后开始她的第一个问题：“梁泽的母亲过世多年，由于病情的关系，梁泽至今没有工作和收入，全部的家庭负担都在您一个人身上，感觉压力大吗?”

“怎能不大呢?”梁译苦笑道，“不过讲老实话，我最大的压力并非在经济上，而是梁泽的病情，如果能用财富和生命换取孩子的健康，对我来说也是值得的。”

“可怜天下父母心啊。”金铭轻轻叹了口气，“那您觉得，经过3个月的系统治疗梁泽的病情有改观吗?”

“怎么说呢？性格上要比之前活泼一点，话也多了不少，可毕竟我是他爸，这样的对比没有多大参考意义。”说着，梁译瞅了一眼儿子，“眼下这孩子不爱出门还是不爱出门，整天闷在家里，谁知道跟别人交往会有哪些变化呢?”

“再问您第二个问题。”金铭直视着对方的眼睛，“记得您说过，因为放不下逝去的妻子，又顾及梁泽的情况怕他受委屈，您一直没有寻找新的伴侣。那么您是采用什么办法化解哀思、排遣寂寞的呢?”

梁译想回避问题，似乎一时没有答案，又似乎根本不想回答。金铭则追寻着他的目光：“找人打打纸牌，下下象棋？或者用手机玩玩微信、刷刷抖音？再或者培养出一定的兴趣与爱好，比如养鸟、种植、书画、茶艺……”

梁译的视线游荡到自己房间门口，随即像触了电一般迅速移开（门是开着的）。

“哦，我可能猜测到了，是收藏。”金铭佯装刚刚发现梁译卧室里的那只挂钟，“那只老式挂钟一看就知道来头颇大、价值不菲，它体现出您与众不同的欣赏品位。不过，对于您这样的工薪家庭来说，想必是一笔不小的开支吧……”

出乎预料，梁译忽然打断对方：“您错了，那不是买来的，是我们（梁家）祖传的。”

眼看就要触及主题，梁译这一矢口否认瞬间打乱了预订的计划和节奏。因此，梁泽着了急：“爸，那不是您花一万八从网上……”

“吃饭！”梁译厉声暴喝，与此同时，窗外一道闪电划过，紧接着轰隆隆的雷声炸进室内。梁泽吓了一跳，把手边的筷子都掉到了地上。

意识到自己的唐突，梁译忙向金铭赔笑：“金大夫，咱们动动筷子吧，再不吃饭就要凉了。”

“好，边吃边聊。”金铭拿起筷子主动夹菜，然后趁梁译埋头吃饭之际跟梁泽交换了下眼色，暗示他立即执行B计划。

梁泽弯腰捡起筷子，转身到盥洗台冲洗，回来的时候，他顺手带了个酱红色的手提袋搁在饭桌上。

“这是金大夫给您带的。”说着，梁泽将一个深褐色的玻璃罐子从袋中取出来，“金大夫是山西人，老家产果醋，这种果醋对您的高血压有好处。”

“谢谢金大夫一番美意。”梁译看了罐子一眼，转而对儿子说，“我不喜欢喝酸的，还是把我的赖茅拿过来吧。”

“您有高血压，不能饮酒，再说，明天还得出车呢。”梁泽提醒道。

“我的身体我知道，小抿两口没啥事，何况出车都到明天上午了，一夜时间这点小酒早就代谢光了。”见儿子犹豫，梁译又说，“今天你生日，金大夫也在这儿，爸心里高兴，就让我喝一点儿。”

梁泽颇感为难地望向金铭——父亲拒绝金铭带来的果醋，

便意味着他们的 B 计划也要破产了。

金铭则微笑着点了点头，暗示他：我心里有数。

梁泽只好取来赖茅，给父亲找出杯子倒上三分之一。梁译用询问的目光看向金铭，后者抱歉地摆了摆手，于是梁译又把目光移向儿子。

“我吃着药呢，再说您知道的，平时我也不喝酒。”梁泽说。

梁译颇感无趣地端着酒杯：“那好吧，我一个人自斟自饮。”

“那怎么行？”金铭使眼色给梁泽，“我们以果醋代酒陪您走几圈。”

“对对对！”梁泽一边附和，一边从手提袋里取出另一个玻璃罐子。

“好呀。”梁译立刻兴致勃发，“这的确是个不错的主意，白酒是辣的，果醋是酸的，既能活跃气氛又能控制总量，你们要是换成喝水，我怕是非被你们灌趴不可！”

梁泽又拿来两个空杯子，金铭则开启玻璃罐往里面倒上果醋。

“来来来，咱们先走一个！”梁译招呼儿子端起酒杯，对金铭说，“这第一杯酒呀，我和梁泽敬您，欢迎金大夫光临寒舍！”

“受不起呀。”金铭慌忙客气地应道，“我是晚辈，哪能让您先敬酒？要敬也是我跟梁泽敬您才对。没有您的全心帮助和倾力付出，这 3 个月我跟梁泽都不知道要走多少弯路，吃多少苦头，治疗过程哪会有眼下这般顺利呢?”

“嗐！我哪里帮了什么忙呀？一切全凭您的技术才是。您跟梁泽那啥……总之，咱都自家人，不必推来让去的，干脆谁也甭敬谁，咱仨一起喝!”说完，梁译同儿子和金铭碰杯，一口酒下肚，前者脸上泛起了红光。

“我们家里就我跟梁泽两个，平时大眼瞪小眼，很久没有这般热闹了。”梁译瞅了一眼窗外愈加狂烈的风雨，看看表，对金铭说，“金大夫，倘若不介意的话晚上就甭回去了，天气不好，安全第一呀。”

“谢谢叔叔的好意。”金铭不好意思地推辞道，“或许过不了多久雨就停了，我打车回去也就半个小时的工夫，现在网约车很方便的。”

“我说真的，不是在客气。就算过会儿雨能停，满是积水的路况网约车都不好叫，你就听我的住下来吧。”见金铭还在犹豫，梁译又进一步解释道，“千万甭误会，晚上我们父子俩一屋，梁泽那间腾出来你住哈。”

金铭：“我不是这个意思，主要是觉得，头一次来就给你们添麻烦……”

“不麻烦，不麻烦，我高兴还来不及呢。”梁译用筷子指着桌上的饭菜，“来，咱们赶紧吃，菜都凉了。”

金铭与梁泽对视一眼，后者意外之中又有几分窃喜。说意外，是因为两人之前曾有约定，这次家访需持续至次日凌晨，最起码也要超过当晚 23 点 12 分，但金铭没答应说留下来住。说窃喜，是因为梁泽并不反感同金铭长时间、近距离地接触，甚至还有点喜欢与享受。这两个细微的表情自然被金铭成功捕捉到。

对金铭来说，接下来的时间聊什么不重要，重要的是，一定要拖过 23 点 12 分，这是她此行的主要目的之一，亦可称之为“C 计划”。

令二人欣慰的是，无论室内的梁译还是外面的天气都十分配合，时间在觥筹交错中很快到了 23 点。挂钟的摆锤一声声敲击着他们的心脏，金铭暗自保持深呼吸，梁泽则紧张到了极点，他不知道离开挂钟的父亲会在 12 分钟后会有何表现。

就在接近 23 点 10 分的时候，梁译突然从椅子上站了起来：“时间不早了，我去拾掇房间，梁泽把碗筷收拾一下。”

“爸……”梁泽想拦住父亲，却又不知道该说什么。

梁译看看儿子，又看看金铭，嘴角流出一丝古怪的笑意，忽然间，他的身体前后晃了晃，扑通一声倒在地上。

“爸，你怎么了?!”梁泽赶紧起身，把父亲抱在怀中，他惊骇地看到，暗红色的血正从父亲的鼻孔和嘴角缓慢流出。

金铭也慌了，此情此景是她之前完全没有预料到的。她只是一个心理医生，急救知识并不多，于是赶忙拿出手机拨打了 120，讲明梁译的身体特征和所处的具体位置。之后，跑到梁译跟前查看他的状况。

梁译瞪大着失神的眼睛，此刻脉搏停止，鼻息全无。在梁泽不知所措的哭声中，金铭颓丧地看了下卧室的挂钟，时间刚好停留在 23 点 12 分。

5 寿衣

救护车很快抵达，随车医生给梁译做了大致检查，发现人已经没有生命体征，在没有抢救必要的前提下，说了些节哀顺变之类的话就离开了。

客厅里，梁泽还在痛哭流涕，哭累了便一头倒在金铭的怀中，口中念叨着："金大夫，我爸这一走，我再也没有亲人了。"

金铭没有说话，静静地抚摸着他的头任其宣泄，她知道，没有比哭泣更好的办法来缓解失去亲人的哀痛。

等梁泽渐渐止住抽噎，金铭才对他说："叔叔过世突然，我怀疑是高血压引起的心梗，不过也不能百分之百确定，所以我联系了一个做法医的朋友，让他把叔叔的遗体带走仔细检验，看到底怎么回事。"

梁泽直起身子，揉着哭红了的眼睛："我爸有高血压，会不会跟饮酒有关系？早知道这样，打死我也不让他喝一滴酒。"

"饮酒跟血压的突然升高甚至心梗的确有一定的关系，但叔叔晚上喝得并不多，应该不至于引发身体的病理性变化。"说着，金铭又看了眼卧室的老式挂钟，"即便是少量饮酒造成的心梗，这个时间点也卡得太奇怪了。"

"会不会是果醋的原因？"梁泽注意力还停留在对方讲话内容的前半截，"吃饭时，我爸曾两次拿错我的杯子，将里面的果醋喝了几小口。"

"绝对不会。果醋对高血压非但没有坏处，反而有好处。"

金铭肯定地说，“况且，我带来的两罐果醋，只有一罐加入了东莨菪碱，这种药物辅以一定的心理暗示和对话技巧，可以起到‘说真话’的作用，因为使用了极少量，它对身体的损害几乎可以忽略。更重要的是，我们打开的那罐，按照 B 计划，根本没有添加东莨菪碱。”

“是啊，我也记得没开错呀。”梁泽这才反应过来，从而心里更加疑惑，“那究竟怎么回事呢?”

正说着，法医到了。金铭简要介绍了一下眼前这个样貌平平、气质沉稳的小伙子，说他也是山西人，来自一家专业的鉴定机构，看起来很年轻，但经验十分丰富。法医跟梁泽握手，简单寒暄了两句，然后提出把尸体带走。

梁泽表示同意，于是，那名法医和随后进来的同伴一起把梁译的尸体弄上担架抬走了。

“真的很抱歉。”金铭满怀愧疚地对梁泽说，“如果没有这次家访，或许你爸爸就不会有事，我真的……”

“跟您没关系。”梁泽真诚地望着对方的眼睛，“您应该看得出来，我爸爸很喜欢您，我许久没见他像今天晚上这样开心过了，虽然发生了意外，但爸爸至少是笑着走的。”

“你能这样想我很欣慰，但这丝毫无法减轻我的负罪感。”金铭抬起右手，轻轻擦拭着对方脸上尚未干涸的泪珠，“不要再说自己没有亲人。叔叔不在了，以后，我会像亲人一样好好照顾你的。”

梁泽扑闪着眼睛，似在斟酌其中的意味。

金铭落下右手，在他肩膀上拍了一下：“法医那边应该很快就能出结果，但尸体解剖什么的需要走一些程序，所以我得过去一趟，有消息第一时间通知你。另外，信得过我的话，我还想顺便把联系殡仪馆等后期事项一块儿办理了。当然，这些都需要走特定程序，我以你女朋友的身份出面处理，你大概不会介意吧?”

“怎么会呢?我感谢还来不及。”梁泽直愣愣地抛着实话，“要是换我去处理这些事，还真不知道从哪儿下手，更别提跟陌生人打交道了。”

金铭伸出左手食指放在唇前：“在我面前不要再说感谢的话，否则我会更加于心不安。”末了，她走到入户门前又转过身来，说：“虽然知道这一定是个不眠之夜，但还是希望你能想开些，尽量多休息一会儿。你留步，我走了。”

梁泽默默点头，待对方消失在楼道拐角，才把门缓缓关上。

果真是一夜未眠。第二天一早，梁泽接到金铭电话，后者告诉他，梁译的死因的确是心梗。另外，金铭还说，梁译的尸体已经被送到殡仪馆，只是由于诊所那边提前有患者预约，所以上午不能陪他一起过去，等忙完估计要到下午了。

梁泽表示感谢，同时告诉对方，上午会有朋友陪同去殡仪馆，所以就不等她了。在梁泽看来，他现在的状况正如金铭所说，应付熟人还过得去，单独应对陌生人恐怕还是有点难度。金铭对他的好他能感受到，但也不能因为这个就心安理得地处处麻烦人家。因此挂完电话，梁泽便开始翻起手机通讯录，然后从那些为数不多的亲友名单中找到一个叫“沈方”的名字，继而拨通了她的电话。

沈方是梁泽的高中语文老师兼班主任，平时给予他的关怀和帮助很大，是梁泽除父母外唯一愿意交心的对象。所以毕业以来双方一直都有联系，沈方还多次到梁家拜访，跟梁泽的关系亦师亦友，十分亲密。作为全校最年轻的班主任，就在事业如日中天的时候沈方却选择了辞职，后来成为一名工作室老总兼悬疑作家。虽然身份变了，但梁泽还是习惯性地称呼她“沈老师”。

接到电话，沈方立刻安置好手头的工作，驾车赶到梁家。

“沈老师，真是麻烦您了。”梁泽早早站在门口迎候。

今日的沈方，虽然还是一头标志性的短发和一身板正的制服，但妆容恬淡、神情肃穆，她第N次纠正对方的称呼：“甭这么叫我，老师的称呼可不是随便叫的，况且我早就不是老师了，我比你大10岁，你还是叫我沈姐比较好。”

“我叫习惯了，改不了口。”梁泽嗫嚅地说，“不好意思呀，沈老师。”

沈方不跟他计较，瞅瞅梁泽空空的双手，又朝他身后看了一眼：“没有要带的东西吗？”

梁泽两眼一抹黑：“需要带啥？”

沈方：“比如寿衣……寿衣买了吗？”

梁泽摇摇头：“我不知道买哪种合适。”

“你爸有没有什么特别的信仰？”沈方举例说，“比如佛教、基督教之类。”

梁泽接着摇头：“好像没有。”

沈方继续启发对方：“那他平时喜欢穿什么衣服？比如卫衣、夹克或者西服。”

梁泽皱了会儿眉毛，忽然间眼前一亮：“我想起来了，去年逛商场，我爸曾相中一件唐装，只可惜价格太贵没舍得买，您看要不要……”

沈方凝视着房间某个方向，眼神有些呆滞，对于梁泽的问话全然没有反应。梁泽狐疑地顺着对方的视线望去，赫然看到父亲卧室桌台上的那只老式挂钟。

6　寻人启事

“沈老师……”梁泽轻声唤道。

沈方的视线这才从远处收回，慢慢停落在梁泽脸上：“那只挂钟好眼熟，能告诉我它是从哪儿买来的吗？”

梁泽略略吃了一惊：“您怎么知道它是买来的，而非我们家祖传？”

“因为我之前从未在你家见过这样东西，更因为，它跟我10多天前帮人变卖的那只几乎一模一样。”沈方人在外头，却再次把目光投入室内，“介意我进去仔细看看吗？”

梁泽点点头，后又迅速地摇摇头。

沈方也不客气，从他面前擦身而过。

“没错，就是它。”沈方把挂钟托在手里，仔细端详着，“大约两个星期前在网上的二手交易市场以两万七的价格成交，购买者昵称为‘云淡风轻’，对吗？”

“我不认识‘云淡风轻’，但我爸的确在两周前从网上买了这只挂钟，只是……”梁泽被对方透露出的实际价格震住了，“怎么会是两万七呢？这也相差太多了……”

沈方没有在意具体数字，而是继续披露着实情：“当时我也觉得十分诧异：一来，买方怎么都不愿意提供真实姓名和详细住址，虽然在我再三要求下做了让步，但我相信那肯定不是他个人的确切信息，而是来自其朋友或同事；二来，网上交易跟线下一样普遍存在讨价还价，而买方却按照标价一分都没还，痛快得令人吃惊。”

沈方吃惊，梁泽更是吃惊，他不仅吃惊于两万七这个交易价格，更吃惊于幕后的交易对象：“原来这只挂钟的原主是您啊，这也太凑巧了。”

“不，我刚才说了我是帮人变卖。”沈方纠正道，“挂钟的主人名叫秦博，是我们小区的一位邻居，他不懂网上交易，所以请我帮忙。”

“这样的啊。”梁泽忽然想到了什么，“您的那个邻居……”

正说着，沈方的电话来了，她放下手里的挂钟开始接电话，接完电话，看看左腕的手表，对梁泽说：“时间不早了，我们该走了。”

是啊，还得去殡仪馆呢！梁泽只得把心里的疑问暂时搁下。

出门后，两人先到一家寿衣店，按照梁泽提供的型号买了套深紫色的唐装。这套唐装，无论是颜色还是图案，都跟父亲当初看中的那套十分相像，想必他老人家会十分满意。买完之后，沈方坚持付钱，说是自己对逝者的一点心意，然后载着梁泽开往金铭所说的那家殡仪馆。

一位工作人员核实身份并了解情况后，把梁泽和沈方领到停尸房。看到父亲，梁泽眼圈又红了：前一天还好端端的有说有笑的他此刻成为一具冷冰冰、硬邦邦的尸体。抽噎了几下，梁泽最终没有哭出来，大概在前一天晚上，所有的悲痛和眼泪都已经在失去亲人的茫然无措中消耗殆尽。

为避男女之讳，梁泽没让沈方帮忙，自己给父亲换上了寿衣。他花了足足 20 分钟时间，动作生涩而笨拙。对于父亲换下的衣物，梁泽听从沈方的建议，放进了殡仪馆专门盛放废弃衣物的柜子里，但在此之前，他先取出了父亲装在口袋里的所有遗物。由于环境的缘故，梁泽没有在现场一一细看，而是将那些钥匙、钱包、打火机、折纸之类的东西一股脑塞进提前准备好的塑料袋里。

回家的路上，为防止梁泽过度疲惫和压抑，沈方特意放起轻松舒缓的音乐，想让他偷空睡上一会儿。然而，副驾驶上的梁泽却睁着失神的眼睛，隔着塑料层将遗物袋里的东西一件一件地摩挲着，仿佛要从那司空见惯的玩意儿中捻出些不一样的新鲜感来。他不说话，也没人知道他在想些啥。

沈方干咳了一声，觉得自己应该说些什么来打破沉闷的气氛，梁泽忽然开口了。

梁泽："沈老师，您说过挂钟的主人叫什么来着？"

沈方转头看了梁泽一眼，见他手中捏着半张撕破边角的白纸，那是后者从遗物袋里取出来的。

"秦博，怎么了？"沈方不解其意。

“秦始皇的秦，博士的博?”梁泽继续问道。

沈方眨了下眼睛：“对啊。”

梁泽眉毛愈加拧紧：“他的老婆是不是叫杨绢，还有个女儿叫秦笑笑?”

“对啊，你怎么知道?”沈方脑子里翻腾着各种可能。

梁泽把手中的半张白纸展示给对方看。沈方把车慢慢停到路边，接过白纸，赫然看到上端“寻人启事”四个黑体大字，粗略浏览一遍下端的内容和照片（很显然，她对那些内容已经十分熟悉），继而把惊疑的目光投向梁泽。

“这张寻人启事哪儿来的?”沈方认真地问。

“从我爸上衣口袋里翻出来的。”梁泽胡乱猜测着，“一路上我看到了很多这样的寻人启事，大概是我爸从某个地方顺手揭下来的。”

“一个人不会无缘无故收集任何与自己无关的东西，必定是什么触动了他，可要这个有什么用呢?”沈方问对方，同时也在问自己，“莫非他知道有关杨绢母女失踪的线索，或者跟秦博一家有过密切的交集?”

“应该不会吧。”梁泽摇摇头，“近年来都是我跟我爸两人一起生活，没见他跟照片上的人有过交往，而且这些名字也从未听他提起过呀。”

“你天天宅在家里，怎么知道你爸爸在外面说过什么做过什么？换言之，你如何保证你爸爸对你绝对坦诚毫无保留?”见梁泽神色一滞，沈方赶忙做出解释，“我没有挑拨你们父子关系的企图，我的意思是，每个人都有隐私，也许一些事情他确实不方便让你知道呢?”

梁泽并不介意:“您这么一说,倒是提醒了我。我爸一向性格奔放、大大咧咧,是个十分积极乐观的人。可大概从一个多月前开始,他变得非常沉默,整日愁眉不展,似乎有着很重的心事,近半个月来更是变本加厉,每天 23 点 12 分就会对着买回的挂钟独自发呆并幽幽哭泣,昨天晚上走得也蹊跷,时间刚好卡在 23 点 12 分。”

“天啊,这也太离奇了吧?”沈方倒吸一口凉气,“这些咋从来没听你说起过?”

“说了您也帮不上什么忙。”梁泽这样想了想,但没有说出来。沉默片刻,他反问对方:“对了,沈老师,杨绢母女什么时候失踪的?”

“有三四十天了吧。”说着,沈方再次查看那张寻人启事,“没错,具体时间为今年 5 月 29 号,距今日刚好 41 天。”

“沈老师,我想请您帮个忙。”梁泽用恳求的语气对沈方说:“我怀疑我爸近期的异常行为跟杨绢母女的失踪存在一定联系,他的死更是跟这挂钟的来历直接相关,而要弄清楚这些,就必须找到那个名叫秦博的人。他是您的邻居,由您出面,很多事情沟通起来会更顺畅一些,况且以我现在的病情……”

“我明白。”沈方把寻人启事交还给对方,“眼下先处理好你爸爸的丧事,忙过这两天,我们一起去寻找事件的真相。”

梁泽感激地点点头:“好。”

7 动机

金铭找到梁泽的时候，后者正坐在父亲房间的地板上发呆，四周是整理一半的遗物。跟她预想中的一样，虽然到了晚上的饭点，但厨房里冷锅冷灶，丝毫没有开火做饭的痕迹。

金铭迎面蹲下来，直视着对方的眼睛：“是不是半个钟头前接完电话到现在，一直都是这个样子?”

梁泽的眼睛终于有了焦点，但没有说话。

金铭又回头扫了眼入户门：“门这么敞开着，就不怕招贼吗?”

梁泽仍旧沉默。

“走吧，出去吃点东西，正好我也没用晚饭呢。”说着，金铭扶着膝盖站起来。

梁泽终于开口：“您去吧，我不想吃。”

金铭不得不重新蹲了下来：“我知道你心里难过，可人死终究不能复生。假如你爸爸在天有灵，看到你现在这个样子，他老人家会心安吗?”

“几个小时前，我也曾坚定地告诉自己，一定要好好活下去，毕竟我现在是梁家唯一的继承者，可在一件一件收拾这些东西的时候，我的信念和勇气被无情的现实一点一点给抽空了。”说到这儿，梁泽苦笑了一下，“金大夫，您看看这间屋子里的所有物品，包括其他房间的东西，哪一样不是我父母用心血换来的？相比之下，我又做了些什么？现在能为这个家谋划未来的人都走了，就剩我这么一个没用的废物，您说，他们九泉之下能安心吗？如果我死去的家人真的在天有灵，他们此刻最大的愿望该是一家人好好团聚，而非留下我自生自灭吧？”

“你怎么能这样想？”金铭继续努力规劝，“梁泽，刚才你自己也说了，你是梁家唯一的继承者，难道就不愿开枝散叶、光耀门楣，只想着消极颓靡、自暴自弃吗？”

“开枝散叶、光耀门楣？”梁泽再度苦笑，“这也该建立在我是个正常人的基础上……”

“你没什么不正常的！”金铭猛地打断对方，“实话告诉你，真正的自闭症患者都是天生的，像你这种后天形成的不是真正的自闭症！”

梁泽吃了一惊，一来，金铭从未用如此严厉的口气跟他说过话，二来，自己有种被愚弄和欺骗的感觉，因此他心中的火迅速燃烧起来：“既然是假性，为什么还让我坚持治疗、长期吃药？”

这回轮到金铭苦笑：“谁告诉你假性自闭症就不需要治疗和吃药？”

“那不还是有病吗？”梁泽懊恼地嚷嚷道，“为什么一开始不肯告诉我是假性，现在才来跟我讲？”

金铭也渐渐没好气了：“梁泽，我告诉你，无论先天还是后天、真性还是假性，其特征和对人的伤害都是一样的，而你的病情也严重到了几乎无法进行正常社交的程度，我不得不按照真性自闭症的方法来处理……”

“少拿病情来说事！”梁泽也粗暴地打断对方，“你能保证你没有一点点私心吗？”

“私心?”金铭被气笑了,“你想说我故意拉长战线,目的是尽可能多地赚你的钱对吧?”

梁泽没有说话,但不吭声意味着默认。

“好吧。”金铭咽了口唾沫,“我承认有一些私心,但绝不是为了钱。”

“那是为什么呀?”梁泽微微昂着脑袋,一脸怀疑地等待对方的答案。

“因为……”金铭往前凑了凑,鼻尖几乎碰上对方的嘴唇,她压低声音,一字一顿道,“我喜欢你。”

四个字如同四块巨大的石头,在梁泽的脑海中瞬间掀起冲天的波澜,他心中的烈焰陡然熄灭,残余的热气由胸腔一路涌上面部,整张脸火辣辣的。金铭平日对他的格外关照,他自知不仅仅是医者仁心,但出于对自身条件的菲薄,他从不敢有任何虚妄之想。所以这个答案很有说服力,却来得有点猝不及防。

“金大夫,我、我……”梁泽口吃了。

“事实就是这样。”金铭坐回原位,接着刚才的话说,“任何人都希望和自己心爱的人长相厮守,我也不例外,所以,如果非要说有私心的话,那就是有尽可能多的时间跟你在一起。”

愣怔片刻,梁泽也笑了:“您不会是为了让我好好活下去才故意这样说的吧?”

金铭则一脸正色:“我没你想的那么伟大,愿为一个病人酿就希望而答应以身相许;也没有你想的那么残忍,在对方回归正常且深陷感情后又始乱终弃。”

梁泽的笑渐渐僵住了："可你也看到了，我父母双亡，家境困难，而且什么都不会，还病魔缠身不知道啥时候才能好，你到底图什么？"

金铭认真道："我图的不是你的现在，而是未来。"

梁泽："我还能有未来吗？"

金铭使劲点点头："相信我，因为我是你的大夫，对你的病情抱有绝对的信心；也是你的……恋人，如果你愿意接纳我的话。"

梁泽凝望着对方，一直冰冷、忧郁的眼神此刻被暖融到了快要滴水的程度。

金铭慢慢直起腰身，向梁泽伸出右手："我们现在可以出去吃饭了吗？"

梁泽这才晃晃悠悠站起来，迟疑许久，最终还是没敢去碰对方的手。金铭深吸一口气，主动牵了他朝门口走去。

上次家访，金铭的车不巧被朋友借走，而这次是她开着自己的车来的。她载着梁泽穿越几条街巷，来到一家名叫"彼岸花"的西餐厅。该餐厅坐落在城中河边，环境十分优雅，透过巨大的落地窗，可以近距离观赏到沿河的风景。

两人选了个靠窗的位置坐下，出于礼貌，金铭把侍者拿来的菜单递给梁泽："看看想吃点什么？"

梁泽涨红了脸，把菜单原路推回去："您看着点吧，我都行。"

金铭理解地笑笑，点了两份特色牛排、两杯鲜榨果汁和一份小食，把菜单交给侍者并嘱托他上快一点。

“殡仪馆那边的事处理好了吧?”金铭拿起茶壶，把店里免费提供的红茶倒上一杯给梁泽递过去。

梁泽打了个哈欠：“嗯，沈方老师跟我一起去的，要不是她，很多事情我都不知道该怎么办。”

“真不好意思，说好下午跟你一起去的，结果忙了一整天。”金铭给自己也倒了杯红茶，低头抿了一小口，接下来说出的话竟带出几分醋意，“其实也没必要那么急，你完全可以等等我的，说到底，在你眼里我还是个外人。”

正在喝红茶的梁泽闻听此言，不由得紧张起来，他想辩白几句，结果被喉咙里的水呛了一下，引发剧烈咳嗽。

“没事吧?”金铭关切地递过纸巾。

梁泽接过纸巾掩嘴，咳嗽完了还一时讲不出话，只能连连摇头。

“对了，有个事情告诉您。”喘息片刻，梁泽开了口，他希望借此岔开话题化解尴尬，“今天整理我爸遗物的时候，在他口袋里发现了一张寻人启事。该启事是一个名叫秦博的人写的，说他老婆杨绢和女儿秦笑笑失踪了，到现在都杳无音讯。而这个秦博，正是我爸房间里那只挂钟的实际卖主。”

“是吗?这么凑巧?”金铭颇为吃惊。

“您也觉得只是凑巧?”梁泽话里有话。

“那你认为呢?”金铭饶有兴致地望着对方。

“直觉告诉我，事情并非凑巧这么简单，但究竟是为什么我也说不上来。”梁泽又打了个哈欠，“您是学心理学的，能帮忙分析一下我爸的行为动机吗?毕竟这关乎他的真正死因。”

金铭试着分析道："寻人启事揣在兜里，说明你爸爸已经知晓秦博妻女失踪的事情，而且不是一般地关注。因为通常情况下，在看到与己无关的寻人启事时，人们只会大致浏览一遍，恐怕上面的名字都很难记住，更不会特地揭下来装进兜里。而这也就不难理解你爸爸之后的行动，表面看来，他出高价购置秦家变卖的挂钟，系出于对失踪家庭的关怀和同情……"

梁泽不等对方说完就开始摇头："这不符合我爸的性格，自家亲戚他都没这么慷慨过，何况这个与我们非亲非故的秦博。"

这时，牛排、果汁和小食依次上来了，梁泽和金铭遂停止交谈。

等侍者走了之后，金铭接着问道："依你之见呢？"

"不顾自身经济实力高价购买一只几乎毫无作用的挂钟，加之后来面对挂钟时的种种怪异行为，只能说明我爸跟秦家特别是那只挂钟有着非同一般的关系。"梁泽言之凿凿。

金铭未置可否，只是继续问道："你打算怎么做？"

梁泽揉了揉因困倦而发红的眼睛："我跟沈老师约过了，办完我爸的丧事就去秦家一趟，见见秦博这个人。"

"既然你已经答应人家，我就不便再插一脚。不过，有什么需要支持和协助的一定要跟我说，别客气。"见梁泽微微颔首，金铭用下巴点点对面的餐食，"快吃吧，吃完回去早点休息，看你眼睛都快睁不开了。"

8 诡梦

梁家亲友不多，丧事办得简而又简。

从病情角度考虑（防止梁泽沉湎哀伤），金铭建议梁泽在她的帮助下，把父亲的个人遗物全部处理掉，又把家里的摆设做了大幅度改变。梁泽表示完全接受，只有一点没照着金铭的意见来——他把父亲的那只老式挂钟挂在了自己卧室的墙上。

金铭没再坚持，她能够理解，除了挂钟本身的价值不菲外，还保有着梁泽对父亲的最后一点念想，她不可能用掩耳盗铃的方式消磨掉逝者留下的唯一痕迹。

父亲火化的当晚，梁泽躺在床上翻来覆去迟迟无法入眠。按照金铭的建议，他开启手机上的音乐软件，闭起眼睛，让思绪随着悠扬舒缓的节奏在想象的空间里驰骋、翱翔。终于，睡意像一张无形的丝网从天而降的时候，梁泽的耳畔却传来奇异的声响。

转头看去，梁泽不禁毛骨悚然：借助手机微弱的光线，他看到卧室门不知道什么时候开了，而父亲身着紫色寿衣木讷地站在床前，他眼窝深陷、脸色惨白，喉咙里发出枯涩、低哑的抽泣。视线越过父亲的肩膀，梁泽更加惊恐地看到，墙上那只老式挂钟正嘀嗒嘀嗒走着，时间刚好是 23 点 12 分！

巨大的惊恐之下，梁泽的身体仿佛被一双无形的手按住，一动也动不了。父亲与他对视了几秒钟，转身摘下墙上那只老式挂钟抱在怀里开始缓慢地往外走，边走边发出幽幽的啜泣。直到父亲走出房间之后，梁泽才感到四肢收回主动权，进而起身悄悄跟在后面。他十分恐惧，走路时腿都是抖的，但他更想弄清楚，已经火化的父亲为何会身着寿衣回到家里，而且在这个点儿抱走挂钟到底要做什么？

入户门是敞开的，父亲径直走了出去，穿越楼道顺着步梯一步一步往下走。梁泽持着手机不远不近地跟着，他们走出小区，顺着偏僻晦暗的巷子七绕八拐行至郊外，然后进入一条崎岖不平的田间小路，小路到头之后是一片黑漆漆的林子，出了林子，又在没膝的荒草中蹚行数百米，最终来到一个破败的建筑跟前。

父亲的身影在黑乎乎的入口处消失了。梁泽停在那里，门内仿佛有个声音在召唤：进来吧，你要的答案就在这儿。可跟行了十几里地的梁泽却没有勇气再前进这最后一步，因为犬牙参差的门洞像极了野兽张开的血盆大口，仿佛只要他一靠近就能将他整个儿吞噬。此外，黑暗深处似有似无传来女人凄惨的哭声，哭声伴随着阵阵阴风灌入双耳，听得人魂飞魄散、肝胆欲裂。

对真相的渴望与发自内心的恐惧形成了两股力的对抗，彼此胶着几秒钟后，梁泽只感到脑袋一昏，扑通一声倒在地上。

再次睁开眼睛的时候，梁泽发现自己身着睡衣躺在床上，阳光从窗外泻入，将整个房间映衬得异常明亮。转身看去，见房门紧锁，而挂钟也完好如初地挂在墙上，时间显示此刻为清晨 7 点 21 分。

原来是个梦，梁泽长出一口气。不过这个梦也太古怪了，让人情不自禁地去回忆个中细节，正回想着，身旁的手机忽然响了，把梁泽吓得差点叫起来。他侧头看去，见是沈方来电，这才想起今日约好了去找秦博。

梁泽快速起床，刷牙洗脸，在换掉睡衣的时候，无意中发现裤脚和拖鞋上粘有些许泥土，仔细看，泥土间还夹杂着一小片树叶。

昨晚没穿睡衣和拖鞋下楼啊，什么时候粘上的泥土跟树叶？正感到疑惑，入户门被沈方敲响了。梁泽赶紧换好衣服去开门，然后两人一起到街边小店吃了早餐，再一起开车赶往秦家。

在路上，沈方提前向梁泽介绍了秦博家的情况：秦博现年34岁，是一个中学物理教师，他老婆杨绢比他小1岁，长期无业，杨绢和6岁的女儿秦笑笑失踪的时候，肚子里的二胎已经怀了4个月。由于秦博收入不很高，且一个人养活四张嘴，生活比较拮据。虽说跟沈方住在同一小区，但他是租的房子，而且是价格最便宜、位置最偏僻、装修最简单的那种。

见到秦博的时候，梁泽才发现，前者比他想象中苍老得多：满头花白的鬓发，脸面瘦削且黝黑，腮边胡子拉碴，腰板还佝偻着，看上去像是要奔五的年纪。而家里的环境也比想象中更为寒酸：客厅里除了一个破皮变形的沙发、一张表面磨得几乎无法反光的玻璃茶几、几把漆皮脱尽的木椅和墙面上一幅旧相框外，几乎没有其他物品，可以用“家徒四壁”来形容。

当时秦家的门敞开着，秦博站在门廊空荡荡的地板上，脚边放着一摞用绳子扎成捆的纸箱，看样子正打算出去卖。对于梁泽和沈方的到来，秦博脸上满是意外，大概除了警察，这个家已经很久没有外人登门造访了。

“冒昧打扰了秦老师，我们想借10来分钟时间向你了解些情况，你看可以吗?”沈方站在门口彬彬有礼地说道。

“是沈老师啊。”秦博不冷不热地应了一句（大概被妻女失踪的事情折磨得有些麻木），随即把视线移向旁边的梁泽，“这位是……?”

“我……”梁泽早就局促得要命，见秦博用戒备的目光盯着自己，更是不知如何应对。

“啊，他叫梁泽，是我的一个朋友。”沈方四下看了看，有所暗示地说，“我们可以进去聊吗?”

“当然。”秦博挪开身旁的纸箱，让开一条道请二人进去，然后把入户门关好，“随便坐吧，我去给你们倒水。”

沈方赶忙拦住：“不用了秦老师，我们说几句话马上就走。”

秦博也没再坚持，让二人坐沙发，自己拉把木椅坐了下来：“沈老师，你们找我有什么事呢?”

“是这样的。”沈方打算先从梁泽的身份和来意谈起，“你让我帮忙变卖的那只挂钟，我找到买家了，他跟我们在同一座城市，也刚好是我认识的一位朋友。”说着，沈方快速扫了梁泽一眼。

“哦。”秦博的反应依旧不冷不热，“那你代我谢谢人家。”

“只是……”由于秦博也是老师，沈方尽量斟酌着自己的用词，“自打挂钟买回之后，便发生了十分奇怪的事情。我的那位朋友每天23点12分就会面对挂钟独自发呆幽幽哭泣，更令人不解的是，前几天夜里他突发心肌梗死亡故，咽气的那刻，时间恰巧就是23点12分。”

秦博的眉头拧在一起，脸上肌肉不断抽搐着。过了半晌，他终于做出回应：“我明白了，这位就是你那朋友的儿子，他替父亲向我兴师问罪来了。”

“不不不，我们绝对没有这个意思。”沈方赶忙辩解道，“我们就是想从你这儿了解下有关那只挂钟的具体来历……”

“有什么好了解的？一只挂钟能出啥幺蛾子？”顿了片刻，秦博接着说道，“当时都讲过了，挂钟是我们家祖传的宝贝，若不是为了筹钱寻找老婆和女儿，我还舍不得卖呢。再说了，那挂钟搁在我们家这么多年一直都好好的，从未出现过你们说的那种情况。如果为这个来，很不好意思，你们请回吧。”

梁泽有点急了，沈方却按住他的手，不慌不忙地对秦博说道：“如果单为这个，的确没必要专程打扰秦老师，只是以我目前得到的线索，这挂钟直接关系到你失踪妻女的下落。”

提到妻女的事，秦博的眼里终于闪出一丝亮光：“你知道她们在哪儿？”

沈方未置可否：“我不是神仙，无法掐指一算就知道人的下落。但凡事皆有迹可循，要得到更进一步的线索，需要你的积极配合。”

秦博：“你让我怎么配合？”

沈方：“我问你几个问题，请务必如实回答。”

秦博：“好。”

9 修表店

沈方立即开始她的提问：“你跟你妻子以及女儿的关系，一直都很和谐、稳定吗？”

秦博不假思索：“对，我们虽然没什么钱，但彼此非常恩爱，绝不存在家庭暴力导致离家出走的可能。”

“很好。”沈方接着问，“在变卖挂钟之前，你跟梁译，也就是挂钟的买主有过交集吗？”

秦博摇摇头：“过去没有，现在也没有。挂钟是你帮我卖的，如果不是你提及，我根本不知道这人是谁。”

“那你的妻子呢？”沈方追问，“你能确定她跟梁译也没有任何往来吗？”

“你什么意思？”秦博的脸再次阴沉下来，“你在怀疑我老婆跟其他男人存在不正当关系？”

“我可没这么说。”沈方耸耸肩，“我不过想多一点渠道来验证我的推论，如果你们夫妻是彼此信任的，那就没有问题。”

秦博叹了口气，若有所思地说：“因为小时候家境不好，我老婆没读过什么书，成年后在社会上一直找不到合适的工作，所以结婚以来，我都没怎么让她出过门，一天到晚在家带孩子。一个整天围着孩子和锅台转的女人，哪有机会交往别的男人呢？”

“不好意思，是我多虑了。”沈方适时切换下一个问题，“寻人启事上说，5 月 29 号当晚，你妻子骑电动车送女儿到东三环学跆拳道去而未归。孩子学跆拳道一直都是她去送的吗？”

“不是的，一直都是我去。只是那天学校临时有事，我才让她替我送笑笑的。虽说小区离东三环有点距离，但只有一条主道还算比较顺，所以不存在迷路的可能；另外，笑笑放学是晚上 9 点半，不算特别晚，主道上车来车往直到凌晨，所以遇到坏人的可能性也不大。”说到这儿，秦博再次叹气，“唉，早知道这样，说什么也不让她去送笑笑，那时她已经怀有 4 个月的身孕了，我真他妈浑蛋！”

“跆拳道馆那边问过了吗？”在这关键点上，沈方连发数个疑问，“她们当晚是否安全抵达？学完之后是否立刻返回？有没有可能在中途拐到别的地方？”

秦博悲哀地说：“百分百是在学完跆拳道回来的路上走失的。”

“何以见得？”沈方追索。

“跆拳道馆老师告诉我的呀，他没必要对我撒谎吧？另外，除了送孩子学跆拳道外，我老婆还有个顺带的任务，那就是到位于河西丁字口处的修表店把家里损坏的挂钟修一下。修表店老板也可以做证，当晚 10 点 10 分左右她们母女俩到的店里，修完表离开的时候大概 11 点钟，修表店老板是亲眼看着她们顺着主路往回走的，还说当时主路有点堵车，她们母女几次想抢道都没成功……”秦博忽然想起什么，“会不会她们从路边的农田拐上某条小道，然后在小道上出了事？”

沈方沉思片刻，继续问道：“你老婆和女儿失踪，电动车呢，也失踪了吗？还有，跟她们在一起的挂钟怎么会落到你手里？”

“电动车跟人都不见了。”秦博又忍不住叹了口气，“我顺着主路找了几遍，希望能发现什么线索，结果只在距修表店大约 150 米远的路边草丛里找到了损坏的挂钟。”

沈方顿时起疑：“不是说修表店老板亲眼看着她们离开的吗？”

“是呀。”秦博摊着双手，“但人家也说了，路上堵车，她们母女几次抢道都没成功，时间那么晚，总不可能一直盯着她们吧，最后过没过去谁知道呢？”

“我记得你让我帮忙变卖的时候，挂钟好像是基本完好的。”沈方又问，“这么说，为了方便卖出，你把损坏的挂钟又拿到修表店重新修了修？”

“是的。”秦博点点头，“也是在河西丁字口那家修表店。”

这时，梁泽突然开了口，他怯生生地问：“为什么我爸收到货时，挂钟还是破损的？为了能用，他修钟花了不少钱呢。”

“那谁知道呢？说不定是快递的问题！”秦博以为对方要追责，赶忙拉上沈方为自己撇清关系，“沈老师可以做证，发货时钟表还是好好的。”

沈方则在关心另一个问题，她问梁泽：“你爸当时去的哪家修表店？”

“我不知道。”梁泽摇摇头，“我爸的个人遗物全都处理了，估计很难找到有用的线索。”

“沈老师，你问的问题警察们其实也都问过，41 天过去了，他们现在不也没有找到答案吗？”秦博从椅子上慢慢起身，“如果你们没有别的事，我还要出门呢。”

尽管还有疑问，可对方已经提出结束对话，沈方也只能悻悻地站起来："那好吧，我们就暂不打扰了。感谢你的积极配合，这些信息对我们来说非常有用。关于你失踪的妻女，如果有什么消息，我会及时通知你，望你们一家早日团圆。"

秦博对二人根本不抱什么希望，但还是礼节性地伸了下手："慢走不送。"

从秦博家出来，梁泽边走边问："怎么样，有什么线索吗？"

"先说说你的看法呗。"沈方把球踢回去。

梁泽舔舔嘴唇："该问的我们基本上都问了，该说的秦博也基本上都说了，好像没什么有价值的线索。"

"你不觉得秦博自己有问题吗？"沈方话里有话。

"没觉得呀，他的话句句合情合理，至少没什么大的漏洞。"梁泽忽然咝地吸了口气，"你不会觉得他在贼喊捉贼吧？"

这时对面有人过来，等那人过去后，沈方才回道："怎么不会？事情太过严丝合缝或者存在过多巧合，除了真相本身如此外，还有一种可能，那就是当事人处心积虑的结果。直觉告诉我，秦博作案的可能性非常大。"

梁泽表示不能理解："可您也看到了，他为了找妻子和女儿，把工作都耽搁了，家里能卖的东西也基本上卖光了，如果像您所说，他这么拼命折腾到底图什么？"

沈方直言："苦肉计呗。为了欺骗世人同情，引导社会舆论风向，获取自身最大利益，不下点本儿怎么成呢？没错，他失去的是不少，但谋求的利益要比失去的这些大得多。杀害家人，然后骗取巨额意外保险的例子你不会没听说过吧？”

梁泽立刻呆住了：“你的意思是，杨绢和秦笑笑很可能已经死了，而凶手就是秦博？”

对于这个骇人的推论，沈方并没有反驳，她只是把食指放在唇前，意思是小声点。

于是，梁泽压低声音追问：“就算是为了骗取什么意外保险，只杀害他妻子一个人不就行了？干吗要把亲生女儿和未出生的孩子牵扯进去呢？”

沈方反问梁泽：“你确定秦笑笑和未出世的孩子是秦博亲生的？”

梁泽的嘴巴张成了“O”形，他停下脚步，脑瓜子转了几圈，继而吃惊地望着沈方：“你……你怀疑杨绢跟我爸有奸情？”

沈方未置可否：“我只是觉得，从这个角度，秦博和你爸爸双方的行为都能解释得通。当然，这只是一种推测，不排除作案者另有其人。”

梁泽撑圆的嘴巴总算慢慢合上：“那我们下一步怎么办？”

“去河西丁字口的修表店，必须也只能从那儿打开缺口了。”沈方看看手机上的时间和日程，“不过今天不行，下午我还有点事情，明天我们打电话再约好吗？”

梁泽点点头：“好。”

10　通讯录

当夜，梁泽早早躺在床上，但辗转反侧，迟迟无法入眠，脑海里一直回荡着沈方白天说的话，尤其“你确定秦笑笑和未出世的孩子是秦博亲生的”这句，进而联想到父亲一些难以解释的行为，越想越觉得后背发麻。事实倘若真如沈方猜测的那样，父亲的人设将会就此永远崩塌。无论什么原因，他都无法容忍父亲对母亲的背叛，即使母亲已经去世多年。

终于，梁泽从床上爬起来，在各个屋子里到处翻找，他希望处理父亲的个人物品时有所遗漏，哪怕仅有一点点，只要能对查找事情的真相有所帮助，或者有利于证明父亲的清白。大约一个钟头后，他悻悻地回到卧室，有点后悔清理掉父亲的个人遗物了，至少不必清理那么彻底。

为避免过于钻牛角尖导致失眠，梁泽从床头拿过金铭送给他的两本书，挑出一本细细读起来，希望能借此静下心神，将诸多烦恼暂时抛在脑后。

不知过了多长时间，梁泽感到眼睛发涩头昏脑涨，自觉睡意将临，于是合上书本关灯休息。

睡得正熟，耳畔又传来窸窸窣窣的响声。梁泽警觉地醒过来，起初以为是老鼠，但转念一想，家里一向没有老鼠啊。难道是小偷？可入户门以及卧室的门窗睡觉前确认锁死了呀。最后，梁泽联想起前一晚上的梦，不觉后背掠过一股寒意，莫非……

他战战兢兢转过头，果然，借助窗外投射进来的月光，他看到父亲身着寿衣站在床前，依然用那种忧郁的眼神看着自己，与此同时，喉咙里还不断发出枯涩、低哑的抽泣声。梁泽本能地望向墙上的挂钟，如他所预料的，时间刚好是 23 点 12 分！

梁泽立刻意识到，诡异的梦境又开始了。伫立片刻，父亲转身摘下墙上的挂钟抱在怀里，幽幽哭泣着往门外走。因为知道是梦境，梁泽的恐惧比前一晚小了许多，此刻他的大脑完全被好奇和疑惑占据。梁泽相信，父亲这是在给自己托梦，他这么做一定有所引导和暗示，或许跟着他就能找到线索甚至答案。

像上次一样，梁泽不远不近地跟在父亲后面，出了敞开的入户门，顺着楼梯一步一步往下走。因为月光非常明亮，梁泽这次没有带手机，他们一前一后走出小区，沿着跟上次一模一样的路线，先穿过偏僻又晦暗的巷子七绕八拐地行至郊外，然后进入一条崎岖不平的田间小路，小路到头之后是一片黑漆漆的林子，出了林子，又在没膝的荒草中蹚行数百米，最终来到一座破败的建筑跟前。

父亲的身影又在黑乎乎的入口处消失了。梁泽担心跟丢，于是紧追几步上前，不料一只脚刚跨入门里，便感到一股剧烈的冷风卷着刺耳的噪音迎面袭来，紧接着脑袋发蒙、四肢无力，坚持了几秒钟后，腿一软扑通一声倒在地上。

跟上次一样，醒来的时候天色已经大亮。如同刚刚经过一番剧烈的运动，四肢非常疲惫，身上也汗涔涔的。梁泽坐起来，发现挂钟仍悬在原先的位置，房门和窗子也锁得完好如初。此刻的心境跟梦中不同，梦中因为知道正在做梦恐惧感没那么强烈，现在反倒增加了数倍的惊惶，毕竟连续两夜做了一模一样的梦，而且梦境那般诡异，场景那般真实，这种现象之前从未有过，他不知道是自己病情突然严重，还是某种不祥的预兆。

伸脚下床的时候，他再次惊愕地发现，睡裤的裤脚和拖鞋上沾有泥土和树叶，尤其是拖鞋，反过来看，脚底板上除泥土外还粘着一层砖屑样的粉末儿。要知道，这可是前一天晚上新换的睡衣和拖鞋啊（上一套因为弄脏拿去洗了）!

难道这两夜的经历根本不是做梦，而是实实在在发生的事情?! 也就是说，自己在半夜真的出了门，而父亲的灵魂也真的回来过？可若真的如此，父亲这么做的目的是什么？被抱走的挂钟失而复得又该作何解释?

梁泽的大脑混乱极了，他乍一起身，双目刚好对着墙上的挂钟。与此同时，他触电般颤抖着向后退了一步，直接跌坐在床上。这个父亲生前“深爱”的玩意儿，似乎从未让他产生如此深刻的恐惧！真的，他有一股立刻摘下来丢弃或转卖的冲动，但最终还是忍住了——这是父亲留下的唯一一件个人遗物，他舍不得。

吃过早饭，梁泽打车去了金铭那里。金铭正在给一位病人做心理咨询，于是他在会客室等了一会儿。助理小茜给他端茶倒水，见他心事重重，便问他怎么了。梁泽也不说话，只呆呆地瞅着金铭坐诊的玻璃隔间。

大约 20 分钟后，金铭送走那位病人，把梁泽请到诊室。

“来之前怎么不先给我打个电话？我好去接你。”金铭坐在黑色的转椅里，金黄的阳光从窗口泻入，将她半个身子映出一层炫目的光边。

梁泽客气地说：“知道你忙，不想耽误你的工作。”

金铭嫣然一笑，将身子往后仰了仰，从抽屉里取出一张芯片状的东西贴着桌面推给梁泽：“喏，你爸爸的手机卡。”

“居然找到了?!”梁泽喜不自禁地拿过来。

“幸亏那家二手手机店的老板比较懒，几天才清理一次垃圾桶。昨天你打完电话，我赶紧联系他，晚一步他就将手机卡连同其他垃圾一起丢出去了。”见梁泽开始把SIM卡往自己的手机里装，金铭告诉他，“我请人帮忙把删除掉的通讯录又恢复了，你看看有没有问题。”

“好。”梁泽点点头，查找了一会儿，他兴奋地把手机递给对方，指着屏幕上的一个联系人说，“找到了，应该就是他!”

金铭凑近去看，见那号码被备注为“修表店陈师傅”。

因为前一天通话中，梁泽把他和沈方的调查结果告诉过金铭，故而后者对此事并不感到陌生：“这么说，你爸爸也跟那个修表店老板有联系，甚至，那只残破的挂钟也是在陈师傅那儿修的?”

“很有可能就是这样。只可惜卖掉的旧手机已经刷新，不然的话，还可以查查详细的通话记录。”但转念一想，梁泽又觉得有些不对，“可我们小区附近也有修表店，我爸为什么要舍近求远呢?”

这时，金铭的电话来了，她一边拿起手机，一边说道：“或许那种老式挂钟只有陈师傅能修吧。”

事到如今，也只能这么理解了。梁泽静静等金铭接完电话，然后才开始说起他此行另一个目的。

听完梁泽的叙述，金铭并没有感到太大的意外，似乎一切皆在其掌握之中：“灵魂是不存在的，托梦之说更是无稽之谈，对于你的情况只有一种解释，那就是你梦游了。”

“梦游？”梁泽先是吃了一惊，而后立即表示否认，“不可能，我从来没有过这种行为。”

“可现在有了。”金铭从转椅里慢慢站起来，“造成这种现象的原因主要有两个。一是精神类药物的长期刺激，这些药有一定的让神经中枢兴奋的作用。而梦游主要是人的大脑皮层活动的结果。大脑的活动，包括兴奋和抑制两个过程。通常人在睡眠时，大脑皮质的细胞都处于抑制状态之中。倘若这时有一组或几组支配运动的神经细胞仍然处于兴奋状态，就会产生梦游。”

“二是，弗洛伊德认为，梦游是一种潜意识压抑的情绪在适当时机发作的表现。也就是说，它跟人的精神状态息息相关，过度的焦虑和疲惫也容易导致梦游的发生。”见梁泽一副愁眉不展的样子，金铭喊来小茜吩咐一番，然后把包好的两个纸包药递过去，“白色片片，每天晚上睡前口服一片，黄色片片是每日三次，一次一片，连服一周，相信你的问题能得到彻底解决。”

11　阿梅其人

梁泽接过药包，在手里轻轻捻着。小茜望了梁泽一眼，悄悄从内室退出。

“还有什么问题吗？”金铭两手撑着桌案。

梁泽的确仍有疑惑：“据我了解，人梦游的时候眼睛是睁着的，所看到的都是现实中存在的东西，所进行的也都是日常的行为习惯，可为什么我会见到爸爸穿着寿衣从外面回来，而且连续两夜所见所闻与活动轨迹都一模一样？还有，梦游开始的时间也差不多都在 23 点 12 分，这该怎么解释？”

“没错，梦游的确发生在现实环境中，其行为也多跟日常习惯有关，但之所以称为梦游，顾名思义，它自始至终都处于梦境当中。既然是梦，就必然有虚幻的成分。说白了，梦游就是现实和虚幻相结合的怪胎。”金铭扶了扶眼镜，有条不紊地解释道，“常言说，日有所思，夜有所梦，你始终放不下死去的爸爸，所以在梦中见到他根本不足为怪。之所以恰巧发生在 23 点 12 分，这是强烈的心理暗示所致，毕竟你爸爸留给你的这个时间痕迹实在太深了。”

“听你这么一分析，我感觉轻松多了。”但梁泽脸上还挂着一层淡淡的隐忧，“就是不知道今晚会不会继续梦游，我真是被吓怕了。”

金铭重新坐在椅子上：“不用担心，药含有镇定成分，它可以让你一觉睡到天明，什么都不会发生。”

就在此刻，梁泽的电话响了，屏幕显示来电者为沈方。梁泽接电话的时候，金铭喊小茜进来，两人低声交流着什么。

接完电话，梁泽起身向金铭告辞：“我得先走了，沈老师约我去找修表店的陈师傅。”

“好。”金铭点点头，“我 10 点钟还有一个病人，就不陪你去了。”

梁泽弯弯嘴角，拿着手机和药包从诊所出去。

“金铭姐，”小茜低声提醒对方，“您是不是记错了？10 点钟我们没有预约哦，你怎么不趁机去送送他？”

金铭的视线穿透玻璃，抵达梁泽在街边被阳光模糊的身影：“你记住，我所做的一切都是为他好。有些问题必须由他亲自去解决，不能事事都由我们替他做，不然我们所有的努力就都白费了。”

“哦。”小茜表示理解地点点头。

梁泽回到家的时候，沈方刚洗完车在楼下等他。梁泽让沈方稍候片刻，自己上楼去取挂钟，然后二人一起驱车赶往河西丁字口的修表店。

“陈师傅在吗？”沈方见店铺里没有人，遂敲了敲门口左侧的柜台。

这时，柜台后的藤椅里坐起一位 60 出头的老年男子，他看上去又黑又瘦，光秃秃的头上顶着一块湿毛巾，手里摇着破了边的蒲扇，有些昏黄的双目睡眼蒙眬。

“我就是。”老汉打量着柜台外的两张陌生面孔，“你们……找我有什么事吗？”

“一个多月前，是不是有个名叫秦博的人找你修理过一只老式挂钟?”沈方开门见山。

陈师傅拿下头顶的毛巾在脸上胡撸了一下:“每天来修表的人都有几十号,你问我一个多月前的事,我哪儿还记得清啊?”

“那这个,你还有印象吗?”沈方从梁泽手里取过挂钟,把它轻轻搁在柜台上。

陈师傅先大致瞟了一眼,后凑近仔细观看,几秒钟后,把视线移向柜台外的沈方和梁泽:“这东西从哪儿来的?”

“是我爸从秦博手里买来的。”梁泽插话,“我爸是不是也来你这儿修过挂钟?”

陈师傅有些茫然:“你爸是谁?”

梁泽:“他叫梁译,大概半个多月前来找的你。”

陈师傅执蒲扇的手明显抖了一下,这个细节被沈方成功收到眼底。后者刚要再问,一个老女人伸着手从屋里走了出来,她视梁泽和沈方不见,冲陈师傅劈头盖脸地嚷道:“别搁那儿闲扯,过来帮忙把菜洗洗,还吃不吃午饭了?”

陈师傅老老实实应了一声,刚要转身进屋,却被沈方叫住:“等等陈师傅,你还没回答我们的问题呢。”

“我……”陈师傅刚要开口,立刻被老女人厉声喝止。

“走吧,走吧!”老女人不客气地冲梁泽和沈方挥挥手,“我们什么都不知道,甭耽误我们做生意!”

陈师傅再次转身,却再次被沈方叫住:“陈师傅,此事干系他人生死,若非迫不得已也不会找到这儿来,如果您知道内情,还望务必告知呀。”

老女人冲上前来，唾沫星子飞溅一米开外："我说你们怎么回事？再纠缠不清报警了啊！"

"人家过来问事的，又没招你没惹你，何必发这么大的火？"陈师傅规劝老女人，同时又对梁泽和沈方说，"真不好意思啊，我年纪大了，时间也过去得久，对这挂钟实在没啥印象，你们再找别家问问吧。"

"怎么办，总不能找秦博跟他当面对质吧？"陈师傅和老女人进屋后，梁泽问沈方。

"陈师傅还好，就是那个老女人比较难缠。"沈方无奈地从柜台前离开，"刚才看到挂钟，陈师傅神色明显不对，尤其提到你爸的时候，他的反应更是不正常，所以我断定这里头一定有什么问题。"

梁泽掂着挂钟从后面跟上："可您也看到了，那个老女人多么嚣张霸道，有她在，陈师傅肯定不会帮我们。"

"那就趁她不在的时候我们再来，我就不信她能 24 小时守在铺子里。"沈方暗自磨牙。

梁泽却一点都不乐观："刚才您也听到了，他们要准备做午饭，这也就意味着，这间铺子既是营业场所，也是他们的日常住地，没准儿还真的 24 小时不会离窝。反倒是我们，说什么也不可能 24 小时在这里盯着呀。"

沈方驻足思考片刻，指着不远处的一家山西面馆："正好快到中午了，我们先去吃点东西，边吃边想主意。"

梁泽点点头："那好吧。"

由于还未到饭点，里面顾客不是很多，二人选了个靠窗的位置坐下。老板娘热情地迎上来，拿着菜谱问他们吃些什么。沈方随便点了两个凉菜，要了两碗鸡丁刀削面，等老板娘向后厨报完饭准备离开之际叫住她："大姐，路口钟表店那个老女人是干什么的？"

老板娘隔着玻璃朝不远处的钟表店瞅了一眼，刚巧看到老女人手端菜盆向路边树坑里倒水，于是露出厌恶的神色，用带着山西味的口音回道："她呀，姓什么我不清楚，只知道别人都喊她阿梅，是陈师傅的老婆。这人刁蛮得很，不但欺压老实巴交的陈师傅，还把周遭的邻居几乎都得罪个遍，惹不起哟！"

"难怪陈师傅如此惧内，原来摊上这么个老婆。"沈方趁机展开话题，"陈师傅是个手艺人，必然天天待在店里，那他老婆呢？每天都在这儿，还是隔三岔五过来一次？"

"我们巴不得她一年半载才来一次呢，大家眼里都得干净。可惜啊——"老板娘长叹一声，"除了早上和傍晚去菜市场买菜外，差不多天天赖在店里。这婆娘屁点本事没有，却喜欢没事找事，跟陈师傅是一天一小吵三天一大吵，闹得鸡犬不宁啊！"

沈方与梁泽对视一眼。这时老板娘扑哧一声笑了："刚听见那边嚷嚷来着，怎么着，你们是不是也领教过了？"

沈方没有说话，梁泽气呼呼地丢了句："我们不过问个事情，就被她给劈头盖脸骂出来了，这人简直无法沟通！"

"沟通也不是不可以，只不过人家得要这个。"老板娘快速捻捻拇指和食指。

"不会吧？这人钻钱眼里了？"梁泽惊讶地叫道。

“他们店铺前方树底下那块纸招牌难道没看见吗？‘问路50元’，明码标价！”老板娘啧啧道，“这年头啊，谁跟钱过不去？做生意像我这么实诚的真不多了。”

正说着，后厨传来喊声，老板娘慌忙过去了。不一会儿，老板娘又过来，把拌好的凉菜和煮熟的面条一一端上。

“对了，我还想问您个事情。”沈方叫住正要转身离开的老板娘，“你们晚上一般营业到几点？”

“九点多十点，最迟不超过10点半，虽说在丁字路口，可来来往往的人并不很多，所以就早早关门了。”老板娘眨巴着眼睛，“问这个做什么？”

“哦，我是想了解下这一带夜间的人流和车流状况，比如夜生活是否丰富，晚上会不会堵车？”为免多事，沈方没有提失踪的杨绢和秦笑笑。

“刚才不是说了吗？虽然是丁字路口，可来往的人并不很多，毕竟处于远郊，没有城里热闹，看看周边的门面数量和招牌内容就知道这一带有没有夜生活。至于堵车，那更不可能，23点之后基本没啥人了，偶尔出个事故等警察都得老半天呢！”说着老板娘不由得再次叹了口气，“早知这样，我就不租这里的门面房了，之前预缴了1年的租金，现在真是骑虎难下啊！”

梁泽的目光再次与沈方相对：照这么讲，陈师傅没有对秦博说实话。

12　又一张寻人启事

“哎，小伙子!”老板娘突然朝门口大声喊道，“别再往我家门口乱贴了，影响我们做生意!”

一个20出头的黄毛小伙儿嘴里说着“知道了”，但还是把手中的传单贴到电线杆上，然后才匆匆离去。

老板娘嘟嘟囔囔走出店外，奋力撕下那张新贴上去的传单，好让下方“本店招租”四个黑体大字显露出来。

“最烦这些贴小广告的，搞乱卫生不说，贴上来的东西还碍眼！之前尽是治性病、卖假药的，最近又都是通缉罪犯和寻人启事了。”老板娘把揭下来的传单拿在手里摇着，“您瞅瞅，这要死不活的模样，叫人看了晦气不晦气!”

因为碗里的面还烫，沈方闲来无事，于是笑着伸手说：“我看一下。”

“按说吧，这个赵素素浪是浪了些，人品也不咋的，但真实模样还过得去。就是搞不明白，她的家人干吗非要挑这样一张照片出来，好家伙，跟刚从棺材里爬出来似的。”说着，老板娘不由得哆嗦起来。

的确，不知是照片本身质量不好还是后期修图修得变形，再加上复印效果欠佳的缘故，寻人启事上的女子看上去确实有几分吓人。但沈方的注意力并不在失踪者的脸上，而是启事中的日期和地点。

“5月29号，也是在丁字路口?”沈方眉毛不禁一皱，“跟杨绢和秦笑笑一模一样?!”

“你说谁?”老板娘没听清楚，“什么一模一样?”

“刚才听你的意思，好像认识这个赵素素?”沈方问老板娘。

老板娘也不避讳，大大咧咧地说：“谁不知道她呀，这一带出了名儿的浪荡货。凭着有点姿色专门勾引有钱的男人，可以说是老少不拒、黑白通吃。不过，我也听说她原本不是这样的。她念过大学，而且还是学生会的委员，只可惜后来她妈死了，被禽兽的继父给糟蹋了，从此才自暴自弃……”

正说着，有几名顾客进来，老板娘就此打住赶紧上前迎接。

梁泽向沈方要过寻人启事，看了几眼问道：“沈老师，您说赵素素跟杨绢母女的失踪会有关联吗?”

“很难说。”沈方拿筷子挑起面条吹了吹，“吃完饭我们再去修表店一趟。”

梁泽隔着玻璃朝那边瞅了瞅：“可那个老女人还在啊。”

“没关系。”沈方自信地说，“我已经找到对付她的办法了。”

约莫20分钟后，梁泽和沈方再次回到修表店的柜台跟前。

“你们怎么又来了?不是说过我们什么都不知道吗?”听到敲柜台的声音，坐在门后藤椅上正端碗吃饭的陈师傅伸头看了看，惊讶地问道。

沈方从随身的提包里取出两张百元大钞拍在柜台上，这一幕刚巧被从屋里走出来的阿梅看个正着，后者眨巴着一双圆鼓鼓的蛤蟆眼：“你这什么意思?”

沈方开门见山："我们直接点。不是一个问题50块钱吗？我问你四个问题。"

"还是跟挂钟有关吧？嗯，我正好刚刚想起一些事来。"阿梅背靠门框，抠着手指上结着的面痂，"问吧，你想知道什么？"

"第一个问题，"沈方开始问，"5月29号23点左右，除了杨绢母女外，你们在丁字路口是不是还看到一个名叫赵素素的女人？"

"没错。"阿梅爽快地回答，"赵素素23点左右在丁字路口出现，还是我给警察提供的线索。"

"很好。"沈方继续提出第二个问题，"当夜，杨绢母女修完表离开的时候刚巧遇上堵车，你们对秦博是这样说的吗？"

阿梅继续点头："是啊，我对警察也是这么说的，有问题吗？"

沈方盯着对方的眼睛："据我所知，这条路上很少堵车，23点之后基本上只剩下少量大货车在来回奔行了，说堵车堵得电动车都过不去，那是不可能的。"

出乎沈方的预料，阿梅没有爆发，甚至没有表示反驳，只是垂着眼皮接着抠手上的面痂："你要是相信别人的话，只管向他求证好了，干吗过来问我？反正没有监控，别人想怎么说就怎么说呗。"

好一个狡猾的老女人！沈方无法打开局面，只得继续她的第三个问题："这条路除了主道，是否还有其他小路可以通往市区？"

"有呀。"阿梅这才重新撑起那双蛤蟆眼，"前方 200 米往右，有条无名小道，右拐往里，从孙八寨穿过去就能到昌平路，只是这段路非常偏僻，极少有人走，杨绢母女很有可能是从那儿路过时遭遇不测的。"

"遭遇不测？"沈方拧起眉毛，"为什么会遭遇不测？"

阿梅上前几步，将柜台上的两张大钞收起来："孙八寨有个外号老孙头的光棍无赖，经常调戏姑娘，惹是生非，不知祸害了多少女人，2 年前才从监狱里放出来。结果还是狗改不了吃屎，村子里的女人们天一黑都不敢出门。我估计，杨绢母女十有八九在路过孙八寨的时候遭遇他的毒手了。"

"就算事实像你所说的那样，人被老孙头非法拘禁，"沈方退一步讲，"可挂钟为什么是在丁字路口边的草丛里找到的？"

阿梅伸出巴掌左右晃了晃："这是第五个问题了。"

沈方从随身包里又取出几张大钞拍在柜台上。

阿梅这才眉开眼笑："伪造现场谁不会呀？要是老孙头没点智商，恐怕早吃枪子儿去阎王爷那儿报到了。"

沈方与梁泽对视片刻，梁泽开口问道："我爸来修理挂钟，有没有跟你们提到过什么特别的事？或者，你们有没有从这挂钟上发现什么特别之处？"

"你说梁译呀。"阿梅翻翻眼珠，似在回想当时的情景，"我还真记不清他具体都说了些什么，挂钟除了质量问题也没别的什么特殊之处，反倒是秦博拿来的时候挂钟有点不正常。"

"怎么不正常？"沈方接过话茬。

阿梅快速四顾，然后压低声音：“上面有血迹。”

“血迹？”沈方吃了一惊，“你怎么可以肯定是血迹而不是油漆之类？”

“瞧你说的。”阿梅瘪瘪嘴，“我活这么大岁数，是血迹还是油漆还能分不出来吗？不过，是不是人血就不知道了。”

“好吧。”沈方暂且让步接受，“那血迹是凝固的还是新鲜的？”

“当时已经干了。”说着，阿梅睃了陈师傅一眼，“因为觉得晦气，我家老头子怎么都不愿意修，秦博那个求啊……”

沈方脸上掠过一丝冷笑：“最终不还是修了吗？”

“拿人钱财替人消灾呗。”说完，阿梅转向梁泽道，“小伙子，沾血的东西不吉利，听我一句话，尽快转手把它卖出去，这样可以把厄运转嫁给别人，免得自己倒血霉！”

梁泽仔细观察着挂钟：“血迹……好像已经被擦掉了。”

“擦掉也不行！”阿梅煞有介事地说，“这东西阴魂不散的……”

沈方打断她的话：“你说的这些，也都告诉过警察了吗？”

“说了呀。”阿梅眨巴着眼睛，“不过他们信不信我就不知道了。”

沈方低眉思索。阿梅则贪婪地瞧着柜台上的大钞：“姑娘，看在你诚意满满的分上，我免费加送你个消息。”

沈方立刻抬起眼皮。阿梅附耳低语：“刚说的那个老孙头啊，他跟赵素素是对儿姘头，那天晚上啊，我亲眼看到他们俩一前一后进前边的小树林子。”

沈方笑得内涵："这些事情你都怎么知道的？"

阿梅笑得阴险："本地人嘛，在这儿开店也快10年了，方圆数十里，什么事儿逃得过我的眼睛？"

沈方使劲点了下头，说声"谢了"，拽着梁泽从柜台前离开。

陈师傅举着钱在后面大喊："哎，剩下的这些钱不要了吗？"

沈方头也不回："先放这儿，回头还要再来请教。"

阿梅从陈师傅手里夺过那几张大钞，蘸了唾沫数了数，然后扬眉一笑揣进腰包里。

13 老孙头

"我们现在去哪儿？"梁泽提着挂钟快步跟上。

"去找老孙头。"沈方走到路边，打开轿车车门。

梁泽从另一侧钻进去，抱着挂钟坐进副驾驶位："您觉得陈师傅老婆说的那些话可信吗？"

"三分真七分假吧。"沈方开始发动汽车，"但即便只有一分是真的，我们也要付出十分努力。毕竟我们手上的线索太少了，必须利用一切主客观因素，积极创造条件去剥丝抽茧、溯本求源。"

"我有点闹不明白。"梁泽百思不得其解，"为什么阿梅一开始极力否认，后来又突然改变主意，答应给我们提供消息。难道仅仅是因为'有钱能使鬼推磨'？"

"肯定不仅仅是钱的问题。"沈方斩钉截铁地回答，"我估计，最大的可能是她存心提供半真半假的情报，企图糊弄甚至误导我们。”

“应该不会吧？”梁泽仍旧疑惑，“如果真的像您所说，咱们稍作验证不就戳破了吗？而陈师傅他们跑了和尚跑不了庙，最终还面临我们的追究和指责，何苦呢？”

“怎么不会？”沈方有理有据地指出，“正常状况下，事情应像陈师傅所说的那样——每天修表者那么多，除了职业身份和样貌特征外，店主一般是不会留意或询问顾客姓名的，即便顾客说了也很难记住，而阿梅却把人名甚至交谈细节记得这么清楚。另外，我还注意到，几次陈师傅想开口都被他老婆用眼神逼了回去。之所以选择误导我们，那是因为收益要远比赌注大得多。”

“也不一定吧。或许挂钟的确非常特殊，这才导致他们对挂钟的主人格外留意。”说到挂钟，梁泽突然打了个寒战，“难不成事实真如你猜测的那样——秦博杀了他的妻子和女儿，然后把沾了血迹的挂钟变卖以图转移厄运？这么一来，我爸爸一直以来的诡异行为和最近的突然亡故就能解释得通了。”

“你不觉得这个观点有些迷信吗？”沈方打着方向盘，“还有，23 点 12 分这个时间点该如何解释？”

“我不知道。”梁泽目光颓然，“既然老女人的话不太可信，为什么我们还要去找老孙头？”

“即便七分假，还留三分真。我刚才说了，就算只有一分是真的，我们也要付出十分努力。”沈方直视前方，“眼下，我们必须先解开 5 月 29 号 23 点到底发生了什么这个谜，而解决该问题的前提是找到老孙头。”

沈方是个悬疑推理作家，她的嗅觉自然要比一般人敏锐些，思维也更有逻辑，于是梁泽也就不再多说什么。

正如阿梅所讲，200 米后道路右侧果然出现一个岔口，只是由于长期没人走处于杂草丛生的半荒芜状态，最重要的是，路面过于狭窄，步行或者通过一辆电动车尚且勉强，轿车根本无法通过，因此两人把车停在岔口，步行顺着小路往里蹚行。

小路两侧都是砖墙圈起来亟待开发的荒地，除此之外，还有一个废弃的老旧公墓，残碑断石，鸦鸣阵阵，让人感到森森的寒意。

走了大约一里来地，到达阿梅所说的孙八寨。孙八寨是本市东区规模最大、人口最多的都市村庄，几年前红火一时，人称“小香港”，近年由于城市化的推进，市政府不得不下达拆迁通知。在当地政府的努力下，如今大部分居民和租户已经迁移出去，只剩一小部分还在原地坚守。所以现在的孙八寨，林立的高楼见证着昔日的辉煌，寂寥的大街则显示着此刻的落寞。

虽然十几条大街小巷纵横交错，但找到老孙头家并没费多长时间，这得益于他“躁动全村”的名头。在一中年男子的指引下，梁泽和沈方来到后街一棚户跟前。这低矮的棚户夹在众多高楼中间，显得格格不入。

沈方敲了敲勉强能称作门的木板，里面无人回应，梁泽试着推了一下，门板竟然轰然倒塌。不多时，从破屋子里出来个 50 来岁的秃顶汉子，他光着脊背，穿一条灰褐色的大裤衩，黝黑瘦削的脸上杂纹横生，三角眼里满是警惕和意外。

“你就是老孙头吧？”院子里乱得实在没有下脚的地方，沈方只能站在门口问话。

“我是，你们找我干什么？”老汉狐疑地望着眼前两个陌生来客。

沈方举起其中一张印着杨绢和秦笑笑照片的寻人启事：“这两个人你见过吗？”

老孙头跨过杂物，趿拉着拖鞋走到沈方跟前，粗略扫了眼那寻人启事，然后摇头：“不认识。”

沈方并没有急着收回去：“仔细看看，看清楚些。”

老孙头遂再次观察，这回眼睛定在那里不动了。

“认识吗？”沈方再次问道。

老孙头咽了口唾沫，半晌才答：“不认识。”

“那这个人呢？”沈方拿出另一张印有赵素素照片的寻人启事。老孙头看了 2 秒钟，眼神飘忽起来，但最终还是给出了否定的答案：“不认识。”

“你撒谎！”梁泽指着老孙头鼻子气呼呼地吼道。

“你凶什么？”老孙头跟他对吼，“弄坏了我的大门还没找你们算账呢，告诉你们，不赔钱今儿就甭想走！”

“你……”梁泽欲再争执，沈方将他拦住。

沈方：“你想要多少钱？”

“至少 1000 块。”说出一个无耻的数字之后，老孙头又露出猥琐的笑，“不赔钱也行，你跟我睡一觉，咱这账就一笔勾销。”

沈方不气不恼，只是微微一笑："不就是1000块钱吗？我赔你。但你须老老实实回答我几个问题，要是敢撒半句谎，这钱你就甭要了。"

老孙头抹了下嘴角流出的哈喇子："行，你问吧。"

沈方绕到老孙头身后，盯着他的后脑勺："5月29号23点左右，你在哪儿？"

老孙头如芒刺在背，下意识地摸摸后脑勺："时间过去太久，想不起来啦。"

"看来，你不光人猥琐下流，记性一点也不好，那我就给你提示提示。"沈方慢悠悠地转回来，直视着对方的眼睛，"当天23点左右，你跟赵素素先后经过丁字路口，进入了主道南端的小树林子……"

老孙头立刻张皇失措地打断对方："你……你胡说，那天晚上我根本没……没有出门！"

"告诉我，赵素素是不是你杀的？"沈方继续逼问。

这话吓了梁泽一跳。老孙头更是惊恐万状，他用颤抖的手指着沈方："你怎么知道赵素素死了？你……你是人还是鬼？"

沈方适才所言本就虚张声势，见对方如此失态心里更有谱了，于是抓乱自己的头发，以凄厉之状向其咆哮："我是赵素素的冤魂，借身找你复仇来了，快些还我命来！"

本是剑走偏锋，冒险一试，不想竟出奇效。老孙头浑身筛糠般抖了一会儿，突然跪在地上："我不是有意要杀你的，看在我一时失手的分上，你就大人大量饶了我吧，我给你烧纸还愿、念经超度……"

沈方趁热打铁："饶你可以，告诉我杨绢和秦笑笑在哪儿?"

"你说的这两个人我真的不认识，也真不知道她们在哪儿。"老孙头磕头如捣蒜，"你就饶了我吧，饶了我吧!"

不甘之余，沈方便要故技重施："快说，她们是否也是被你杀害的？再敢撒谎，我就让你偿命!"

"说!"梁泽伸手拍了下对方的秃头。

令人预想不到的事情发生了，老孙头怪叫一声触电般直蹿起来，撞开沈方和梁泽往门外跑，但只跑了几步便倒在地上，进而两眼翻白、口吐白沫。

"这可怎么办?"梁泽担心地问,"我们不会搞出人命了吧?"

沈方盯着四肢不断抽搐的老孙头，一时也束手无策。这时，一年轻男子走了过来，瞧瞧地上的老孙头，用无所谓的口气对沈方和梁泽说："他这是癫痫病犯了，过一会儿就好了。你们赶快走吧，小心他醒过来讹诈你们。"

话虽如此，可沈方和梁泽都觉得把人丢在这儿置之不顾有点不太厚道，事情毕竟由他们而起，万一真出了状况，追究起来还真的脱不了干系。正犹豫着，老孙头不抽搐了，两眼也恢复正常，他晃晃悠悠爬起来，看到沈方后，大叫一声"有鬼呀"，拔腿便跑，转瞬跑得无影无踪。

"他的这里好像有点问题。"沈方指着自己脑壳，"一直以来都这样吗?"

"也不是。"年轻男子回想了片刻，答道，"大概一个多月前才开始这样，整天神神道道的，老说有鬼跟着他。"

一个多月前，这不是跟赵素素和杨绢母女失踪，以及梁译情绪发生变化的时间差不多一致吗？沈方陷入深思。

“你们甭管他。”年轻人以为沈方还在为老孙头的安危忧心，“这人坏事做绝，死了也是活该。”

14　三访修表店

离开孙八寨，返回城区的路上，梁泽坐在副驾驶问沈方：“您怎么知道赵素素已经死了？那会儿你质问老孙头的狠劲，把我也吓了一跳。”

“他的眼神告诉我的，不过我也不能百分百肯定，于是就故意诈他一诈，没想到真被诈出来了。”沈方扶着方向盘露齿一笑，“你不会怀疑我有未卜先知的本事吧？”

“那杨绢和秦笑笑呢？”梁泽接着问，“老孙头坚决否认见过她们，您怎么看？”

“第二次诈老孙头的时候，他的精神有些错乱，而人在下意识状态下是不会撒谎的，所以我觉得，杨绢和秦笑笑的失踪可能真的跟他没有关系。”沈方说。

梁泽无奈地叹了口气：“那接下来我们该怎么办？”

这时，沈方的电话来了，她用蓝牙耳机接听完之后，回复梁泽：“老孙头指望不上了，作为线索人和知情者，陈师傅跟他老婆则必定对我们有所隐瞒，所以还得找机会撬开他们的嘴。不过今天不行，我待会儿还要回公司办点事，明天再约好吗？”

“好的。”梁泽点点头，沉默片刻，他又接着说，“我在想，要不要把我们了解到的情况告诉警察？他们是职业的，有他们帮助，要比我们单打独斗、在迷雾中摸索好很多。”

“如果赵素素果真是被老孙头所杀，这件人命案警方怎么也不会放过，说不定现在已经掌握线索并开始调查。即便暂时还没有眉目，等我们办完手上的事情再通知警方也不迟。”沈方用眼睛的余光扫视梁泽，委婉地向他指出，“眼下我担心的是，万一杨绢母女的失踪跟你爸爸有关系，选择报警就未必能得到我们想要的结果，甚至事与愿违，我的意思你能明白吗？”

梁泽不说话了，他当然明白，即便只是一丁点可能，他也没有勇气在仗义执言与大义灭亲之间做出选择。

不知是不是金铭开的药起了作用，服药当晚，梁泽没有再做跟前两晚一样的梦，睡得非常踏实。

第二天一早，梁泽打车去找金铭，把前一天他和沈方的所见所闻详细告知了她。

金铭听罢，得出了跟沈方类似的结论，即老孙头已经没有太多价值，下一步调查的重点还是得在陈师傅和阿梅方面。但金铭也提出了一些不同的看法，比如，金铭认为，老孙头在杨绢母女的问题上撒了一半谎，即老孙头虽然不一定认识这母女俩，但一定知道二人的行踪。肯定出于某种特殊的原因，他的大脑屏蔽了这层信息，以至于在精神错乱的时候，潜意识也要隐瞒最后的真相。另外，金铭还认为，老孙头既是杀死赵素素的凶手，也是被阿梅刻意误导的受害者。而阿梅之所以这么做，极有可能是为了推脱自己身上的责任，企图张冠李戴、瞒天过海，总之，阿梅和陈师傅才是真正需要关注和调查的对象。

从诊室里出来的时候，梁泽发现沈方正在外间等他，于是有些意外。

“您怎么找到这儿来了？”梁泽惊讶地问道。

沈方微笑着从沙发上站起：“打你手机一直没人接，我估摸着就在这儿，所以就一路开过来了。”

梁泽忙摸出手机看了看，不好意思地说：“不知道碰到哪儿，手机被我调成静音了。”

沈方并不介意，她看了金铭一眼，问梁泽：“你们聊完了吧？现在是不是可以走了？”

梁泽“嗯”了一声。金铭则上前道：“我待会儿还要见个客人，不能陪你们一同前往，梁泽的事，就麻烦沈老师了。”

“不麻烦，应该的。”沈方礼貌地笑笑，转而对梁泽说，“车在外面，我们走吧。”

梁泽匆匆跟金铭告别，随沈方一起走到诊所外。

“你把我们调查的经过和结果都告诉金大夫了？”沈方系上安全带，发动汽车。

梁泽“嗯”了一声，进而回复说：“她是做心理咨询的，我想让她结合咱们的调查，从心理学角度给出一些意见和看法。”

沈方脚踩油门，没有说话。

梁泽感到气氛不太对：“您不会信不过金大夫吧？”

沈方未置可否：“跟谁说、不跟谁说是你的自由，但眼下线索错综复杂，涉及的人物特殊敏感，调查结果似是而非，在没有确切把握的情况下，最好不要节外生枝，你明白我的意思吗？”

梁泽小声嘟哝了一句：“金大夫又不是外人，怎么就节外生枝了？”

沈方明显有些不悦：“梁泽，你最大的缺点就是太过单纯，你得记住，不是所有认识的人都可以推心置腹……”

“我刚才说过，金大夫不是外人，她……”梁泽停顿了2秒钟才继续说下去，“她是我女朋友。”

“女朋友？”沈方瞪大眼睛，她对梁泽这样的自闭症患者能够谈上恋爱，而且搞到手的还是平常人眼中高不可攀的心理咨询师感到万分吃惊，“什么时候的事？”

“这……”梁泽面红耳赤，抓抓鬓角，不知该从何说起。

“行啦，不用说了。”沈方无意深挖对方的隐私，只是耐心地提醒他，“既然是男女朋友，那就该坦诚相待、毫无保留，这方面你是做到了。可她呢？为什么有些事情故意瞒着不让你知道？”

梁泽眨着眼睛：“什么事情？”

沈方目视前方：“修表店陈师傅曾找金铭做过心理治疗，所涉及的内容跟我们眼下正在调查的这个事情有关。”

“这倒真没听她讲起过，可能有什么难言之隐，或者觉得关联不大没必要讲吧。”梁泽问对方，“这事您怎么知道的？”

“你们在诊室里面的时候，我在外间跟助理小茜闲聊了一会儿，她无意间透露给我的。”沈方打着方向盘，“可能意识到失言，我再问她便什么都不说了。”

“掉头回去，我要亲自问她。”梁泽去摸方向盘。

沈方拨开他的手：“没用的，她要是打算告诉你早就讲了，你现在回去，她肯定会说出一大堆敷衍或拒绝的理由。”

梁泽脑子有些混乱：“那怎么办？”

“按既定计划，先去找陈师傅。”沈方语气笃定，“他极有可能知道事情的真相，在压力极大的情况下不得不去寻医问药，所以我们这次专找他的痛点打。”

“陈师傅倒是好对付，万一那个老女人还在，我们只怕讨不到便宜。”梁泽表示不乐观。

沈方看看仪表盘上的时间，显示此刻为上午10点41分，她低声喃喃了一句：“那就祈祷上天，让那个老女人不在吧。”

运气不错。梁泽和沈方到达修表店的时候，老女人果然不在，根据当下时间估计，大概出去买菜了。

“你们怎么又来了？”陈师傅三分厌烦七分紧张地推辞着，“不是说了让你们去找老孙头吗？”

“正是老孙头让我们回来找你的。”沈方煞有介事地说，“他说你跟你老婆撒了谎，是恶意误导，存心陷害，其实整个事件真正的幕后黑手是你们！”

“别乱扣帽子啊，我们可什么都没做，只不过拿人钱财，替人消灾……”陈师傅的话戛然而止，意识到说错话的他差点没抽自己嘴巴。

沈方耳聪目明，立刻揪住不放：“拿谁的钱，消什么灾？”

“我……我……”陈师傅结巴了。

“来这儿之前，我们先去拜访了金铭大夫，金大夫可什么都跟我说了。”沈方继续诈道，“你要是不想蹲大牢，就把事件的来龙去脉、前因后果，详详细细、原原本本地说出来，我只当给你个戴罪立功的机会。要是再装糊涂或者弄虚作假，我就把你交给警察，让他们治你个知情不报、栽赃嫁祸之罪。”

陈师傅面如死灰：“好吧，我说。但你们得答应我一个要求：冤有头，债有主，事情是我一个人做的，跟我老婆和其他家人没有任何关系，你们不能为难他们。”

15　失效的药物

沈方与梁泽对视一眼，异口同声道：“我们答应，你说吧。”

陈师傅咽了口唾沫，闭上眼睛似在做一个艰难的决定，等他睁开眼睛，终于开启嘴巴准备将真相和盘托出的时候，一个声音从不远处炸了过来：“不能说！”

转头看去，只见阿梅正提着半袋大米气势汹汹地赶来。

“你们可真够大胆的，三番两次来我们店闹事儿。”阿梅把大米放在脚边，伸手戳着沈方和梁泽，“说，到底给我家老头儿灌什么迷魂汤了，非要让他编造事实，承认罪过？有本事你们冲我来，欺负一个老实巴交的老头算什么?!”

“谁欺负他了?”梁泽回顶，“是陈师傅良心发现，自己愿意承认的，对吧陈师傅?”

沈方则全然不理会阿梅的胡搅蛮缠，只顾怂恿陈师傅：“甭理她，你接着说。”

“我可提醒你!”阿梅冲陈师傅叫道，“最好别干嘴巴痛快一阵子，心里后悔一辈子的蠢事儿!”

“是与非，善与恶，选择权在你手里，旁人无权干涉。”沈方眼含鼓励，“有社会公义为你撑腰，大胆说吧，陈师傅。”

陈师傅合目拧眉，似乎万分纠结。

“陈师傅……”梁泽上前一步。

陈师傅立刻睁开眼睛，摆着手用哀求的语气说：“你们别再逼我了，我真的什么都不知道，有啥话还是问我老婆吧。”

“陈师傅，刚才还说得好好的，咋又出尔反尔呢?”见陈师傅依旧推托，梁泽突然爆发了，“男子汉大丈夫，自该顶天立地、乾坤独断，何必受一个老女人控制？你不觉得这样做很丢男人的脸吗?!”

“嘿，你个小王八羔子这是在教训谁呢？看我不撕烂你的臭嘴!”阿梅一边骂，一边暴跳起来去扯梁泽。

梁泽抓住她的手臂使劲推了一下，阿梅噔噔倒退两步，一屁股坐在装有大米的袋子上。

阿梅恼羞成怒，举起半袋大米朝梁泽砸去，后者用手一挡，白花花的米粒从未绑紧的袋口汹涌而出，继而下雨般落在地上。

阿梅一看更气了，叫骂着欲再度上前，不料脚踩大米滑了一下，直挺挺地摔倒在地。梁泽和沈方被吓住——老女人毕竟上了年纪，万一摔出个好歹岂不惹了大麻烦？于是二人慌忙上前搀扶。

“不行了，脑袋蒙，骨头好像也断了。”阿梅对惊慌失措也赶上前来的陈师傅说，“千万甭招我，实在疼得受不了……”

梁泽和沈方一听，也不敢搀了，只得把她原地放下。陈师傅单膝跪在旁边，托着老婆一只手动也不敢动：“那你说咋办？要不打 120 去医院吧？”

“别别别！”阿梅制止住对方，然后对梁泽和沈方说，“事情都是你们闹的，所以你们得对我的伤势负责，一口价，赔 10 万块钱拉倒，不然咱就去法院打官司，看谁能耗得过谁！”

“10 万块钱？”梁泽嘴都气歪了，“讹人吧你，还真以为自己金枝玉叶呢！”

沈方也表示拒绝：“你是自己滑倒的，又不是我们推倒的，掰扯起来你得负大半责任，所以赔偿 10 万的要求我们无法满足，你尽管到法院去告。”

阿梅无法得逞，遂就地撒起泼来，她一边哆嗦一边直着嗓子喊：“快来人哪，有人光天化日欺负老太婆呀！他们打伤人还不赔偿，简直没有天理呀……”

临近中午，来往的人比较多，听到喊声人们纷纷朝这边围过来。梁泽哪经历过这种场面，一时间慌了神：“这……这该怎么办？”

沈方瞥了丑态百出的阿梅一眼，断定其身体其实并没有大碍，于是拿手机拨打了 110。几分钟后，110 赶到，民警询问情况后予以现场调解，沈方表示同意送阿梅到医院进行伤情鉴定，然后根据实际需要给予赔偿。民警在场，阿梅不敢继续作妖，只得表示接受调解。

一下午的各种检查，结果显示，除轻微脑震荡外，阿梅的身体没啥大毛病，可后者以脑袋严重不适为由拒绝离开。无奈，沈方只得安排她住院并留下来陪护，至于梁泽，沈方让他先行回去，等处理完手上的事情，再跟他商量下一步计划。

梁泽坐公交车回到家的时候天已擦黑，他在街边一小饭馆随便填饱肚子，然后早早上了床。拿出金铭给他的书翻着，脑子里却一直在回想白天发生的事情。时间一分一秒地流逝，差不多晚上 10 点多一点，他终于感到有些困倦，于是吃了一片药裹着睡衣沉沉睡去。

正睡得香，耳边突然传来窸窸窣窣的响动。这声音熟悉而真切，听得梁泽后背发麻，他知道，药物今晚并未产生作用，而诡异的梦游在中断一日后，又开始了。

他战战兢兢地转过身，果然看到父亲穿着寿衣正站在床头，由于当夜是阴天，窗外没有月亮，昏暗的光线中虽然看不见父亲的面孔，但依然清晰地听到其喉咙发出的低哑抽泣。梁泽摸索着找到手机按下侧面的电源键，毫不意外，屏幕显示此刻为 23 点 12 分!

“梦游是一种潜意识压抑的情绪在适当时机发作的表现，也就是说，它跟人的精神状态息息相关，过度的焦虑和疲惫也容易导致梦游的发生。”金铭的话犹在耳畔。难道是白天精神过于紧张才致使药物失效？就在梁泽发愣的当口，父亲已经摘下墙上的挂钟抱在怀里，幽幽啜泣着往门外走。

在真相的诱惑下，梁泽持着手机小心翼翼地下床，跟前两次一样悄悄跟在父亲身后。他们走出小区行至郊外，在丁字路口，梁泽无意瞥到此刻还未关门的修表店。前两次只顾跟随父亲，并不曾留意周边的细节，这会儿才发现梦中的环境竟和现实中一样，如此熟悉！另外，他还清晰地记得，阿梅曾说过老孙头和赵素素一前一后进入南边的小树林，怎么父亲也朝这个方向去了呢？等梁泽从沉思中反应过来，父亲已经走上那条崎岖不平的田间小路。

梁泽快走几步跟上去，随父亲穿过黑漆漆的林子，又在没膝的荒草中蹚行数百米，再次来到那座破败的建筑跟前。

“爸！”梁泽在父亲进入黑乎乎的入口之前高声喊道。——他担心像前两次那样，父亲进去了，而自己被一股无形的能量拒之门外，再次醒来时一切化为乌有。

父亲的脚步停下了，但也只是片刻的踯躅，很快他便重新起步直至身影完全消失在黑暗中间。梁泽不顾一切冲进去，与扑面而来的冷风与噪音进行搏斗。他好像被吸附在一个巨型的风暴眼中，身体遭受着狂烈的颠簸和蹂躏。

“爸！”在重重压挤和排斥中，梁泽声嘶力竭地叫喊着。几分钟后，风突然停了，噪音也从耳边消失，梁泽随惯性扑倒在地，一下子失去知觉。

跟前两次不同，再次睁开眼睛的时候，梁泽发现自己并未躺在床上，而是趴在满是砖屑和泥土气息的地面上，周边也没有明媚的阳光，而是黑漆漆、阴森森的。在距离脑袋 2 米来远的地方，他的手机屏幕正发出淡淡的蓝光。借助亮光，可见父亲背对他跪在不远处，面前则是一大一小两具腐败的尸体！

16　苏醒计划

“爸……”梁泽爬起来，战战兢兢地走近父亲。就在他壮着胆子伸手碰触父亲的左肩，想问问到底怎么回事之际，父亲的头缓缓转了过来。

“啊!”看到父亲的面孔后，梁泽大叫一声向后退去，途中绊到半截砖头一屁股跌坐在地。

“金……金铭?!”梁泽惶恐不安地瑟缩着身子，“怎么会是你？我爸爸呢？你怎么穿着他的衣服?”

金铭侧转身体，向梁泽伸出左臂，手上放着一张刚撕下不久的人皮面具。梁泽不能相信眼前这一幕，他使劲掐了下自己的大腿，痛感真切得可怕。

这肯定不是在梦游！梁泽暗自告诉自己，即便是，这么大的精神和肉体冲击也早该醒过来了。于是，他在痛楚和疑惑中渐渐明白过来：“这几夜所谓的诡异梦境，一定是你特意制造的，对吧?”

“没错，你不是在做梦，也没有梦游，这一切都是我不成熟的催眠术所制造的结果。”金铭缓缓地从地上站起来，摘掉头顶的假发，脱下身上的寿衣，走到梁泽跟前。

“为什么?”梁泽拨开对方伸过来的手，“为什么要假冒我爸爸的亡魂？为什么引导我来到这个地方？那里的两具尸骸是谁？为什么你会跪在他们面前?”

“别着急，听我慢慢给你解释。”金铭蹲下身来，以平视的角度望着梁泽，“首先，我告诉你我的真实身份。除了你所熟知的‘心理医生’外，我还有一重身份一直没有告诉你，那就是——我是杨绢的表妹。没错，我说的杨绢就是秦博的老婆，那张寻人启事上失踪的女人。

“其次，我告诉你5月29号晚上所发生的事件真相。当夜23时许，杨绢在修表店修完挂钟，载着女儿秦笑笑路过丁字路口，由于没有路灯光线昏暗，加之深夜行人稀少导致司机麻痹大意，结果母女俩被你爸爸开的大货车当场撞死。23点12分，是事故的发生时间，也是挂钟最终的定格时间。

“车祸发生后，你爸爸将撞毁的电动车弄到林子深处草草掩埋，又把被撞死的杨绢和秦笑笑拖到这间废弃已久的机井房以避人耳目。没错，你现在看到的正是她们母女的尸体残骸。至于那只染血的挂钟，后来被秦博从路边的草窠里捡回，他找修表店陈师傅修好以后，请沈方帮忙变卖。再后来，挂钟被你爸爸高价买走。

“再次，我告诉你你爸爸发生诡异行为的原因。本来，你爸爸是不清楚杨绢母女当时手里提着挂钟的，否则也不会置挂钟于草窠而不顾。这个细节是修表店老板告诉他的，因为陈师傅是当夜车祸的唯一目击者。除挂钟外，陈师傅还特别强调了23点12分这个时间点，要你爸爸不要忘记每年给死者烧纸还愿、念经超度，以免冤魂缠身。

“为堵住陈师傅的口，你爸爸花重金收买了他。陈师傅，尤其他的老婆阿梅再三向你爸爸保证，宁死不往外透露半个字。回到家后，你爸爸悄悄请人为死者诵经超度并烧纸还愿，尽管如此，他还是时常感到良心不安。但起初只是精神抑郁，自打买回挂钟之后便开始睹物思人，在巨大的精神压力和强烈的心理暗示下，终于发生了你所看到的诡异现象。

“最后，告诉你我精心安排的‘苏醒计划’和具体实施步骤。为替表姐诉冤，同时帮你解开父亲身上的谜团，考虑到实际情况，我不得不把事实以催眠的方式告知你。这个旨在让你发现真相走出困惑的行动被我定义为‘苏醒计划’。按照计划，第一步我要取得你的信任，并借机配到你家大门和卧室的钥匙，好为下一步实施催眠提供便利。

“毫无疑问，第一步计划顺利实施。第二步，我需掌握你爸爸的样貌特征、举止神态及入殓时所穿的寿衣款式与型号，以便在随后假冒你爸爸的过程中更加惟妙惟肖，这个自然也没遇到什么困难。可惜，在最关键的第三步，即实施催眠的环节出了问题，由于水平有限，导致你连续两次在进入机井大门时突然苏醒，进而因中枢神经暂时紊乱昏迷过去。

“为了‘苏醒计划’能够继续，我借治疗梦游为名给你开了所谓的丙咪嗪和神经营养素，其实都是些有利于催眠的镇定类药物。令我没想到的是，第三次催眠计划又失败了，只不过这一次你没有昏迷，而是当场醒了过来。”

“你怎么知道我爸爸就是撞死杨绢和秦笑笑的肇事者？”梁泽仍旧心存疑窦，“既然要为你表姐诉冤，为什么不选择报警或者把真相直接告诉我？”

“我也是前几日在帮陈师傅做心理治疗的时候才得知了真相，他以为把事实告知一个不相干的心理医生会比较安全，并以此寻求轻松和解脱，却万万没想到杨绢是我的表姐。”金铭再次把手伸向梁泽，“说实话，那一刻我真的想过要报警，可作为始作俑者，你爸爸已经过世，我岂能忍心把这么大的精神负担再强加于你？”

梁泽这次没有拨开金铭的手，任由对方轻轻抚摸自己的脸颊。

“思来想去，我只能采取这种类似催眠的办法。我知道这方面不是我的专长，但为了让你知晓真相的同时，又不影响我们彼此的关系，只能冒险一试。”说到这儿，金铭的声音颤抖了，“对不起，梁泽，我已经竭尽所能，但最终还是失败了。我不想拖累你，却把你伤得体无完肤。”

“不用跟我说对不起，你没有错，而且你所做的一切原本都是为我好。”梁泽抓住对方的手，“只是我还是不太明白，既然你是杨绢的表妹，为什么没有尽快把尸体入殓，而是继续让她们停在这儿受风吹雨打？既然你知道真相，为什么不告诉秦博，还让他继续满世界苦苦寻找？”

“因为这里是抛尸现场，‘苏醒计划’需要它的存在，只是没想到该计划在最后关头三番两次失败。之所以不告诉姐夫真相，理由更是简单——我无法阻止他报警，更无法眼睁睁看着你受父亲牵连。”金铭的声音由颤抖变成抽噎，“我可以暂时辜负表姐和姐夫，但让你饱受摧残和折磨我实在做不到。因为我是真的爱你，梁泽。”

梁泽鼓足勇气，用另外一只手把对方揽在怀里：“我知道，谢谢你为我付出这么多。现在已经水落石出，我们报警吧。父债子偿天经地义，我不会因贫穷和无能而选择逃避，也不会因自闭和怯懦而选择退缩。”

金铭含泪摇头：“不，由此引发的舆论冲击，随之而来的道义责任，就让我们一起承担吧。”

两人相拥片刻，金铭忽然想起什么，于是从梁泽怀中直起身来：“忘了告诉你，这里除了杨绢母女俩之外，还有一具尸体。”

梁泽差点忘了所处的环境，听对方这么说，不免后背一寒，颤抖着问了声：“谁？”

“赵素素。5月29日晚，老孙头把她诱骗到这里并杀死。”金铭说，“这也是陈师傅透露给我的。”

“陈师傅怎么知道老孙头杀死了赵素素？”梁泽颇感纳闷。

金铭回道：“你爸爸拖移杨绢母女尸体的时候，陈师傅悄悄跟在后面，他无意间发现赵素素也死在这里，另外，他还在现场捡到了老孙头经常在人前炫耀的那枚金戒指。结合之前看到的情景（老孙头和赵素素一前一后进入树林子），遂断定是老孙头下的手。”

梁泽恍然：“怪不得面对我跟沈老师的盘问，阿梅故意误导我们去找老孙头，原来是料定老孙头有畏惧心理，根本不会说实话，我们去了也是白去。”

“是的。”金铭点点头，“还有，我曾说过，老孙头虽然不一定认识杨绢母女，但一定知道二人的行踪。肯定出于某种特殊的原因，他的大脑屏蔽了这层信息，以至于在精神错乱的时候，潜意识也要隐瞒最后的真相，现在这个原因找到了。”

梁泽：“是什么？”

金铭：“老孙头杀死赵素素之后还没离开，又亲眼看见了你爸爸抛尸的过程。”

“可怕的场景必然给他造成严重的感官刺激，这也就可解释老孙头为何自5月29号之后就变得有些精神失常了。”讲到这儿，梁泽幽幽地叹了口气，“两起命案，的确到了该了结的时候，报警吧，金大夫。”

金铭微微颔首，从口袋里摸出手机，面对屏幕深吸一口气，接着按下了110。

17　尾声

梁泽和沈方来到临河的一家西餐厅，面对面坐在靠窗的位置，夕阳穿透巨大的玻璃幕墙，将他们的侧影映成一片橘红。

“真没想到最后的结果会是这样。”听完梁泽的叙述，沈方由衷地感叹一句，而后又问对方，“知道真相后，秦博去找你了吗？”

梁泽点点头：“不过我爸已经去世，他倒也没怎么难为我，只说赔偿150万做个了结。”

沈方：“你答应了？”

梁泽又点点头：“一家两口死于非命，这个数已经算是格外宽容了。”

沈方端过桌上的红茶抿了一口：“那你有没有想过以后的打算？”

“我想将我们家的房子作为抵押，贷款先偿还对方一部分，其余的慢慢再想办法。”梁泽低头摆弄着桌角的台布，“另外，我已经答应金大夫做她的助理了。”

沈方轻轻放下杯子，她似乎只关注到对方话语的后半截：“150万，你有没有算过，仅靠给人打工的话，得需要多久才能赚够这笔钱?"

"一辈子，够吗?"梁泽缓缓抬起头。

"你们……真的决定在一起了?"见梁泽点点头，沈方逐渐蹙起眉毛，"掺杂着利益和交换，你确定这样的爱是纯粹的吗?"

梁泽笑了笑："利益和交换是需要资本的，像我这样一无所有的人，她能图我什么?"

沈方有些哑然，顿了片刻，她说："可能是我想多了吧，不管怎么说还是要祝福你们，愿有情人终成眷属。"

梁泽："谢谢。"

两人共同举起红茶杯子，沈方喝了一大口，梁泽一饮而尽。

这时，十几米外的桥上一辆警车呼啸着驶来。梁泽和沈方的视线穿过玻璃，看到警车上陈师傅、阿梅和老孙头垂头丧气地坐着，他们手腕上分别戴有一副明晃晃的手铐。

晚饭过后，梁泽谢绝沈方送他回家的提议，独自沿着曲折的河堤行走。此地距他的住所还有十几公里，他就那么一步一步地用脚丈量，一边走，脑子里一边回旋着这些日子发生的事情。路灯的光线穿过树叶孔隙，在他年轻却又略带沧桑的脸上投下昏黄的残影。

回到家的时候已近午夜。梁泽疲惫不堪地拿出钥匙拧开入户门锁，打开客厅的灯，推开卧室门的一霎，来自外面的光线正好投射在墙面的挂钟上，那一刻，他赫然看到，挂钟的时间正好停留在 23 点 12 分。

七　爪印

沈方的故事讲完了，但直播并未立刻结束，其头像下方的数字仍在快速攀升。

包括夏天在内，所有嘉宾都盯着屏幕右侧的显示区，5 分钟后投票通道关闭，沈方所得的票数最终定格在 3209889，对比往期节目，这算是个非常不错的成绩。

这个时候，显示区右上角的“直播”字样消失，功能区的按钮恢复了本来的颜色。很快，除夏天外，其余九位嘉宾的头像下方先后亮起绿灯，这说明大家都有兴趣发表意见。夏天本不想说什么，却又担心太不合群遭到孤立，于是他在通话发起的最后一刻选择了加入。

“320 万！”金子琪首先开口，扩音器里充斥着她夸张的赞叹，“沈方姐，你这一竿子打得也太高了，我们怕是都接不住呢！”

“哎呀，小妹妹过奖了。”沈方不好意思地说，“我这个故事完成最早，但正因为仓促，肯定有不够成熟的地方，只能算是抛砖引玉吧。”

“沈总谦虚了。”欧阳凤玲优雅地摇着一把香扇，“该故事的确起到了先声夺人的效果，成绩说明一切。说实话，我也感觉到不小的压力呢。”

受到前辈夸赞，沈方更是受宠若惊，一时竟不知道该说什么。

这时，孙婷婷插口道：“沈方姐，这个故事是您亲身经历的，还是虚构的呀？”

沈方乘机脱离窘迫：“大部分是亲身经历的，一小部分做了艺术加工。”

弓涛听罢啧啧了两声：“能在司空见惯的东西上做文章才有最强的代入感，听完这个故事，我怕以后对钟表有心……心理阴影了。”

“通常来说，深藏于幕后的大 BOSS 都让人恨之入骨，而这个故事里的金铭不仅让人一点都恨不起来，反倒叫人产生满满的感动。”张森捋着小胡子，同时不怕事儿大地嚷嚷着，“这么好的构思，这么妙的创意，这么高的票数，依我看往下就不用讲了，直接请向霖老师颁奖得了！”

“320 万，也算不上顶级的票数，用得着这样大肆吹捧吗？”邱月脸上早就写着“不爽”二字，听闻张森的话更是翻起了白眼，“表面上极尽溢美之词，只怕心里巴不得对方早点出局呢。”

张森还未开口，却被金子琪抢过话茬：“自个儿内心阴暗，还以为天下人都跟你一个德行。”

邱月不服地回撑：“内心阴暗怎么了？实话实说、直来直去，总好过虚与委蛇、口是心非吧？”

金子琪不满地噘起嘴：“谁虚与委蛇、口是心非了？你把话说清楚！”

邱月点支香烟抽了一口：“我又没指你的名道你的姓，是你自己非要对号入座的好不好？”

金子琪气结：“你……”

“金子琪，少说两句。”夏天轻声喝止。

“忍一时风平浪静，退一步海阔天空。”连驰坐在中式椅子里捻着一串珠子，也慢条斯理地劝说道，“大家有幸结缘，同为嘉宾，何必闹得不愉快呢？”

邱月从鼻孔中喷出一股烟雾：“我不过就事论事，没有刻意针对谁的意思，是某些人自己曲解，非要编套子往里钻，我有什么办法？如今倒引来连先生一番宏论，连古语都抛出来了，叫我们小辈情何以堪？”

连驰听罢呵呵一笑：“连某也是就事论事，一时抒怀，何谈宏论？”

“你们都说完了吧？”一直未吭声的卓不凡终于开口了，“这个成绩固然不错，但也并非完美无瑕，好听的我就不说了，在这儿只点明两处缺点：一是解谜使用催眠的手法实在过于老套。二是结尾那句话似乎为了反转而反转，处理得比较生硬和刻意，让人感觉做作。”

沈方双手合十：“谢谢卓不凡老师，我以后会注意的。”

卓不凡闭着眼睛点了点头，其余人也都不再讲话，一时间众人陷入沉默。过了片刻，欧阳凤玲道：“已经6点40，晚饭时间差不多到了，没事的话就都散了吧，各自抓紧准备明天及以后的故事。”说完，自己率先下了线。

紧接着，邱月、连驰、弓涛、张森、孙婷婷和沈方陆续下线。此刻，头像下仍闪着绿灯的只剩下夏天、金子琪和卓不凡三人。其中，金子琪虽然挂着绿灯，但并不在镜头跟前——她到食品柜拿东西去了。

卓不凡慢慢睁开眼睛，嘴角带着幽幽的冷笑：“你终究还是未听从我的忠告，看来很有底气呀。”

“不是您想的那样。”夏天无辜地挠着鬓角，“我只是觉得……”

“还是那句话，现在离开仍来得及。”卓不凡并不给他解释的机会，“你可以选择不相信，但事实会证明我的所作所为完全出自好意，只怕到那个时候已经晚了。”

这时，金子琪拿着一瓶橙汁从食品柜边过来，她在椅子上坐下的瞬间，卓不凡的头像缩回了原始大小。

“我怎么感觉沈方姐故事里的梁泽有点像你呀？比如性格，比如家庭背景，又比如……”金子琪完全未注意到夏天的神色，自顾自地拧开瓶盖，把果汁往嘴里灌。

“又比如什么？”虽然夏天仍沉浸在和卓不凡的对话情境中，但听到这些还是马上敏感起来。

“算了，不说了。”为免遭埋怨，金子琪主动掐断话头，“咱还是聊聊故事与创作吧。听完沈方姐的《丧钟》，你有什么收获和感想吗？”

夏天快快地说：“好的坏的不是都被你们说过了吗？”

金子琪又灌了几口橙汁，连续打出两个嗝，同时脸上洋溢着一种莫名的兴奋：“你或许无感，但给我带来了很大启发，我想明天差不多可以轮到我了。”

“这么说，你已经有点子和创意了？”夏天努力打起精神，“拿出来讨论讨论呗，或许我还可以给你润色加工呢。”

金子琪用开玩笑的口吻说：“不能告诉你，你那么聪明，万一灵感被你窃取了怎么办？哈哈，别生气呀，逗你玩的。我是怕主办方听到，万一点子被别有用心的人泄露出去，会影响最终成绩的。”

“那就不讨论了，期待你明天的精彩表现。”夏天从椅子里站起来，伸了个长长的懒腰，“肚子饿得咕咕叫，我得吃东西去了。”

“好的。”金子琪跟着站起来，“今儿晚上我要连夜赶工，就不骚扰你了，期待你早日灵感迸发产出佳作，奥利给（加油）！”

食品柜里的东西虽然丰富，但缺少热菜热汤，总让人感觉没胃口，所以夏天只吃了两顿便感觉索然无味。可也没办法，总不能饿着不吃东西吧。于是夏天随便挑了几样，方便食品的特性加上内心深处的抗拒，很快就让他有了饱腹感。

吃完东西，夏天从书架上拿了一本东野圭吾的《放学后》，走到沙发床边才发现，早上慌里慌张地洗漱，床铺都没有收拾。不过都这会儿了，他也就不打算重新收拾一遍，因此顺势把被褥抻开，顺势脱掉鞋子躺在床上。牵拉被单的时候，他赫然发现雪白的被头上有一些淡褐色、梅花状的痕迹。

看样子是某种动物的脚印。可封闭如此严密的房间，哪来的动物呢？夏天忽然想到早上金子琪跟他的对话，后者信誓旦旦地说有只黑猫蹲在他的床头。倘若金子琪所言不虚，那么结合眼下的痕迹来看，这脚印必是那只黑猫留下的了。

可这畜生跑哪儿去了呢？如果不把它揪出来，或者不把它出入房间的通道封死，万一夜里再出来作祟，那得是多么糟心的一件事！

这么想着，夏天又一次把房间巡视一遍。在此过程中，他发现整个屋子里根本没安开关，这大概跟房间里没装窗子有一定关系。

一无所获，夏天悻悻地回到沙发床边，掸去被头的梅花状印迹，钻进被窝。他本想从名家作品里获得一些启发，可书看了大半仍旧没有好的思路，反倒眼皮子越来越沉。最后，他实在架不住困倦，喝了一支健脑安神口服液，放下书蒙头睡去（不习惯开灯睡觉）。

不知过了多久，突然传来一声猫叫。本就没有睡熟的夏天警觉地坐起身，四下看去，并未发现猫的踪影。或许是精神过度紧张听错了。他打个哈欠，翻过正在充电的手机，时间显示此刻为 23 点 12 分。

等等，这个时间点咋这么熟悉?！夏天的大脑进一步清醒——他想起来了，沈方所讲的《丧钟》里，主人公梁泽每夜都是 23 点 12 分醒来。梁泽的遭遇怎么会发生在自己身上？难道只是巧合？这么想着，夏天的后背油然生出一股寒意！

八　谶局

他匆匆穿上鞋，跑到大屏幕跟前，找到金子琪的名字，见头像中金子琪正在熟睡。

算了，还是不打扰她了。

他刚要转身，忽然瞥见某个头像里有动静（适才他注意到，所有嘉宾头像里的画面全是静止的——基本上都在睡觉），仔细看去，发现那是沈方正躺在床上睡觉，而她跟前则站了一个白色的影子，由于房间里只留着一盏昏黄的夜灯，所以看不清那人的面。

该不会是她的家人吧？可谁会半夜三更站在别人床头呢？乍一看到还不把人给吓出毛病来？又或者是小偷？可也不对呀，小偷夜间作案咋会穿这么扎眼的白色衣服？

23 点 12 分！夏天再次联想到故事里那个可怕的时间点！难道沈方她也……

正想着，白色人影默默地从镜头前离开。接下来，令夏天更加惊讶的一幕出现了：沈方身着睡衣从床上坐起来，俯身穿上拖鞋，然后脚步机械地朝镜头右侧走去（跟白色人影消失的方向完全一致）。也就是说，沈方所讲故事里的情节，在现实中她自己身上几乎一模一样地发生了！

夏天目瞪口呆地站了许久，直到两腿发酸才一屁股坐下。他仍然困倦，但再也睡不着了，就这么心怀忐忑地守着大屏幕。差不多凌晨3点钟，他终于看到沈方从外面回来，然后像没事人一样倒头继续睡去。

嘀嘀！

一阵清脆的提示音把夏天从梦中唤醒，他睁眼一瞧，自己竟然坐在椅子里睡着了。夏天循声望去，见大屏幕上金子琪头像下方的绿灯一闪一闪的。

夏天打了个哈欠，起身按下屏幕左侧功能区的联通按钮。

“嘿！你好早啊，看样子作品已经准备妥了吧？”相比夏天的萎靡不振，金子琪倒是一副元气满满的样子。

“哪有啊！我几乎一宿没睡，天快明才在椅子上眯瞪了一会儿。”夏天凑近镜头给对方看，“瞅瞅我有黑眼圈吗？”

金子琪仔细盯着屏幕：“黑眼圈倒没有，但有眼屎。”

夏天顿时臊了个大红脸：“你等等，我洗把脸再找你聊。”

金子琪摆摆手：“好的，我也正好去吃点东西。”

约莫10分钟后，夏天洗漱完毕，重新坐回椅子里的时候，金子琪已经咬着面包在那里等他。

“怎么不拿东西吃？”金子琪问。

“现在还不饿，等饿了再说。”夏天随便应付一句，然后急匆匆地切入主题，“还记得昨天早上你说的那只黑猫吗？我看见它的脚印了。”

金子琪似乎并不感到奇怪：“然后呢？”

“没有然后。”夏天摊着手，“我找了半天，还是连它的影子都没找着。”

见金子琪啃着面包不吭声，夏天咽了口唾沫，接着说：“再告诉你一件事——你知道我昨晚一觉醒来是几点吗？”

金子琪吃完面包，开始撕开一瓶酸奶：“不会刚巧是 23 点 12 分吧？”

“真没意思，被你猜中了，不过还有更神奇的。”夏天朝沈方的头像看了一眼，略微压低声音，“我醒来后，看见沈方老师床头站了个白色的人影，站了一会儿，人影开始往门外走，沈方老师起床在后面悄悄跟着，直到凌晨 3 点来钟才回来，整个情节跟她讲的故事几乎一模一样！”

“有这样的事？”金子琪喝酸奶的动作停止了，“那你有没有问问沈方姐，站在床头的那人是谁？她跟着出去做什么？也许这一切只是凑巧呢？”

“我没问。”夏天撇了撇嘴，“一来，她从外面回来的时候已经凌晨 3 点来钟，我不好打扰。二来，这毕竟是人家的私事，我也不方便问。”

“这是关心。”金子琪纠正对方的措辞，“万一跟《丧钟》里一样，白色人影用了催眠手段，而沈方老师毫不知情呢？这不是置她于危险之中了吗？”

“那待会儿我问问她。”夏天沉默了片刻，转而又问，

“哦，对了，昨晚听你说得到启发有了思路，不知道这会儿故事准备得怎么样了？”

“嗐，别提了。”金子琪猛吸几口酸奶，把空瓶扔进垃圾桶里，“想了两个方案，但都给毙掉了，还是再好好想想吧。毕竟这么重要的舞台，别的不说，至少得对得起那些在背后默默支持的粉丝吧。”

“那你继续构思。”夏天朝大屏幕右侧挑挑下巴，“我找沈方老师聊聊。”

金子琪比了个 OK 的手势，然后下线。

很快，夏天连线到了沈方。他没有开门见山提及昨夜的事情，而是先聊起前一天的故事：“沈方老师，您讲的《丧钟》实在太精彩了，昨天一直没机会向您请教，现在冒昧问您一下，创作出一部好作品，有什么技巧和方法吗？”

沈方听罢，微微一笑：“你也是个小有名气的悬疑作家，若说故事创作的方法跟技巧，想必你也深谙其道，不然就不会有今天的成就。另外，我近几年主要做幕后工作，早已不在创作一线，对当下流行的风格、派别以及实用元素根本不了解，岂敢在弄潮者面前班门耍斧，枉为人师？”

这话倒叫夏天窘迫了，他不好意思地说：“沈方老师您过谦了，如果没有足够的功力，绝不可能短短一天之内便创作出如此优秀的作品，且取得这般骄人的成绩。所以在晚辈眼里，您永远都是老师。故事讲完而且成绩斐然，相信您一定长长松了口气，相比之下，我们这些未开讲者则压力山大、寝食难安。实不相瞒，眼看两天过去了，我仍然没有一丝头绪呢。”

“早完早了，无非图个爽快利落罢了，反倒是匠心慧眼。玉汝于成，往往都是后来者居上。剩余的九日，舞台交给你们，我呢，就好好做个‘新一期王牌故事家’的见证人。”说到这儿，沈方突然话锋一转，“你一大早来找我，不会就只为说这几句奉承之词吧？”

“绝非奉承，我说的可都是心里话。”见对方一副“早就把你看穿”的表情，夏天咽了口唾沫，“除此之外，我还想请您看个东西。”

沈方：“什么东西？”

夏天拿出手机，从文件夹里调出一个视频，然后对着镜头点击播放。沈方探头去看，结果越凑越近，越凑越近，最后整张脸都压在了镜头上。直到视频播放完毕，她还在目不转睛地盯着镜头。

“沈方老师，”夏天小心翼翼地问道，“对于昨夜发生的事情，您真的一无所知吗？”

沈方缓缓缩回椅子里，紧绷着嘴唇一言不发。

夏天慢慢收回手机：“我觉得……”

“为什么录下这些？”沈方忽然疾言厉色起来，“除了你之外，有没有第二个人看过这段视频？”

夏天赶忙摇摇头：“我不是有意侵犯您的隐私……”

沈方伸出右手指着镜头：“立刻删掉！”

夏天被对方唬得有些猝不及防，毕竟在道义上不占优势，他不敢多说话，只好当着对方的面将适才播放的那段视频删除。

沈方继续用警告的语气道：“这件事情，不许告诉任何人，知道吗？”

夏天惶惑地点点头,他录制和播放视频本是出自好意,却万万没想到会是这种结果,同时也有些懊悔把此事告诉了金子琪。

夏天再次抬头时，沈方已经下线。他本能地朝沈方的头像看了一眼，后者在书柜和写字台间翻来翻去，不知道在找什么。

夏天坐了一会儿，然后起身到食品柜随便拿了点东西果腹，吃完之后继续到书架前翻阅资料以激发灵感。

他看起来端着书本，心却始终未沉进去，脑子里一直回旋着卓不凡所说的那些话，以及金子琪提到的黑猫，还有沈方的古怪举动，以至于随后拿出笔构思的时候，纸面上的元素近乎涂鸦，毫无逻辑与章法。

16：00，嘉宾们讲故事的时间又到了。在大屏幕嘀嘀的提示声中，夏天仰头把最后一口可乐喝完，搁下罐子快步走到大屏幕前，在椅子里坐定。

今天的讲述者是孙婷婷，被单独放大的头像中，她看起来比昨天的沈方更为紧张，额头和鼻尖渗出一层细密的汗珠，眼神和表情也不太自然。

“各位嘉宾，电脑、电视和手机跟前的粉丝朋友们，大家下午好。”可能怕自主发挥产生失误，孙婷婷使用了跟沈方几乎一样的开场白，“很荣幸，作为十名嘉宾之一受邀参加本届《王牌故事家》栏目，并经向主办方申请，现第二个开讲自己刚刚创作完成的故事。

“跟大家常看或常听的悬疑小说不同，我这个故事除了惊悚和恐怖外，还加入了些幽默和喜剧的元素，既紧张刺激又轻松好玩。故事的名字借用了一部电影，叫作《惊声尖笑》。大家做好准备，我的故事开始了。”

第二个故事：《惊声尖笑》

讲述者：孙婷婷

1　魂断片场

一个盛夏的深夜，一个远郊的废弃厂房里，《吊颈之约》剧组的拍摄正进行得如火如荼。

“Ready（准备）？”导演曹先才用右手拨拉了一下稀疏的头发，左手执着折扇，眼睛快速扫视一周。

摄像、灯光、录音等工作人员均打了个OK的手势。曹先才最后将目光投向不远处的一座高台，高台中央放了把破旧的椅子，椅子上站着位身穿红裙、披头散发，模样看上去阴森森的年轻女子。她慢慢踮起脚尖，将纤细的脖颈套在一只用麻绳制成的套索上，两手各自抓着一边，用眼神示意自己也已准备妥当。

“Action（开始）！”曹先才右手砍瓜切菜般往下一挥。四周的照明灯霎时熄灭，唯独留下一盏斜向打来的聚光灯罩着高台，这使得红衣女子立刻成为全场的焦点。她看上去有些紧张，抓着绳索的手和极力绷直的两腿瑟瑟发抖，导演一声令下，她立刻瞪大眼睛露出痛苦的表情，喉咙里发出低哑的呻吟。

“停！”曹先才大吼一声，气急败坏地冲着红衣女子嚷嚷，“怎么回事？吊脖子的戏是这样演的吗？有没有点专业精神？”

红衣女子放平发麻的双脚，拨开耷拉在额前的一缕头发，嘴里低声咕哝道：“嚷什么嚷？这不是头一次上吊吗？”

尽管对方声音很小，但还是被耳尖的曹先才听到了，后者顿时大发雷霆：“没吃过猪肉还没见过猪跑？眼看全剧就要杀青，偏偏到这最后一场戏卡壳，深更半夜全剧组就等你一个，你不觉得汗颜，不觉得羞愧吗？”

众目睽睽之下遭人羞臊，红衣女子实在不好意思到了极点：“曹导您别生气，让我再试一次，最后一次。”

“已经两次了，事不过三啊。如果这次还NG，你就不要演了，由此导致的损失全部算你的！”说完，曹先才高高扬了下手，“各部门准备，最后再来一次！”

“Ready？”几秒钟后，曹先才大喊一声，相比上次，嗓门中多了些戾气，少了些耐心。

除红衣女子外，包括摄像、灯光、录音等各部门工作人员均再次打出OK的手势。曹先才以为红衣女子也准备妥当，遂用折扇敲打了下左掌：“Action！”

不料，各系统设备开始运转后，红衣女子却迟迟没有动静。

“停——！”曹先才拉长声音大吼，后面的话还未出口，却被红衣女子抢了先。

红衣女子两手抓着绳索：“给我半分钟时间，我再酝酿酝酿，保证一次过关。”

曹先才气得脸色发紫，剧务主任施雨彤赶忙上前递杯茶水并好言安慰。

曹先才咕咚咕咚喝了几口茶，火气终于压下去一些。这时，红衣女子深吸一口气，踮脚将脖子挂在了绳索上。

“Action!”这回，曹先才拿折扇直戳着红衣女子。剧务主任施雨彤在心中暗暗祈祷，然而遗憾的是，尽管演员的表现较之前两次生动几分，但曹先才还是不够满意。

“停!”曹先才把折扇朝高台狠狠扔去。

“曹导别生气，我想到一个好的解决办法，去跟她交流一下哈。”安抚完导演，施雨彤又冲其他工作人员双手合十，“不好意思，大家稍等片刻。”

爬上高台，走到红衣女子身边，施雨彤请她下来附耳低语几句。前者听了面露难色：“这不是让我假戏真做吗?”

施雨彤耸耸肩：“只有这样才显得真实呀。”

红衣女子犹豫道：“不会出什么意外吧?”

“怎么可能呢?”施雨彤拍拍她的胳膊，“尽管把心放肚子里，这么多人守着呢，不会出事的。”

红衣女子咽了口唾沫，悄悄朝曹先才看去，后者看看手表，脸黑得跟锅底一样：“快点吧，甭磨磨叽叽了，这么多人等着呢!”

红衣女子咬咬牙，重新站回椅子上，两手抓着套索口中念念有词。终于，在曹先才再次发飙之前，她直接踮起脚把脖子挂了上去。施雨彤见红衣女子双腿发抖鼻尖冒汗，担心她不够果决或产生悔意，在她尝试着放开两手的刹那，助力一脚把下面的凳子踢到 2 米开外。

红衣女子登时直了眼睛，两手去抓绳索却使不上力，双脚拼命踢腾起来。曹先才端着水杯走到摄影机位前从镜头里观察，脸上终于露出满意的神色。

“坚持住，坚持住！现在的状态非常好！”曹先才扬起右手，示意动作保持。

红衣女子脸色苍白，喉咙里发不出声音，挣扎的力度也越来越小。

“摄影机走位，换个角度，对对，实在太棒了！就是要这种感觉！Perfect（完美）！”曹先才激动万分地指挥着。

正忙活中，不知谁碰掉了总电源，现场顿时一团漆黑。曹先才发出一句响亮的国骂，要求工作人员立刻检修。几分钟后，灯重新亮起来。这时，施雨彤一声惊呼，把曹先才吓了一跳，顺着对方的目光看去，这才发现红衣女子还在高台上吊着。

“快……快把人放下来！”曹先才慌了。

人们停下手中的活儿，几个身材高大的男子快速冲上高台，七手八脚地把红衣女子弄下来，平放在地板上。施雨彤拨开众人凑上前去，见红衣女子脸色铁青、嘴巴微张、眼睛紧闭，脖子下一条深深的勒痕。她哆哆嗦嗦地把手伸过去试探鼻息，完了一屁股跌坐在地：“导……导演，她死了！”

曹先才顿时如五雷轰顶，手中的杯子啪嗒一声落在地上，一时间粉渣四溅热气蒸腾……

2　雪莉其人

十几公里外，另一个废弃厂房的大仓库里，《诡片场》剧组也在赶拍夜场戏。跟前面《吊颈之约》剧组一样，该剧组拍的《诡片场》也是部恐怖片，而且也是面临最后一场戏；不同的是，他们40分钟前已经把其他演员的戏全部拍摄完毕，现在只等主角到场补上最终的部分。

“已经等40分钟了，雪莉小姐应该不会来了吧?”说话的是一个后脑勺扎着小辫子、下巴处留着短胡楂的男青年，他是该剧组的主摄像师，名叫张贵华，此刻正靠在摄像器材上抽烟。

“也不一定。”接话茬的是灯光师小崔，他留了个鸡冠头，左耳戴着耳钉，因为过于肥胖，说起话来哼哧哼哧的，“雪莉小姐出道多年，大小也算个腕儿，哪个腕儿不要大牌？接着等吧，我估计最少还得一个钟头。”

“不了解情况甭瞎说。”提出反对意见的是剧务主任何爱萍，她留着披肩长发，戴一副金边眼镜，看起来清丽可人，“雪莉小姐不仅演技过人，敬业作风也是出了名儿的，即便一天串几个片场，也从来不曾迟到过，今天必定发生了什么特殊状况。”

“要不再打个电话看看?”讲此话的是该剧组的导演刘光耀，刘导现年51岁，因拍恐怖片而出名。众所周知，其为人既“讲究”又“不讲究”：为保证拍戏顺利，一向遵循各种“辟邪”规矩，身上既挂有开过光的玉观音，又有神父祝祷过的十字架，每次拍戏甚至随身携带香火与圣水，说是为了中西结合、兼容并蓄。相比《吊颈之约》的导演曹先才，他可是圈子里出了名的好脾气，非常平易近人，对演员出了名地宽容和照顾。

“打过几次了，一直打不通。”何爱萍撇撇嘴，话虽如此，她还是拿出手机，找到通话记录，重新给雪莉拨了过去。因为按了免提，周围的人在七八秒钟的静默后，听到一个慢条斯理的女声：“您所拨打的电话暂时无法接通，请稍后再拨。”

这时，凉风骤起，远处传来隐隐的雷声。坐在椅子里的刘光耀看看手表，对旁边身穿汉服抱着胳膊的年轻女子说：“孙小姐，已经快午夜了，而且看样子要变天，为妥善起见，还是让司机小汤送你先回酒店吧，等拍摄完剪辑后我把成片发给你看，怎么样？”

汉服女青年全名孙婷婷，是一位业余悬疑作家，本次趁休年假顺道从厦门过来探班，作为她的首部被影视化的作品，她对《诡片场》的期待还是很高的，只是由于时间不凑巧，她只赶上这最后一场戏，倘若一眼没瞧就这么打道回府实在不甘心，于是她说：“没关系的，我再等一会儿，反正最后一场戏了，应该不会熬得特别晚。而且，雪莉小姐是我非常喜欢的女演员，正好借探班的机会一睹她的风采呢。”

“那好吧，我们就再等一等。”刘光耀扯了扯自己的对襟褂子，环视一周，转身又对孙婷婷说，“我看不少人快撑不住了，就请孙小姐讲个恐怖点的故事，给大家提提神。”

“这种场合还是不要讲过于恐怖的东西为妥，况且手里也没现成的素材。”孙婷婷微微一笑，打了个太极，“因为要赶新书，前期剧本讨论没有参与，你们发来的成稿也没顾上仔细看。这么着，就请刘导借此空当介绍下《诡片场》改编后的大致提纲吧。”

“也好。”刘光耀捋了捋花白的络腮胡子，“不过，已经到了这个时候，即便你有意见也来不及改了哦。”

孙婷婷点点头：“理解，理解。我只是闲来听听，别无他想。”

“那我就简单向孙小姐汇报一下。”刘光耀清清嗓子，开始边议边论，“新生集团业务负责人齐航为在竞标中获取有利位置，决定送新晋花旦阿琳给开元集团的招标负责人陈军，不想，在被送出前阿琳因意外烧伤而毁容。为避免失约，齐航诱骗一年轻女性到家中，发生关系后将其灌醉，然后请巫师剥下被害女子的皮植给阿琳。”

“然后，齐航把尸体埋在荒郊野外，让巫师用法器镇住，防止死者阴魂不散报复害人。几个月后，埋尸的地方建起了一座工厂，可惜因经营不善工厂很快倒闭，之后因长期无人接盘渐渐废弃。又半年后，阿琳所在的剧组到此拍摄恐怖片，工作人员在布置场地时不慎拔去了插在地下的法器。

“按照原作，法器拔除后，被害女子的灵魂变成厉鬼，随即对包括阿琳在内的剧组人员进行各式杀戮，最后向侥幸逃离现场的齐航和陈军索命。二人找来当年那个巫师企图消灭厉鬼，不料巫师反被厉鬼打败并被活活剥掉外皮。接着，厉鬼裹上人皮继续对齐航和陈军展开追击，最终将他们逼入乱线网活活电死，使其落得一个面目全非的下场。

“为方便过审，也为了观众便于接受，我们对法器拔除之后的情节做了变动，即剧组不断发生灵异事件，陆续有人员伤亡。最后，一工作人员在逃跑途中遇到看守厂房的老者，得知所谓真相。这里所说的真相，跟原作中讲的厉鬼复仇的情节是一致的。

“结尾部分突然反转，按照我们最终确定的剧本，看守厂房的老者才是幕后真凶，他是那个死去女人的舅舅，制造恐怖事件的目的就是报仇，而这个剧组背后的投资方正是齐航和陈军所在的新生与开元集团。当然，按照恶有恶报的道义标准，齐航和陈军最后也没落得好下场——他们在探班那夜也被老者扮演的‘厉鬼’先后杀死了。

“大致就是这样。”刘光耀讲得口干舌燥，于是拿起水杯喝水，喝了两口又问，“怎么样，改编得还行吧?”

“挺好，挺好。”孙婷婷紧了紧汉服的领子。说实话，她对这样的改编并不满意，可事已至此，想做调整恐怕也来不及，于是只能附和。更令她不爽的是齐航和陈军探班被杀的情节，这使得她不由自主地联想到自己此刻的处境，因此不免后背发寒。

“已经一个多小时，要来的话早就来了。”一头黄毛的录音师小郑打个哈欠，口中嘟囔道，“大家在这儿苦等，指不定雪莉小姐正在某剧组的杀青宴上喝得醉醺醺的，早把我们这茬儿给忘了呢!”

刘光耀转头望向何爱萍，后者会意地再次拿起手机重拨，七八秒钟后仍旧摇摇头。

“真不行就用替身，做远景一样可以解决问题。”摄像师张贵华出主意。

“不行!”何爱萍立即否决，“雪莉小姐知道会生气的，她演戏向来亲力亲为，从不使用替身，咱们这么弄，分明是破坏她的名誉和声望！”

“还有，”化妆师张艳也从专业角度指出，“只做远景没有特写观众不会买账，虽然厉鬼的形象披头散发，但雪莉小姐的面部特征实在太明显了，使用替身，把镜头拉近还是会露出破绽，这些不是通过化装就可以弥补的。”

“这也不行那也不行，总不能就这么一直等吧？再耗下去天就亮了。”负责宣发的工作人员急得团团转，“关于杀青的发文都拟好了，公众号也设置了定时发布，明早媒体应约前来，咱们就等着出糗吧。”

“怎么办刘导？您得尽快拿个主意呀。”道具师华龙也催促道。

刘光耀深吸一口气，抬头仰望苍穹，一滴雨水刚巧穿透云层落在他的眉心上，他打了个激灵，随即右手猛力一拍大腿：“不等了！孙小姐不是在吗？咱临时修改剧本，按现有资源进行角色调配，就这么定了！”

话音刚落，外围即传来一声刺耳的惊呼。循声望去，只见司机小汤正伸手指着前方某处。余众一起转头，只见30米开外，厂房入口的破旧铁门处，站着一个身穿红裙、披头散发的女子，那女子样貌可怖、身形飘曳，在黑暗、闪电和强风的衬托下，看上去更是邪魅。

3　本色出演

“刘导，恐怖片场讲鬼是大忌，现在咱把鬼招来了吧。”摄像师张贵华支起身子，对一旁的刘光耀低声说道。

“别瞎说，世上哪来的鬼？即便有，咱们这么多号人，她还能把咱咋地？”话虽如此，刘光耀还是拿起了挂在脖子上的十字架，口中念念有词。

“刘导，您别逗了，这一看就是个中国鬼，用老外那招恐怕没用。”录音师小郑边往后退缩边说。

对方本是打趣，刘光耀却认真了，他立刻放下十字架，改换玉观音，口中的驱魔咒也变成了六字箴言。

“还是没用，对付国产的鬼得用符！”小郑继续打趣。

“去你的，我又不是道士，哪来的符？”刘光耀没好气地说。

“鬼怕亮光！”灯光师小崔脑筋一动，随即拖着肥硕的身子掉转手边的聚光灯，同时招呼身边的工作人员，“快来搭把手，把其他几盏灯也照向她！”

小崔这话提醒了司机小汤，后者赶忙跑上不远处专门拉演员的面包车，开启汽车大灯，随即两道强光直射过去，红衣女子立时捂住了眼睛。

虽然戏快杀青，大部分演员已经离开现场，但此刻车上还有六七位随后要跟雪莉搭戏的演员正在休息，见小汤发动汽车却又不走，灯光则罩着一个人不人鬼不鬼的东西，因此叽叽喳喳吵闹起来。

“大家别吵了，那不是雪莉小姐吗？”其中一个跟雪莉搭过戏的演员高声叫道。

“好像是哎，而且她的脚似乎受了伤。”另一个演员也说。

这时候，小汤透过窗玻璃看到，何爱萍已经朝红衣女子快步走去。——很明显，剧务主任也在灯光打亮的第一时间把雪莉认了出来。

雪莉在何爱萍的搀扶下拐拐巴巴地走到跟前：“对不起，刘导，路上汽车出了故障，我的脚也扭伤了，步行好几公里才到这儿，让大家久等了呀。”

刘光耀本就好说话，听对方这么一讲更是心软如水：“其实你可以打个电话，让小汤去接你嘛，何必自己开车过来？三更半夜路况又不好，多危险呀。”

“这边的演员和工作人员也需要用车，我怎么好意思麻烦人家？”雪莉依旧保持着歉意，“我也想着给你打个电话通报一声，正因为一边打电话一边开车，在拐弯处避让另一辆车的时候撞到路边石墩，兰博基尼报废了不说，手机也坏了，唉！”

“对方没被您吓着吧？”录音师小郑抚了一下头上的黄毛，开始打趣雪莉，“说实话，您今儿这身行头可真有点吓人。”

雪莉翻了前者一眼，继续对刘光耀解释：“在上个片场，最后一场吊颈的戏拍了好几次，耽误了时间，所以未来得及换妆就赶过来了。”

刘光耀非但不介意，听完还有点感动：“你的脚没事吧？用不用去医院看看？”

雪莉试着扭了扭受伤的脚脖，强忍着说：“先不管它，咱们抓紧时间拍摄吧，时间不早，别让大家继续等了。”

“那好。”刘光耀赶紧吩咐周边的工作人员，让他们各就各位。

大伙儿忙活起来的同时，雪莉也在张艳的带领下到临时化妆间进行换装。拨开披散的头发，拭去表层的粉底，雪莉原本的面孔在灯光下完全暴露出来：其脸如黄纸，腮若染霜，一双微细三角眼，眼白大于黑眼珠，两弯断续吊梢眉，前淡后浓尾分叉，颧骨突出、鼻孔朝天、嘴巴扁阔、乌唇外翻。总之，容貌自带三分死相，演鬼基本不用化妆。

而化妆师也的确省了不少劲，她不过将红衣脱下换成白裙，在演员面部用勾线笔画出几道血痕，依旧让其披头散发，被“厉鬼”附身后的人蛊形象便栩栩如生，令人看来不寒而栗。

临时化妆间外边，张贵华把刘光耀拉到一旁，向他诉说心中的疑窦：“刘导，雪莉小姐看起来有点不太对劲啊。她虽然不是那种特别活泼张扬的人，但至少平日里跟大家有说有笑，好歹给自个儿增添几分活气，今天却有一搭没一搭的，机械得像具行尸走肉，你觉得呢？”

刘光耀快速朝临时化妆间扫一眼，做了个噤声的手势。说实话，他也感觉到了，只不过光顾着拍戏的事情没往深处想，经对方这么一说，心里不由得打起了鼓。

这时，耳尖的何爱萍走了过来，低声申斥好事的张贵华：“人家串了几个场子，又带伤走了几公里路，肯定是累坏了。能不能别这么捕风捉影、妄自揣测？干你的活儿去吧。”

张贵华撇撇嘴离开了。

等其他人员准备妥当，雪莉的妆也刚好化完，这时，车里的几位演员也围了过来。

刘光耀举着小喇叭给大家鼓劲："剩下这场戏将是今天最后一场，也是全剧最重要的一场。大家都知道，恐怖片的卖点除了情节之外，最主要的就是气氛的烘托和视觉冲击力的表现。所以这场戏是否成功，很大程度上决定了整部电影在市场上的走向。关于剧情，大家想必都十分清楚，即法器拔除后，死者的'鬼魂'附在女主角身上，借其身体对在场者大肆杀戮。

"应该讲，剧情非常简单，台词拢共也没几句，说白了主要考验演员的演技。作为主角，雪莉小姐的重要性不言而喻，但要想拍摄顺利、取得成功，也离不开其他工作人员的努力配合。这场戏呢，我们大约需要拍摄 11 组镜头，所以任务还是比较艰巨的。现在是凌晨 0 点 41 分，两个小时内也就是 3 点前解决问题，大家有没有信心？"

"有！"剧务主任声音最洪亮，其余人则有气无力，声音也参差不齐。

"大家是晚上没吃饱饭，还是这会儿又饿了？"刘光耀继续拿着喇叭喊，"看来两者都有啊，不过没关系，咱们专车的后备厢里备足了美食和酒水，拍摄一结束大家就开饭，就当提前举办杀青宴了，怎么样？"

在剧务主任的带领下，众人立刻欢呼雀跃起来。

"该备的我都备齐了，怎么回报我，接下来就看你们的了！"刘光耀趁热打铁，"各部门注意，第一组镜头，预备——开始！"

全场鸦雀无声，只有仪器运行时发出的低频噪响。被调弱的聚光灯下，雪莉披头散发地从黑暗里缓缓爬出，她的胸脯贴合地面，头则微微昂起，发间露出少许脸庞，嘴角渗出的“血浆”和脸上暗红的“伤痕”交汇于一处。

摄像机和灯光随之后移。雪莉继续向前爬行，顺着平台边缘沿台阶爬下。她尖利如钩的指甲嚓嚓抠着地板，浑身的骨骼随着身体扭动嘎巴作响。所有人屏息凝神，都被雪莉惟妙惟肖的演技震呆了，以至于雪莉爬到脚边刘光耀才想起喊“停”。

4 停电事故

“真是太棒了！”刘光耀伸出大拇指夸赞。

“不，我还可以做得更好。”雪莉在何爱萍的搀扶下晃晃悠悠地站起来，“这时候，死者的‘鬼魂’是附在女主身上的，而女主是死者的舅舅假扮的，所以既得表现出鬼魂的魑魅，又要表现出活人的灵动，还需捎带点老者的僵硬。除此之外，面部表情还应更加生动，肢体语言还应更加细腻，这样观众才会有身临其境的感受。还是再来一次吧。”

通常都是导演对演员提要求，现在却反过来了。所幸刘光耀并非头一次跟雪莉合作，深知她的脾性（爱讲条件、认死理，带有强迫症的完美主义者），为了表现出自己对拍戏也是精益求精的态度，他配合地举起小喇叭开始吩咐：“各部门注意，就刚才那组镜头，再来一次啊。”

于是，灯光、摄影、录音、道具等不得不重新就位。而在张艳帮雪莉补妆的时候，突然一阵风从远处扫来，雪莉猝不及防，立刻开始剧烈咳嗽，直咳得面部涨红、直不起身。

刘光耀知道雪莉患有哮喘病，一受凉就发作，于是关切地问："要不要紧？"

雪莉摆摆手，然后接过何爱萍递过来的一杯热水，仰头一饮而尽，咳嗽算是略微缓解。

"继续吧。"说着，雪莉的表情与动作已经进入状态。

刘光耀："各部门注意，第一组镜头，预备……"还未喊"开始"，不知谁碰到了总电源，现场顿时一团乌黑。

"怎么搞的？"黑暗中传来刘光耀有些愠怒的声音，"小佟，快去检修一下。"

"好，来了。"一男子应声答道。

总电源的位置设在平台后方的上风口，为防止人多脚杂或老鼠之类的啃噬，主线没有走地面，而是从平台右侧穿过来的。所以，要顺着主线检修至总电源，就必须先通过台阶上到平台。

因为有应急预案，电工小佟迅速找到手电筒和工具箱，一路小跑到平台下方。可是在上台阶的时候，他脚下不慎被绊了一下，手电筒和工具箱重重摔在地上。他摸索着爬起来，找到工具箱，手电筒却不亮了。他使劲拍了几下，手电筒光乍然射在雪莉脸上，随着一声惊呼，他从台阶上滚了下来。

一个闪电将地面照得煞白，张贵华从摄像机镜头中无意看到，雪莉正快速扭动着身躯从台阶上爬下，那扮相、姿态结合周边的环境，真是要多恐怖有多恐怖。于是他的职业病又犯了，悄悄咽了口唾沫，按下"摄制"按钮，将眼前的画面悄悄拍下。然而，有感应似的，雪莉猛然转头看着张贵华，一双翻白的眼珠格外凌厉，吓得他赶忙按下“终止”按钮。

离平台较近的何爱萍、张艳，以及两个在现场的演员赶到小佟身边的时候，雪莉也爬到跟前了，雪莉连连表示歉意，问他有没有摔伤。说实话，小佟摔得不轻，但惊吓带来的伤害似乎更重，他不敢与雪莉对视，在对方说话的时候两手撑地屁股直往后挪。

“小郑、小汤，你俩带小佟找个地方仔细检查伤势，千万别摔出个好歹，实在不行直接送往医院，这事绝对不能大意。”刘光耀拿着小喇叭喊。

小郑和小汤应了声“好”，便立刻带小佟离开现场。雪莉则站起身缓缓拐到张贵华跟前，用一种不死不活却又不容置疑的语气对他说道：“未经允许擅自录制属于偷拍，这是违反职业道德的，所以请把你刚才录的那一段删了！”

张贵华乖乖照做，心里却在叨咕：就你那眼神倒还不错。

这时现场的灯亮了起来，道具师华龙拿着手机从平台边跑过来，向刘光耀汇报，说风太大，把主线跟供电设备的接口刮松了，有点接触不良，紧紧就好了。不一会儿，小郑、小汤也回来了，说小佟的身体没有大碍，已经扶他上车休息。于是刘光耀宣布拍摄继续。

跟上次一样，这组镜头拍摄完毕后，刘光耀竖起大拇指连连夸赞，但雪莉似乎对自己的表现仍然不太满意。好在刘光耀和何爱萍一起劝说，称时间紧，无须吹毛求疵，再加上天上的雨滴越来越密，雪莉总算没再坚持。

在刘光耀的张罗下，大伙儿铆足干劲准备拍下一组镜头。按照剧本，第二组镜头不再是雪莉的独角戏，而是需要两名女演员跟她配合，内容是：俩女演员趁拍戏间隙上厕所，不巧碰到藏匿在厕所隔间、被“厉鬼”附身的女主，其中一人当场吓晕过去，另一人在逃跑途中被“女鬼”抓住头发按到厂区附近的河流中活活溺死。

因为要借用废弃厂房的厕所，拍出陈旧腐朽的气息与质感，所以除小汤和小佟留守原地外（第一个场地离厂区出口近，而且依维柯不方便往厂房内部继续行进），其余人均转战200多米外的另一个场地。

厕所位置在西北角，离厂区的后门比较近。由于年久失修，厕所门、灯和供水系统早就坏了，隔间的门板也破得不成样子，风一吹就嘎吱嘎吱作响。与此同时，天花板出现不少细微的裂缝，顶上积存的雨水（前几日下雨）透过裂缝渗下来，滴滴答答地落在地上，汇成的水流因浸渍地板上不知何故沾染的红色颜料，看上去仿佛一摊污血。

此情此景，刘光耀深感满意：毕竟让剧组省了不少事，尤其在场地布置方面。雪莉似乎也更容易找到感觉，钻进其中一个厕所隔间左右摩挲，然后喊来张贵华试拍几个镜头。刘光耀和何爱萍站在张贵华后面，看着雪莉镜头里的表现不住地交口称赞。

“摄影机、灯光、录音全部归位，演员准备出场。好，大家都听我口令啊。各部门注意，第二组镜头‘死亡禁地’，预备——”刘光耀持着小喇叭，“开始”两个字刚要脱口而出，司机小汤匆匆跑到他身边附耳低语几句，刘光耀听完脸色大变，射向雪莉的目光充满惊恐。

见刘光耀傻呆呆的没有反应，张贵华遂敦促道：“刘导，可以开始了吧？”

“等……等一下，我肚子有点不舒服，上个大号先。”刘光耀放下喇叭，捂着肚子匆匆走开几步，忽然想起什么，又回到座椅边拿起其中一部对讲机冲周围的人说，“大家原地待命，有急事招呼我哈。”走出五六步后，刘光耀转头使个眼色，愣怔的小汤这才快速跟上。

“我喝水有点多，也想去趟厕所。”隔间的门吱呀一声开了，雪莉伸头对外面的人说。孙婷婷看看何爱萍，一向积极主动的后者这时却忙活起别的事情，佯装没听见。于是，孙婷婷获得一个接近偶像的机会，她上前搀住雪莉的胳膊：“你脚有伤，我扶你去。”

雪莉用翻白的眼珠看看她，道了声谢谢，两人慢慢朝门外走去。

几十米外一个隐蔽的角落，刘光耀低声追问手脚颤抖的小汤：“你从哪儿得来的信儿？消息准确吗？”

小汤声音发颤：“我的一个在《吊颈之约》剧组工作的朋友刚才打电话告诉我的，据他所说，雪莉小姐今天晚上在他们剧组演一场吊颈的戏，可惜发挥得不是很好，导演一直不满意，而雪莉小姐又坚持不用替身，没办法，剧务主任只好建议假戏真做，雪莉小姐居然答应了。结果拍戏的过程中突然停电，大家乱成一团糟，等来电的时候，雪莉小姐已经活活吊死在绳索上了！”

5　惊闻噩耗

刘光耀听得脊背发寒，但还是想再确认一下：“是他亲眼所见吗？别是以讹传讹呀。”

“这种事哪敢造谣？”小汤极力压低声音，“片场那么多人都瞧见了，因为雪莉小姐已经断气，剧组未打120，尸体是直接用车送回市区的！”

“怪不得雪莉小姐今天看起来格外奇怪，原来是这样。”刘光耀一手挠着头，“那现在该怎么办？这世上不可能有鬼啊！”

“等等。”刘光耀本来没有便意，可经这么一折腾，肚子这会儿居然真的难受起来，“我上个大号，你跟我一起去！”

“刘导，拉屎这事儿我就不用跟着了吧。”小汤忸怩着推辞。

“行，那你就自个儿回去吧。”说完，刘光耀气呼呼地转身离开。

小汤看看漆黑的四周，实在没有胆量单独返回，于是快步追向刘光耀：“等等我，我陪您一起去。”

十几分钟后，刘光耀和小汤回到片场，发现除了摄影师张贵华、剧务主任何爱萍、灯光师小崔、录音师小郑外，其他人几乎都不在，尤其是跟雪莉对戏的演员，干净得一根毛都不剩。

“刘导，人呢，被大风刮跑了？”小汤惊讶地说。与此同时，他的声音清晰地从附近椅子上另一台对讲机里传出来。

刘光耀暗骂了一声，肯定是太过紧张不慎按下对讲机的通话按钮，导致刚才跟小汤的对话全被广播了出去。而从在场工作人员的表情和神态来看，事实应该跟他想象的完全一样！

刘光耀张开右手，果然对讲机是开着的。他立刻关闭通话，颓丧地坐回自己的椅子上，事情糟糕得完全出乎预料，他真有点不知该怎么办了。

“刘导，你跟小汤的对话我们都听到了。因此，同雪莉小姐搭戏的演员和一部分工作人员也都走了，咱……还要不要继续拍下去？”何爱萍走过来，小心翼翼地问道。

刘光耀没好气地说：“当然要接着拍，难道我们也跑路不成？”

何爱萍看样子有些为难：“现场留下来的都是团队的核心成员，大家用强大的凝聚力和忠诚度暂时击败了恐惧与胆怯，因此工作还能勉强进行，只是跟雪莉小姐搭戏的演员恐怕一时难以到位……”

刘光耀巡视四周，最终把视线停留在服化道的位置上，见跟雪莉对戏的俩演员将服装脱下搁在那里，思考片刻，顿时有了主意：“爱萍，你来扮演其中一个角色，另一个女性角色就由小汤完成吧。”

作为剧务主任，何爱萍经常协调技术团队跟演员之间的关系，什么状况都遇到过，大局意识相当强，虽然因为没有演戏经验而感到为难，但也没说什么，顺从地过去试穿服装。

相比之下，小汤在剧组只是个司机，没有那么高的思想觉悟，而且这项临时工作对他来说确实很有挑战性，因此不得不发出置疑的声音：“刘导，我根本就不会演戏，况且一个大老爷们儿演女人多别扭，您还是另选高明吧。”

刘光耀尽量耐着性子：“这不是赶鸭子上架嘛。男扮女装怎么了？人家梅兰芳不也成为一代大师？再说，男扮女不是谁想演都能演的，这得看自身条件，若论外形相貌，你说现场哪个男同胞比你更合适？”

小汤看看年过半百、胡须满脸的导演，看看身材肥硕、步履维艰的小崔，再看看腰粗膀圆、一头黄毛的小郑，最后视线落在自己身上，唉，谁叫自己这般体格轻盈、小家碧玉呢？于是也就无话可说了。

见小汤终于走过去拿起那件女人衣裳，刘光耀开始吩咐张贵华：“待会儿拍摄的时候，爱萍和小汤尽量多给背面、侧身和远镜头，近距离特写全部留给雪莉小姐。”

张贵华点点头：“好嘞。”

见小汤穿上女人的衣服，一旁的何爱萍忍不住笑出声来。刘光耀看到又开始嚷嚷：“甭在那儿磨叽，快到临时化妆间找合适的假发，再互相简单化一下妆，雪莉小姐一回来咱就开拍，抓紧时间啊。”

正说着，耳边传来雪莉的咳嗽声，随即看到她和孙婷婷由远及近的灯光和脚步。

刘光耀压低声音，用前所未有的严厉语气警告众人：“所有人都给我听好了，如果不想明天吃苦头、丢面子，就顺顺利利地完成拍摄任务。关于雪莉小姐身亡的事，都给我老老实实管好嘴巴，谁要是敢走漏半点风声，别怪我刘某翻脸不认人！”

所有人点头称是。刘光耀稍稍安心一些，再次要求现场工作人员各自就位。

不多时，雪莉在孙婷婷搀扶下走到跟前，前者眼神不太好，只发现缺了不少人，但没弄清楚少的是谁，所以也就没说什么，对于何爱萍和小汤乔装改扮的搭戏演员，她更是没有看出来。

“雪莉小姐，喝点水补补体液吧。”说着，刘光耀亲自递过一瓶水。

雪莉道声谢谢，仰脖喝起来。刘光耀和现场其他人员瞬间石化在那里，他们清晰地看到，雪莉的脖颈下面果然有一道红紫色的勒痕！至于一旁的孙婷婷，刘光耀持着水却忘了递过去，孙婷婷尴尬地在原地站了一会儿，不声不响地坐回自己的椅子里。

“各部门注意，第二组镜头继续拍摄。两位搭戏的演员开始走场子，灯光、摄影、录音注意好走位！大家听我口令，预备——”等雪莉钻入厕所隔间，门板关闭之后，刘光耀才继续喊道，“开始！”

幽蓝晦暗的灯光下，何爱萍和小汤持着手机自门外缓缓步入摄像机镜头，两人牵着手瑟瑟发抖、战战兢兢，将人在恐惧状态下的张皇四顾“演绎”得极为生动。

你推我搡，两人来到厕所最里面，何爱萍先找到自己的蹲位，小汤则进入与之相邻的隔间。按照剧本设计，雪莉会在二人正方便的时候制造出诡异的声响，然后两位演员壮着胆子上前看个究竟，拉开隔间门板的刹那雪莉以厉鬼的形象现身。

然而，何爱萍跟小汤在隔间蹲了快 1 分钟，对面的门板却迟迟没有动静。刘光耀那边也不给任何提示，于是二人在等足 2 分钟后硬着头皮出来，其中小汤哆嗦着拉开了对面隔间的门板。

6　出其不意

何爱萍的心提到了嗓子眼儿，脑子里想象着各种恐怖至极的画面，结果，门开的一瞬，却见雪莉从里面扑出来，张着双手直接趴在隔间外的地面，地面上恰巧有摊水，弄了雪莉一脸一身。

看雪莉一动不动，何爱萍未敢上前试探鼻息，也未弯腰扶对方起来，只是问刘光耀："要不要喊救护车?"

"救护车是救'人'的好不好。"刘光耀嘟囔了一句，然后吩咐愣怔在那儿的小汤，"先把她扶起来，看看到底咋回事，刚才还好好的……"

小汤看样子颇感为难，刘光耀不悦地啧了一声，他才磨磨蹭蹭地俯下身去。不料，刚碰到雪莉的肩膀，后者便触电般抖了一下，继而上半身直挺挺立起，被水弄花的妆容使得她那张本就吊诡的面孔恐怖到了极点。小汤瞪大失魂落魄的眼睛，惊骇的叫喊声刚要出口，雪莉一口脏水喷到他的脸上，致使其直接昏了过去。

因为事发突然，张贵华的摄影机根本没有来得及停，灯光和录音也做了被动的配合，故而适才的一幕全都录了下来。见镜头正对自己，灯光和录音设备也朝这边聚集着，昏迷后苏醒的雪莉瞬间进入状态，扫一眼昏倒的小汤，起身抓住何爱萍的头发就开始往外拖。

何爱萍猝不及防，没戴假发的她在极度惊恐之下连挣扎的劲儿都没了，只剩下喉咙还有点张力，于是惊叫声凄厉无比。张贵华、小崔和小郑的职业敏感度还算不错，对于这般歪打正着出来的画面并没有错过，倒是刘光耀慢了半拍，等他彻底反应过来的时候，何爱萍已经被拖出洗手间。

“刘导。”孙婷婷忙把准备抬脚离开的刘光耀叫住，“这位司机师傅怎么办?”

刘光耀这才意识到，小汤真的吓昏过去了。但考虑到短暂的昏迷没有大碍，而摄制工作不能就此耽搁（很多镜头需要在演员保持好的状态下一气呵成），因此好言安抚道：“那就有劳孙小姐先帮忙守着，拍完这组镜头我们马上回来哈。”

说完，刘光耀就脚底抹油溜走了。

孙婷婷长长吐出一口气，她觉得今日确实不虚此行、大开眼界，对这些演员尤其雪莉的表现是佩服得五体投地。

厂区外的世界此刻仍旧电闪雷鸣，但雨点还不算密集。雪莉迎着大风，一边剧烈咳嗽，一边扯着何爱萍的头发往附近河沟的方向拖，小郑持着录音设备尚且跟得上，小崔则拖着肥胖的身体气喘吁吁，以至于灯光跟着他的脚步一摇三晃，如此明亮不定的光照效果配合起张贵华不断颠簸的摄像镜头，为画面增强了意外的真实感。

雪莉一口气把何爱萍拖了百十米，刘光耀也没舍得喊停，硬是以长镜头的方式将整个过程悉数收录。直到河沟边上，雪莉把何爱萍的脑袋按进水里之后镜头才停顿下来，原因是雪莉对搭戏演员的表现不满意。她认为，人在极度惊吓之中入水，肯定要挣扎呼救，所以水面一定会有气泡冒出，这样才真实。

刘光耀知道何爱萍不是职业演员，拿这么高的标准来要求她实在勉为其难，所以安抚雪莉说："这么暗的光线，观众根本看不清楚，差不多就行哈。"

"不可以。"雪莉直接回绝道，"细节是检验一个剧组用心与否的关键，绝对不能为图省事而糊弄观众。"

刘光耀无奈地看看何爱萍，后者抹了下湿漉漉的脸，伸手打出个 OK 的手势。于是，按水中淹死的镜头不得不再来一遍。

这一遍，水面终于有泡泡出现，但雪莉仍旧不满意："演员在水下停留的时间太短，至少得等水面平静超过 3 秒钟再关镜头，这样才能向观众暗示该角色已经被淹死了。"

刘光耀二度看向何爱萍，后者只顾往外呕脏水，连手势都比不出来。

"要不，换个人？"刘光耀明知道无人可换，却还是摆出一副换人的姿态，其意在激将何爱萍，"我怕再折腾下去会出事。"

雪莉抱起胳膊，意思是你看着办吧。刘光耀深知"一鼓作气，再而衰，三而竭"的道理，故而第三次看向何爱萍。这时，何爱萍脏水呕尽，非常具有大局意识的她咳嗽着说了句"再来一遍吧"。

雪莉深吸一口气，仿佛要被淹死的不是何爱萍而是她一样，然后毫不怜惜地把后者按入水中。

“卡！”待冒过泡的水面恢复平静超过3秒钟后，刘光耀立刻打了个响指，说了句“非常完美”之后，他瞥了雪莉一眼，后者绷着脸看似还不太满意。

“没事吧爱萍？”刘光耀俯身轻捶何爱萍的脊背。何爱萍摘掉被水冲歪的眼镜丢在一边，边呕水边摇头。

“何主任？”听到刘光耀的称呼，雪莉这才上前去看何爱萍的脸，“哎呀，不好意思，我眼神不好没看出是你，只注意到衣服了。”

何爱萍不断呕水，根本说不出话。

“怎么会是何主任？跟我对戏的演员呢？”雪莉骨碌着翻白的眼珠，“好像缺了不少人哎，他们都到哪儿去了？”

“司机小汤有点不舒服，临时抽出两名工作人员去照顾他了。”刘光耀撒谎说，“至于对戏的演员，我看时间不早、天气不好，他们也没多少戏份，可留可不留，所以打发他们先回去了。”

“那怎么行？”雪莉尽管不痛快，但还是话留三分余地，毕竟人家刘光耀是导演，“专业的人干专业的事，怎么可以互相替代呢？您看刚才多危险，若是有专业演员或水性好的替身在，何主任就不用遭这罪了。”

“我没事了。”何爱萍渐渐缓过来，对一旁尬立着的刘光耀说，“抓紧拍下一组镜头吧。”

既然话已敞开，刘光耀也就没必要藏着掖着，于是当着雪莉的面根据现有资源进行工作分配："第三组镜头主要是在临时化妆间，按照剧本，需要两位男演员跟雪莉小姐搭戏，因为人手问题，眼下只能有劳小崔和小郑兼职打工了，我重复下具体内容哈……"

"等等。"雪莉忽然插口，"我能否提个建议？"

"当然可以。"刘光耀看看左腕上的手表，"只要不改动剧本，其他什么都好说。"

雪莉冲他勾勾手，刘光耀跟过去，两人嘀嘀咕咕说了五六分钟的话。何爱萍发现，起初刘光耀的表情颇显为难，后来又如同醍醐灌顶，最终朝雪莉小姐高高竖起大拇指。

"咳咳。"刘光耀回到原地清清嗓子，"这样啊，雪莉小姐考虑到你们都是非专业演员，为减轻大家表演难度和思想负担，剧本做了小幅调整，待会儿小崔先进临时化妆间，按既定顺序整理镜子前的假发，小郑呢，在听到小崔的叫喊声再进去，然后把现出鬼影的镜子砸掉，其他全部交给雪莉小姐，就这么简单。"

"那我的结局呢？"小崔喘着气说，"看到镜子里的鬼影吓昏过去，这个没变吧？"

"还有我。"小郑也问，"我在砸烂镜子的时候，被飞溅的玻璃扎瞎一只眼睛，这也没变吧？"

"每个人的结局视具体情况而定，这个我真不知道。"见二人均露出难以置信的表情，刘光耀也不多解释，两句话敷衍过去，"一切处于未知之中，才能展现出其不意的真实效果嘛，如果事事按部就班就没意思啦。"

7　幻影成像

有这么拍戏的吗？这也不符合刘导的一贯行事作风啊，雪莉小姐葫芦里究竟卖的什么药？小崔和小郑听罢面面相觑却又无可奈何。

临时化妆间设在距离面包车不远的地方，也就是拍摄第一组镜头的平台边。刘光耀一行从河沟旁赶到那里的时候，电工小佟正在车里跟孙婷婷和小汤聊天。——几分钟前，孙婷婷在等不到大部队归来的情况下，把苏醒后的小汤带回了大本营。

见小佟和小汤都没啥事，小崔和小郑便怂恿刘光耀，说专人有专岗，灯光和录音离不开他们，还是让那两位帮忙串场子，尤其是小汤，上过场一次都有经验了。刘光耀刚把视线投向车厢，小汤便用手捂着胸口，面露痛苦之色，小佟也赶紧揉起早已经不疼的屁股。

于是，刘光耀把试图撂挑子的二人呵斥一顿，然后拿起小喇叭开始吆喝："各部门注意，现在准备拍摄第三组镜头'幻影成像'。工作已经进入关键环节，而我们当下也遇到一些困难，每个人不得不身兼多职。我希望各位以爱萍同志为榜样，舍小家顾大家，不计得失、无私奉献，相信通过我们的共同努力，一定能圆满完成手里的工作任务！"

"相比前面两组，第三组镜头的灯光和录音位置是相对固定的，所以小崔和小郑可以在基本调试好之后迅速进入演出状态，小佟和小汤也甭在车里坐着啦，必要时过来搭把手。总之，为了目标达成，每个人都要发挥最大的作用。好啦，相信大家都有足够的主人翁意识。从现在起正式进入摄制流程，第三组镜头预备——开始!”

一声令下，小崔在布置好灯光之后率先出场。他身穿戏服，拖着肥硕的身躯摇摇晃晃地走进临时化妆间。化妆间左右两侧各摆一排造型精巧的椅子，椅子相对的镜子前又各自托着一顶或长或短的假发。按照原剧本，小崔的任务就是一顶一顶梳理那些用过的假发，再把弄乱的化妆台一个一个收拾干净。

大概在梳到第四顶假发的时候，他看到了镜子里出现的“鬼影”。但问题是，刚才雪莉和导演私自把内容做了调整，这么一来，之后的状况将变得无可预知。因此，从第一个梳妆台开始，小崔的动作就格外战战兢兢。刘光耀十分不满，不断要求他“放松点”，别制造紧张气氛让观众提早保持警惕，那样就起不到惊吓的效果了。

几次NG之后，小崔终于“上道”，但也只是做到了表面的轻松——他吹着口哨努力装出心不在焉的样子，内心其实紧张得要死，不管手上在干什么，注意力几乎全部放在镜子上。

一连拾掇了七个化妆台，都没有事情发生，第八个——也就是右排最后一个，位于化妆间最里端，由于灯光设在入口，因此光线也最为晦暗。小崔手上梳着假发，瞳孔则放到最大，紧盯面前的玻璃镜子。还好什么都没有，而且根据经验，短时间内也不可能有什么异样。——毕竟闹鬼的情节都是人为的，现实中绝对没有乾坤大挪移，让“鬼影”从别处转瞬飞到眼前。

就在小崔暗自吐口气、彻底放松下来的时候，一缕假发突然缠住了他的大拇指。那顶假发又黑又长，几乎从桌台垂到地面，小崔扯了两下没弄开，于是将假发从中间一扯两半，试图找到纠扯的源头，结果里面毫无征兆地出现一张苍白的人脸，那张脸上划着殷红的血痕，缺少瞳孔的眼睛带着阴森的笑意箭一般射过来。

小崔只觉得心口一闷，紧接着两腿一软扑通瘫在地上。小郑听到异响，忙穿着戏服从外面进来，看小崔倒在地上，赶忙把他扶坐起来，却发现前者已经昏厥。见小崔一副不省人事任由摆布的样子，小郑心里想笑：这家伙装得可真像，不做演员真是可惜了。

小崔身材肥硕，小郑根本弄不动，正要出去喊人，这时身侧传来异响。循声望去，见假发后面的镜子里有个模糊的人影，不用仔细分辨，小郑便知那是雪莉扮演的女鬼。一切皆在计划之中，没见什么改变嘛。小郑扯掉假发，拿起下面的金属托刚准备砸向镜子，意外而恐怖的一幕出现了。

只见镜子里伸出两只惨白的手，一把揪住瞠目结舌的小郑然后死命往镜子中拽。小郑吓得魂不附体，直到脑袋磕上镜面产生疼痛才想起挣扎，他张牙舞爪、手足并用，好不容易挣脱那双手，却随着惯性撞在另一侧梳妆台上，瞬时椅子飞滚、玻璃四溅，万分惊恐加之身体刺激，小郑连滚带爬怪叫着逃出临时化妆间。

此组镜头一气呵成，刘光耀带头鼓掌。

“刘导，不带这么玩的呀，会出人命的。”小郑蜷缩在聚光灯下，脸上既羞臊又愤懑。

“这样才显得真实嘛。”说完，刘光耀冲依然趴在临时化妆间里的小崔吹了下口哨，“第三组镜头圆满完成，可以出来啦小崔。”

结果，小崔没有任何动静。刘光耀心生几分不妙，赶紧吩咐一旁的小汤和小佟：“你俩进去瞧瞧咋回事，别是真的晕过去了。”

“晕过去不要紧，怕的是……”何爱萍轻声嘀咕道，“小崔心脏本来就不好。”

这话令刘光耀顿时恐慌起来，拍戏拍出人命，他这个做导演的说什么也逃脱不了责任，所带来的后果更是不堪设想。所幸，小佟和小汤把灯光师从里面拖出来之后，刘光耀亲自上前试了试，鼻子里还有气。

雪莉此刻站在张贵华旁边，要求把刚才的镜头重播一遍给她看，搁在平常，张贵华绝对不会轻易答应，而现在面对的是雪莉的鬼魂，他可没有胆量拒绝。于是，雪莉如愿以偿地看到了由自己策划并演出的作品，脸上洋溢着诡异的微笑。

“雪莉小姐。”小郑在灯光下略略缓过劲来，仗着人多斗胆问道，“刚才明明见你站在镜子里，却伸出手来试图把我从外面拽进去，这有悖常理的一幕你是怎么做到的？”

“没那么玄乎，这不过是利用镜像制造的视觉错位。”雪莉怡然自得地拢了一下披散的长发，“也就是说，当时我并没有在镜子里，而是在你身体后面；你看着我从镜子中伸手把你往里拽，其实我是在背后把你往镜子里面推，明白了吧？”

见小郑仍旧一副半懂不懂的迷糊样，雪莉忍不住笑起来，这一笑，刺激了她的喉部肌肉，连续的咳嗽连着嘶嘶的怪笑声从她喉咙里发出，使得本就鬼气森森的她显得更加恐怖狰狞。

正巧这一幕被小崔看个正着，刚刚苏醒的他在极度惊吓之中又昏了过去。

8　以假乱真

“快快快，按心脏、掐人中！”刘光耀忙吩咐小佟和小汤。

二人手忙脚乱一番，无济于事。雪莉走到跟前，拨开满头大汗的两人，仰脖喝一口剩下的瓶装水，扑哧全部喷在小崔脸上。小崔一激灵，慢慢苏醒过来，一瞧见雪莉，叫声“鬼呀”翻身就想跑，却被刘光耀一把给抓住。

“瞎叫唤什么？大庭广众之下丢不丢人!”刘光耀厉声斥责。

小崔是真被吓着了，脑袋有些短路，全然不顾刘光耀使来的眼色只顾拼命挣扎：“放开我！快放开我！我不干了，我要离开这儿!”

“我看你有点神经过敏吧，现场就咱几个人，哪来的鬼?”何爱萍也上前帮刘光耀按住小崔，见对方指着雪莉口中仍在念念有词，不由得上了几分火，“拜托你看清楚点，那是雪莉小姐，不是什么鬼。”

刘光耀比谁都担心小崔把实情捅破，他只能顺着何爱萍的话往下说：“瞧你那点出息，一个五大三粗的汉子居然被一个文弱姑娘吓到。”

“只能说雪莉小姐的演技实在太好了，到了以假乱真的程度。有时候还真是‘人吓人，吓死人’啊。”张贵华插嘴道。

“怎么能怪人演技好？要怪只能怪自己太胆小。”小佟也站着说话不腰疼。

“你们……你们……”小崔气得结巴起来，“你们都他妈揣着明白装糊涂，雪莉小姐在上个片场已经死了，搁这儿拍戏的是她的鬼魂……”

“闭嘴！”刘光耀一个耳光抽过去。小崔立即噤声。

何爱萍担心暴力行为适得其反，因此赶忙劝阻刘光耀，并向雪莉解释：“对不起啊雪莉小姐，剧组近来连日拍戏，大家都十分辛苦，估计是小崔压力太大、疲劳过度，脑子出了点问题，我代他向你道歉。”

雪莉大方地摆摆手，表示自己不介意。

小崔挨了巴掌之后似乎清醒了许多，只坐在那里喘粗气，也不说话。

这时乌云过去，雷声渐远。在何爱萍的提议下，大家稍事休息。见何爱萍费力地从面包车的后备厢里拖出一箱矿泉水，孙婷婷赶紧上前帮忙，把水分给在场的每一个人。

前者分水的时候，小佟私下里问小汤：“刚才在车里，你跟我们说的都是真的吗？”

“千真万确，谁骗你是这个。”小汤比了个王八的手势，“我一个在《吊颈之约》片场的朋友亲口告诉我的，那边很多人都知道，不信你可以去打听。”

“妈呀，早知道，我就跟张艳和华龙他们一起先撤了。”小佟抚着心脏，“这么说来，小崔还算胆大呢，换作我怕早就一命归西了!”

“嘘!”前来分水的孙婷婷做了个噤声的手势,“刚才刘导都生气了,你俩还在这儿开小会,就不怕被雪莉小姐听到吗?”

小佟接过对方递来的水,拧开喝了一口:“孙老师,你不觉得事情越来越朝你原著小说的方向发展了吗?”

孙婷婷一时没反应过来:“什么意思?”

小汤主动从孙婷婷手中拿过另外一瓶水:“原著里是有鬼的,剧组硬给改编成没鬼的,结果到了实际拍摄的时候,没鬼又变成有鬼了,这可真是人算不如天算啊!”

孙婷婷听罢则摇摇头:“虽然我是写悬疑小说的,但我不信有鬼,我觉得这里头必有隐情。”

“什么隐情?”何爱萍分完水也凑过来了,她耳朵尖得很,早把三个人的对话听个一清二楚。

“我不知道。”孙婷婷摇摇头,“事实表明,几乎所有的灵异事件最终都是人为的,人们之所以相信有鬼,是因为认知有限罢了。我也一样,若要让我相信世上有鬼,除非拿出有说服力的证据。”

何爱萍则委婉地表达了异议:“浩瀚宇宙、芸芸众生,对于未知世界,最好保持一颗敬畏之心。所谓‘谨慎驶得万年船’,宁愿多此一举求得诸事圆满,不可鲁莽草率导致功败垂成,总之小心为妙。”

“何主任说得对,宁可信其有,不可信其无嘛。”刘光耀不知何时出现在旁边,他朝雪莉那边扫了一眼,压低声音继续说道,“雪莉小姐的鬼魂是来赴约的,你要是拒绝满足其愿望或者让她知道自己已经死了，咱们一个都跑不了！所以毫无选择，咱们必须配合她完成剩余镜头的拍摄，当然这也符合我们的利益嘛。不过，毕竟人鬼殊途，咱们在主动配合的同时，也得积极做好防御，两手都要准备。”

“怎么两手准备?”孙婷婷问。

刘光耀紧了紧自己的对襟褂子，看看手表，然后示意身旁的人靠近点：“下面几组镜头我也要出镜，那时候差不多凌晨2点，正值阴气最盛、阳气最弱的时候，而我们还要分散行动，这对大家抱团取暖、集中防御是极其不利的。刚才我说过，咱们首要任务是积极配合，把11组镜头全部拍完，但如果出现意外，大家就把她往面包车这边引，后备厢里有克瑞斯神父祝祷过的圣水，还有常远道长提供的黏糯米和黑狗血，中西结合，总有一样管用的。”

“当然了，还是我刚才说的，雪莉小姐虽然是鬼，但目的只是为了赴约，只要不主动伤害咱们，咱就没必要跟她做对头，大家各取所需、合作双赢嘛。总之，一切看我眼色行事，不到万不得已，不可轻举妄动，明白吗?”

前面几个人扎堆私聊的时候，张贵华则在一旁调试他的摄像机。不知是播放程序出了问题还是存储器故障，前面录的镜头怎么都找不到了。如果真的有什么差池，导致之前拍摄的镜头化为乌有，刘光耀肯定会跟他玩命的。因此，张贵华急出了满头大汗。

经过好一番折腾，总算找到了文件，但在播放的时候又无故出现卡顿，这种情况之前从来没有过。张贵华几度调试不成功，遂愤愤地用手在摄像机的“脑袋”上拍了几下。一顿折腾之后，摄像机终于开始工作，但播放的内容不像之前拍摄并留存的正稿。——准确地说，正在播放的是一段拍摄完之后又给删除过的。

镜头中，雪莉扭曲着身子从平台上缓缓爬下，一点点朝摄像机靠近。不对呀，这段影像应雪莉的要求已经删除了呀，这事他记得清清楚楚。正纳闷，雪莉的身影消失不见了。张贵华既惊恐又不死心，他把脸抵在摄像机上仔细观察，里面的确除了昏暗不清的场景外连个人影都没有。

嘿，这鬼娘们怎么说没就没了？疑惑着刚要挪开视线，忽然雪莉那鬼气森森的面孔毫无征兆地贴在了镜头上。张贵华触电般弹开——他心理素质算是好的，换作旁人恐怕早就“妈呀”叫起来了。

张贵华后退了两步才发现，雪莉本人就站在镜头前，脸上正露出报复成功的邪笑。再看摄像机，红色指示灯正一闪一闪的。——原来这不是在播放影像，而是刚才拍打摄像机时不小心碰触到了录制按钮，而雪莉小姐睚眦必报，是刻意借此机会吓唬他的。

“说过了不许偷拍，你的老毛病又犯了，快点删掉！”雪莉命令道。

张贵华不敢多做计较，只得乖乖照办，待雪莉离开后，才长长地舒了口气，接着发现裤裆里湿漉漉的一大片。

9　阴错阳差

休息大约15分钟后，《诡片场》剧组开始进入第4至9组镜头的拍摄。

按照剧本设计，该系列镜头剧情依然非常简单，用一句话概括，就是雪莉所扮演的“被鬼附身”的女主角大闹拍摄现场，但考虑到不同工种之间的切换（比如剧中灯光师遭袭击的时候，现实中必须由另一个灯光师替代其功能，而剧组目前只有一名灯光师，这就需要录音师或者剧务主任临时替代），操作起来对并非专业演员出身的幕后工作者来说极具挑战性。

正因为如此，再加上疲惫和恐惧，大家的积极性普遍不是很高，于是少不了刘光耀一番鼓励宽慰。

另外，由于情节相近、场景类同、演员需求集中、拍摄成本高，最好能6组镜头一气呵成，所以人员匹配的工作需提前做好。比如，第4组镜头中，女主袭击的是灯光师，这就需要录音师或其他工作人员临时补位；第9组镜头中，女主袭击的是导演，这就需要灯光师或其他工作人员临时补位；等等。以上均由刘光耀一一安排，众人有意见，但看到披头散发的雪莉在一旁叉腰站着，也只能硬着头皮上阵。

虽说之前小崔、小汤、小郑包括何爱萍都已出过镜，但都是穿上戏服、化化妆扮演别人，这次则差不多是自己扮演自己（为跟片中剧组成员的形象保持一致，现在同样需要戏服和化妆）。

在刘光耀的安排下，先进行第4组镜头的拍摄：从临时化妆间逃走的演员（小郑饰）把事情经过告知剧组，大家将信将疑，这时，被“鬼”附身的女主（雪莉饰）上完厕所回到片场。灯光师（小崔饰）质问女主（雪莉饰），同行的两位演员为何没回，女主（雪莉饰）二话不说发起突袭，现场灯光顿时熄灭，众人在惊号中四散奔逃。

本来，“女主”（雪莉饰）飞扑灯光师（小崔饰）的镜头是需要吊威亚的，可目前工作人员不齐，该特技无法实现。此外，雪莉认为，“女鬼”是死者的舅舅扮演的，年纪这么大的人身手不可能那么利落，还是以常规动作表现为好。刘光耀闻之有理，遂化飞为扑。正所谓“失之东隅，收之桑榆”，特技镜头未实现，但主灯一灭，众人的惊讶却异乎寻常地悲惨，其真切程度连刘光耀自己都为之咂舌。

主光源熄灭，现场便只剩下暗淡的辅助光源，张贵华尽管早有准备，但还是给他带来了不小困扰，这些问题不是简单地把拍摄搞成夜间模式就能解决的。正在快速调试设备，忽然发现把灯光师活活“吓死”之后的雪莉阴气森森地朝自己逼来。这才想起 6 个镜头是连着拍的，而接下来遭到袭击的就是自己。

于是，张贵华根据剧本设计丢下摄像机望风而逃，可始料不及的是，他太过仓促不慎绊到摄像机的支架，虽然没摔倒只打个趔趄，却甩掉脚上一只鞋子。总不能光着脚逃命吧，再说，待会儿他还有用脚踹门的镜头，到时候不就穿帮了吗？这么想着，于是掉头回去试图把鞋子找回来。

如果 6 个镜头不连拍，中间还可以稍微停顿、调整一下，可现在6个镜头是连拍的，也就是说，张贵华撤开自己那台主摄像机的同时，先前被“吓死”的小崔便已经遵导演安排操作起另一台摄像机（事先经过简单的培训）。如此，作为绝对主角的雪莉就不可能有任何的动作停顿，她只能顺势往前扑。这么一来，刚巧跟回头找鞋的张贵华撞在一起。

张贵华“妈呀”一声怪叫，想逃却被雪莉抓住，后者虽然也感到意外，但只能凭借本能临场发挥。张贵华先是感到脖子被一双利手死死卡住，通过拼命挣扎好不容易摆脱之后，又发现衬衫被人撕破并三下五除二地扯了下来。惊慌失措中，他也顾不上鞋子了，只好甩开雪莉反身逃窜，竟不想又被对方从背后抠住腰间的皮带。

张贵华心里暗想：这么多人，你能不能别揪着我不放？他用视线找到刘光耀，朝他投去哀求的眼色，不料后者非但不予伸手解救，反而阴险地竖起了大拇指。万般焦灼之下，张贵华不顾同组之谊狠狠踹了雪莉一脚，与此同时，皮带哗啦一声开了。好像为了报复似的，雪莉毫不留情将他松垮的裤子扒了下去。

在小崔操控的那台摄像机中，张贵华只穿着内裤跑了。没办法，别说光脚光背，就是光着屁股也得跑呀，毕竟丢人事小，保命要紧。

前面两组镜头拍完之后，便是第6组镜头了。剧组人员跑散，其中录音师小郑躲进男厕所，钻进最里面一个隔间猫在门板后，心想：即便是鬼也要几分廉耻，男厕所你总不敢进吧。他在里面待了好几分钟，外面没有一点动静，于是又想：会不会找不到自己又去追其他人了？不料，他刚直起腰便发觉后脖子痒痒的，似有东西在爬动。

起初以为是蚊子，用手一摸竟是几丝毛发，带着不安的气息慢慢转头看去，赫然发现雪莉不知何时站在身后，正用翻白的眼珠瞪着他，而碰触到他脖颈的，正是雪莉披散下来、被风吹动的长发。

小郑怪叫一声破门而出。按照剧本，他的确是躲进男厕所藏进最里的隔间，只不过先透过门板下的空隙看到雪莉双脚才撞门出去，哪知对方竟不声不响地出现在身后，想来这又是雪莉在临场发挥了。

几米之外，小崔通过他操作的那台摄像机镜头，看到雪莉得意地笑了笑。然而，令人疑惑且尴尬的一幕出现了：小郑却并没有按照剧本设计的那样仓皇逃离，而是原地解开裤子，冲雪莉撒起了尿。

雪莉先是一惊，她万万没想到对方竟如此豪放，几秒钟后终于有所恍然：大概对方也临场发挥，试图用“童子尿”来驱鬼。见摄像机没有停，她不等对方把尿撒完直冲过去，小郑提起裤子就跑，不想脚底踩上地面的水滑倒在地。等他仓皇爬起，雪莉已经堵住了他的去路。万般无奈之下，他只好扒着厕所门板爬上附近一扇残破的窗户，然后从窗口跳了出去。

从摔倒开始到跳窗户，这部分跟剧本设计是一致的。原本窗户离地面很高，剧组怕演员摔伤特意在外面铺了软垫，所以小郑安然无恙。落地之后，小郑的戏就算完了，但按照导演交代的任务，他还要跟组接回原来的工作。——拍摄第 5 组镜头的时候，录音工作暂由小佟替代（事先经过简单的培训）。

10　巧奔妙逃

等小郑返回片场的时候，已经开始第 7 组镜头的拍摄。这组镜头主要是雪莉跟剧务主任何爱萍之间的对手戏，情节仍旧十分简单：剧务主任遇袭逃跑，因光线昏暗、速度太快，在仓库外围被一条横亘的铁丝勒断脖子身亡。

不过，由于现场没有道具和化妆师，脑袋被铁丝割断的特效也就无从实现。这时候，雪莉又献计说：多年废弃的厂区，铁丝早已锈迹斑斑，不可能还那么锋利，即便奔跑速度再快，也不至于割断脖子，这不合情理。建议人在碰到铁丝后没有停止，继续往前跑，然后失足从高阶上踏空，被铁丝活活吊死。

刘光耀听从了这个建议，可即便如此，拍摄难度还是非常大，光何爱萍落空吊颈的镜头就重拍了四五次才基本过关。该组镜头完工后，孙婷婷给何爱萍递了瓶矿泉水，后者抚摸着又痛又酸的脖子，愣是连水都咽不下去。

接下来是第 8 组镜头。该组镜头主要围绕雪莉和张贵华、小佟、小汤四人展开，本来孙婷婷是跟组探班的，前期搭帮一众闲散人员在旁围观，可此刻剧组成员几乎全部上阵没有闲人，刘光耀担心她孤零零一人害怕，就让她换下汉服穿上剧组准备的便装，作为临时工作人员跟张贵华他们混在一起，这样心理上有个照应。

这时，穿着内裤的张贵华提了两点担忧：一点是部分演片中剧组成员的演员撤离时把戏服也带走了，导致个别人只能穿自己的衣服，如此一来，就会产生片中剧组人员形象前后不一致的问题；另一点是按照剧本设计，片中并没有孙婷婷这个角色，后期乍然加入会显得十分突兀。对此刘光耀表示可以先拍，拍完之后再剪辑。况且，剧组成员只是戏量很少的附带角色，观众根本不会太在意。张贵华听闻也就没再说什么。

拍摄地点设在附近一个破旧的仓库。因为张贵华还要接着出演，摄像工作不得不由小崔继续分担，鉴于人手和设备有限，他的镜头只能盯着张贵华这边。刘光耀喊“开始”后，张贵华、小佟、小汤和孙婷婷四人依次从镜头前跑过，来到旧仓库那巨大的铁门跟前。

门是朝外锁着的，张贵华先试图拽开生锈的门锁，徒劳无功后，即开始用穿着鞋子的那只脚猛力踹门。这时，雪莉从光亮与黑暗的交接处出现了，她披头散发，脑袋微微低垂，行走的步子机械而缓慢，全身骨骼随着身体扭动发出咔咔的祟响。见此情景，小佟和小汤一边哇哇乱叫，一边帮张贵华踹门。

一旁观望和亲身出演的感受完全不同。前者置身事外，好比看恐怖片，片中的内容再怎么恐怖都跟自己无关，因为心理上认定自己是个旁观者；而后者则置身于所处的恐怖环境，不仅饱受正面的感官刺激，还要强迫自己在心理上更加入戏。因此，受紧张气氛的影响，孙婷婷不觉手心出了不少冷汗。

随着咣当一声巨响，铁门被撞开了，张贵华率先钻进去，紧接着是小佟、小汤和孙婷婷，最后是临时负责摄像的小崔和负责录音的小郑，小郑反身关上门的同一时刻，雪莉扑到了跟前。

没有灯光照明，手机纷乱微弱的光线反而营造出更加紧张压迫的氛围效果；没有导演指令，众人出自本能地发挥恰恰表现出更加自然真实的感觉。

四人紧紧抵着铁门，雪莉在外面疯狂撞门并爆发出惨绝人寰的嘶吼。折腾了半天，孙婷婷首先看到门缝里有血，进而发现门板挤压了雪莉的手。大家伙儿赶忙松开一点劲儿，雪莉的手解放了，脑袋却顺势扎了进来，引发众人一片惊呼。

四人七手八脚将雪莉的脑袋推出去，把铁门重新抵好，这一次没有听到来自外面的撞击。

“是不是已经走了？”两三分钟后，小汤低声询问贴着门板偷听的张贵华。

张贵华做了个噤声的手势，然后把眼睛贴在门缝上用手电照着向外张望，过了几秒钟，他又把铁门打开一点，开启手机电筒和录像模式继续探看，外面果然空无一人。随后他把铁门关好，靠在铁门上长长地舒了口气。

“趁她这会儿不在，咱们出去吧？”小佟怂恿道。

小汤头摇得像拨浪鼓：“才不要呢，待在这儿起码有点安全感。”

“那也不能一直待在这儿啊，还有几组镜头没拍呢。”小佟说。

大家一阵沉默。孙婷婷忽然说：“不对呀，我看过改编后的剧本，女主的确从铁门外进来了呀，莫非咱们把雪莉小姐手夹伤，人家一恼之下弃演了？”

“不可能！”小汤一口否定，“雪莉小姐没那么矫情，再说咱也不是故意的。”

“嗯呢。”小佟也附和道，“不能拿凡人的眼光看鬼，鬼会怕疼吗？”

孙婷婷不说话，只疑惑地看着张贵华，小汤也发觉不对劲，因为张贵华瞪大眼睛，嘴巴微张，表情充满了惊恐。

“嘿！”小佟轻轻拍拍对方的脸庞，“你怎么了？看起来像中邪似的，别吓唬我们啊。”

张贵华眼睛瞪得越发圆、大，脸面渗出汗珠，喉结耸动着却就是说不出话。小汤顺着他的视线朝黑暗中看去，赫然发现雪莉就站在不远处，朝这边伸着两只手，脸上挂着瘆人的笑意。

“鬼……鬼呀！”小汤顿时叫唤起来。

小佟也扭头看去，随着一声比小汤更夸张的怪啸，他将张贵华拉到一边，扒开铁门夺路狂逃。小汤不顾腿脚发软后面跟上，负责摄像的小崔和负责录音的小郑看到雪莉之后，竟也中断手里的工作，紧追着小汤跑出去了。

现场只剩下张贵华和孙婷婷，前者没有离开纯粹是因为惊吓过度，后者则是在疑惑雪莉究竟从哪儿进来的。用手机照了半天，孙婷婷才隐隐约约发现，仓库一角破了个窟窿，缝隙最宽处刚巧能钻进一个体形瘦弱的人。就在雪莉的指尖将要碰到孙婷婷脸面的一刻，终于缓过劲来的张贵华伸手将她从原地拽离。

虽然因为小崔经验不足摄制手法比较单一，加上多在奔跑中操作，镜头极为颠簸，录音效果也很一般，但刘光耀看完听罢表示还算满意，至少这挺真实的，经过剪辑之后还是可以使用的，于是拍摄进入第 9 组镜头。

按照改编后的剧本，张贵华、小汤、小佟所扮演的剧组人员逃离仓库后便没有了详细交代，而第 9 组镜头主要在导演和雪莉之间展开，所以三人得以各司其职、各就各位。

11 事出有因

刘光耀同其他剧组成员跑散之后，躲进一个废弃的小型生产车间里。车间里的设备早已经拉走，只剩下几个残破的集装箱和一堆杂乱的机器零件，他正犹豫着往哪儿躲，忽然门被风吹开了。他来不及思索，扒着一侧墙壁上未及拆除的铁扶手往上爬，钻入一条空旷狭长的通风管道。

爬了四五十米，从管道另一端钻出的时候，被一大团乱糟糟、毛茸茸的东西糊住脸面。刘光耀以为是堵在出风口的毛料垃圾，于是使劲往下扯，扯着扯着竟扯下一颗倒挂的脑袋。刘光耀大叫一声，从管道口重重坠了下去。

当然，这一切都是按剧本来的，下面早就铺好了剧组准备好的垫子。跟着刘光耀钻管道的张贵华和小郑分别负责摄像和录音（灯光全凭刘光耀的手机照明），二人拍摄了前者从钻入到钻出管道的全部过程，但未拍到其坠至地面的镜头，只以一个下落的身影和坠地后的惨叫声暗示了他被摔死的结局（毕竟没有道具和化装，不好给出摔死后的面目特写）。

拍完之后，张贵华、小郑等人先撤了，剩下刘光耀躺在软垫上休息——虽说有软垫打底，但从那么高的管道口坠落，上了年纪的他还是觉得吃不消。刘光耀原地休息时，雪莉就蹲在他不远处，一边揉着受伤的脚，一边咨询演员不足，第10组和第11组镜头怎么拍。

剧组就剩这几个人，该出镜的都出镜了，能用替身的也都用替身了，所以刘光耀也感到十分为难。就在此刻，他腰间的对讲机响了，那边传来剧务主任何爱萍的声音："刘导，雪莉小姐跟你在一块儿吗?"

刘光耀不明就里："在啊，怎么啦?"

对方似有顾忌，只能含蓄地说："我们全在面包车上，为了安全起见，请你速速上车。"

刘光耀这才发觉身边没有一个人，只剩雪莉，不由得脊背直冒冷汗："可是……还有两组镜头没拍呢!"

那边，张贵华抢过对讲机："刘导啊，反正九组镜头已经拍完，剩余两组镜头等清理掉'脏东西'，随便找替身穿上戏服拍个远景，能交代结局就可以了!"

"可是……"刘光耀实在心有不甘，毕竟齐航和陈军是剧中的主要角色，不能过于草率地了结。

"刘导，你要不走我们先撤了啊!"小汤假意要走，随即对讲机里传来汽车发动的声音。

"别别，等等我，我马上就到!"说着，刘光耀快速瞍了雪莉一眼，朝仓库门口奔去。

"'脏东西'？什么'脏东西'？是在说我吗?"雪莉暗自嘀咕道，见刘光耀头也不回地逃窜，她也赶紧追上前去。

四周黑漆漆的，再加上场地空旷、岔口众多、环境相近，刘光耀居然迷了方向，等他七绕八拐终于找着那辆面包车的时候，雪莉竟比他先到一步。

“开门哪，快开门哪!”雪莉正拍打着中间的车门叫嚷，“你们都上车了撇下我一个，究竟什么意思嘛!”

“没什么意思，雪莉小姐，刘导不是还没到吗？等他到了再一起开门。”何爱萍抵在车门后赔笑道。

“为什么要等他到了一起开门？我先上车不行吗?”雪莉有点气愤，“你们剧组成员一家亲，可我也是你们合作的演员哎，你们就这么对待我吗?”

“刘导来了，刘导来了!”车厢里一阵骚动。

“刘导，快点上车!”小汤将车头掉转方向，同时拉开前边的车门，拍打着预留的副驾驶座喊道。

刘光耀乘势上车，岂料一只脚刚踏上车就被雪莉拽了下来。

见对方怒目而视、戾气逼人，刘光耀下意识地从怀中掏出一枚十字架：“你要干什么？你……你、你别过来!”

“你们把我当成了‘脏东西’，都在害怕我对不对?”雪莉扯断十字架的链条，将那物丢在一边。

“不是，你想……想多了。”刘光耀讪笑着又取出一枚玉观音。

“那为什么躲着我?”雪莉照单全收，一把扯掉玉观音砸向车窗。

全车人为之一震，刘光耀的心脏更是被重重扪了一下。不过，人害怕到极点也就不怕了，正所谓“置之死地而后生”，刘光耀咽了口唾沫，集中所有精气神壮起胆量说：“好吧，我跟你说实话：大约两个小时前我这边接到消息，说你在上个片场演吊颈那场戏中意外身亡了。”

雪莉的眼珠骨碌了几下，表情有所恍然，就在她张口欲言之际，中间的车门突然打开，何爱萍、小崔和小郑从车上下来，不由分说把她扭住按在地上。

“刘导，快!”小汤开启后备厢的自动锁，暗示刘光耀赶紧驱邪。

见刘光耀两腿发软难以移动，小佟也从车上下来，打开后备厢找到半桶狗血，冲着雪莉的头便浇下去。雪莉极力挣扎，同时发出刺耳的号叫。见“厉鬼”难以制服，小佟又到后备厢拿了一小袋糯米，全部倒在雪莉身上。

“你们搞错了，我没有死，我不是鬼，求你们放开我……”雪莉的嘶吼渐渐化作委屈的哭声，“我真的是人，真的没有死……”

刘光耀望向小汤，意在责问是否讯息有错，后者无辜地耸耸肩。见狗血和糯米无效，且雪莉应该不会对大家构成什么威胁，何爱萍第一个松了手，小郑和小崔见状，也陆续解除束缚。

“我真的不是鬼。”雪莉从地上慢慢爬起来，抹着满头满脸的狗血和糯米，嗓子里仍旧哽咽不止，“演吊颈那场戏，我也寻思着尽量亲自完成，可因为存在难以克服的心理障碍，我实在没有办法，在几次尝试都失败了之后，不得不让剧组寻找替代者。我驱车赶往这里之前，剧组刚刚给我找到替身，吊颈镜头最终是她帮我完成的呀。”

“你不是向来亲力亲为，不用替身的吗?”何爱萍从车上拿过一包湿巾递给雪莉。

雪莉撕开包装拿出湿巾一边擦拭一边解答：“没错，我拍戏从来不用替身，可我有个你们不知道的弱点，那就是不能让任何东西碰触我的脖子。所以，我从不戴项链和围脖，也不穿高领衣服，靠近脖颈的扣子也素来不扣。演吊颈这场戏，实在是刀尖扎在了痛点上，可即便如此，我还是尝试去做了……咳咳……”

“嗯，我们看到了你脖子上留下的印痕。”何爱萍见对方着实困难，于是蹲下来帮她擦拭，“能告诉我们，你这个弱点产生的原因吗?”

“说来话长。”雪莉叹了口气，“想必你们都知道，我曾拥有一段不太幸福的婚姻。可能因为性格的关系，我总是强势压制着前夫。前夫起初还能容忍，后来便开始对我拳脚相向。4年前的一天夜里，我们再次发生冲突，他掐住我的脖子将我死死按在地上，足足有5分钟，我感到四肢瘫软、脑袋迷糊，幸亏我老妈及时赶到。经过及时抢救虽然保住了性命，但从此留下了这个心理障碍，咳咳……”

12　一波三折

“原来是这样。”刘光耀整整对襟褂子，缓步走到雪莉跟前，“肯定是哪个笨蛋没弄清楚事实真相就胡乱发布错误信息，导致小汤以讹传讹，也害得我们大家虚惊一场。”

小汤从车上下来，满怀愧疚地从后备厢里抱出一桶矿泉水，帮助雪莉进行清洗：“不好意思啊雪莉小姐，听那朋友说得有鼻子有眼的，我就当了真。不过，任何事情都不会空穴来风，必定现场真的出了什么状况。哦对了，给您做替身的演员是谁？不会是她出了什么问题吧？”

“因为大家都知道我从不用替身，所以剧组根本就没有做这个预案。顶替我的那个小姑娘是导演根据我的体态特征，从群演里随机选的，我急着赶往这里，连她的样子都没看清，后来拍得是否顺利我就更不清楚了。”雪莉边洗边说。

这时，小崔那儿忽然传来一声惊叫。众人疑惑地转过头，进而惊骇地发现车灯里笼罩着一个女人的影子。也难怪大家会感到害怕，在这废弃已久、阴森可怖的厂房里硬生生多出一个人，而且这人身穿红裙，披头散发，在强光的映射下，样子跟刚刚的雪莉一模一样。

“谁……谁在那里？”刘光耀警觉地站起身来。

对方没有回答，只发出断断续续的抽泣声。

刘光耀向小佟使个眼色，后者从后备厢里摸出一根细长的钢管，战战兢兢地朝那女子走去。但在经过小汤身旁的时候，被对方拦下了。

“等等。”小汤壮着胆子上前几米，对着那女子的身影进行一番细致的观察，随后用惊讶的口气叫道，“胡菲菲？”

女子似乎通过声音也认出小汤来，在对方欲进一步上前辨别的时候将他拦腰抱住，一时间哭泣声更大了。

“你怎么跑到这儿来了？”小汤见对方浑身发抖，一副疲惫、惊恐的模样，顿生满心疑问。

胡菲菲直起脖子，依然抽泣着，话也说得断断续续：“我在《吊颈之约》片场演……演戏的时候出了点意外，剧组司机送……送我去医院，不想半路出了车祸，司机小张当场被撞死，我也受了伤。……当时昏天黑地空无一人，我实在害怕极了，因为车祸地点离这儿比较近，所以就……就找过来了。”

“怎么不打个电话让我去接你？三更半夜一个人跑这么远的路，多危险哪！”小汤一脸疼惜地抚摸着女友的脸。

“打了呀，可一直无法接通。”胡菲菲噘着嘴，语气里带着三分抱怨。

小汤从裤袋里摸出手机一看，果然不小心把手机调成飞行模式了！

“嘿，你俩就甭在那儿腻腻歪歪了。”刘光耀扯高嗓门喊道，“既然人没事，趁着眼下多个帮手，咱继续开工把剩下两组镜头拍完。”

“刘导，这馊主意亏您想得出来。”小汤不满地嚷嚷，“我女朋友死里逃生，眼下尚且惊魂未定，怎么跟您合作搭戏呀？便宜也不该是这么占的。再说，就算菲菲能顶一个，那不还缺个角儿吗？”

“能顶一个是一个。”刘光耀丝毫没有改主意的意思，“这已经很不错了，我原打算让你们再出一次镜呢。”

导演是万万得罪不起的，弄不好还会被扣一顶“没有大局意识”的帽子，于是小汤为难地望向女友：“怎么办？我们导演想让你帮忙演戏。”

“只需穿上戏服拍几个远景、群演的镜头，主演的报酬哎。”刘光耀怂恿。

“我听你的。”胡菲菲渐渐止住抽噎。

小汤将女友拥在怀里使劲揽了一下，然后对刘光耀说：“菲菲可以帮这个忙，但需要休息一会儿，她实在太累了。”

“好说。”刘光耀看看左腕上的手表，“现在是凌晨 2 点 50，30 分钟后，也就是 3 点 20 正式开拍第 10 组镜头，大家刚才也都折腾得不轻，趁此机会上车休息一下吧。”

小汤牵着胡菲菲先上了面包车，让女友坐在靠近中门的位置上，然后取了瓶矿泉水递给她，接着在其身旁坐下。小佟、小郑、小崔和张贵华依次上了车，经历过紧张刺激，乍一放松躺在最后一排的小崔还真的打起了盹，其他人则小声聊天或闭目养神。

雪莉简单清洗完，由何爱萍带领她到临时化妆间换上来时穿的红色连衣裙。之后，雪莉也上了车，在胡菲菲对面坐了下来，她认出胡菲菲就是《吊颈之约》剧组选中给自己做替身的小姑娘。两人坐在一起，就像一对穿了同款服装的双胞胎姐妹，除了五官不太像，其他哪儿都一样。

此刻，只剩下刘光耀、何爱萍跟孙婷婷三人在面包车外面，他们正在讨论暂缺一角儿的情况下，最后两组镜头如何实现的问题。

胡菲菲是真的累了，只喝了几口水便歪在小汤怀中睡了过去。小汤长长吐了口气，摸出手机查看开启飞机模式之后错过的电话和短信息。果然，通话记录里有七个未接电话，其中六个是胡菲菲打的，另一个是他那个要了乌龙的朋友。时间显示，那位朋友先打，胡菲菲后打，前后错了20多分钟。

再看微信，未读信息一共三条，其中两条是胡菲菲发的，内容差不多，都是遭遇车祸后向小汤求助，让他看到信息后立刻回电话。另一条还是那个耍乌龙的朋友发的，内容是一条长约21秒的语音。另外，小汤注意到，两人发信息的时间比打电话略迟了一点点，很显然，是电话打不通后来才发了微信。

小汤伸手点了未读的那条语音，他没有戴耳机，而且喇叭音量开得比较大（可能在裤子口袋不小心碰到的缘故），于是在场者（包括打瞌睡的小崔，甚至车外正在交流的刘光耀、何爱萍和孙婷婷三人）都听到了一段令他们肾上腺激素瞬间升高的语音。

“小汤，不好意思啊，我刚才没把状况搞清楚，其实演吊颈那场戏意外身亡的不是雪莉小姐，而是你的女朋友胡菲菲，菲菲给雪莉小姐当替身来着，致使很多人误以为是雪莉小姐本人。因为发现意外的时候人已经没气了，所以剧组根本没叫救护车，直接让司机小张把尸体拉走了。小汤，事发突然，你可千万要节哀呀……”

语音播放完了，小汤仍保持着握手机的姿态，愣了整整5秒钟，他才哆嗦着用手抬起女友的脑袋，果然，胡菲菲的脖颈上有一道无比清晰、紫中发黑的瘀痕。

小汤的心脏几乎跳到了嗓子眼儿，他慢慢伸手碰触女友裸露的胳膊，不知是一路风吹雨淋还是自身的心理作用，其皮肤竟冰冰凉毫无温度。就在他把右手食指伸到对方鼻孔下查看是否有呼吸时，胡菲菲突然睁开了眼睛。

13　真相大白

小汤一抽搐，差点把女友从怀中丢出去。

“怎么了?”胡菲菲诧异地盯着小汤，“干吗用这种眼神看我?”

“我、我……”小汤不知道该怎么开口，他感到下腹闷涨，里面有股热流在涌动——真该死，一紧张就想尿尿的毛病又来了！

小郑、小佟和张贵华就近从前车门下了车，他们表情上故作镇定，但离开的身影一个比一个仓皇。为避免拥挤，小崔走的是中车门，由于太过紧张，落地时左脚发软竟一屁股跌坐在车边。刘光耀和何爱萍看到了，但害怕胡菲菲没敢往这边靠近，最终是孙婷婷帮忙把他拽了起来。

雪莉距胡菲菲最近，原本倚仗人多没想着要逃，后来看小郑、张贵华、小崔和小佟他们都下了车便也坐不住。她脚上有伤，动作不太利索，不慎踩住长裙的裙摆，竟一个跟头从车边栽下去，在地面摔出一个比较难看的姿势。

胡菲菲不明就里，俯身去拉雪莉，不想被其一脚踹倒，后者大叫着“走开”，见鬼般连滚带爬扑到几米之外。

糯米和狗血用完了，十字架和玉观音也找不到了，刘光耀只能暗示大家远离面包车。

“他们都怎么了？刚才还好好的，难道……”胡菲菲摸了摸自己的脸，“我的样子变得很可怕吗?”

小汤僵着身子干笑："没、没有。"

"那他们为什么都躲着我？"见小汤不吭声，胡菲菲噌地从他怀中站了起来，"我睡着的几分钟到底发生了什么事？你快说呀！"

小汤左右为难：像别人一样逃走显得不太厚道，毕竟胡菲菲是自己的女友，人家死于非命已经够可怜了，再抛弃她更是说不过去。可一想到跟一个死去的人纠缠在一起，他也实在是怕得要命啊。

万分纠结了一阵，小汤终于打定主意，他把手机塞给对方，同时按下适才播放那段语音："你自己听吧。"

胡菲菲把那段语音听完，终于明白怎么回事的时候，小汤已经逃到刘光耀身边。

"他们搞错了，我没有死，你们听我说，当时……"胡菲菲急匆匆地向众人解释，可由于太过激动脚底没站稳，一个趔趄从车边跌下。

小汤本能地想去扶，却被刘光耀一把拽住："别过去，被鬼缠上很麻烦的！"

看着女友趴在地上号啕大哭，小汤心里很不是滋味。就在他鼓足勇气准备再次上前之际，孙婷婷已经把胡菲菲扶了起来。

"正因为以讹传讹，雪莉小姐才备受委屈，咱们也闹出很大笑话。"孙婷婷为胡菲菲仗义执言道，"大家应该从刚才的事件中汲取教训，不可再犯同样的错误，为妥善起见，还是让菲菲把当时的情况解释清楚吧。"

胡菲菲感激地看看孙婷婷，用带着哭腔的声音颤抖着说道：“拍吊颈那场戏我一直演不好，导演十分生气，于是剧务主任建议假戏真做。为免再度挨骂，我咬咬牙就同意了。然而拍摄过程中突然停电，底下的人乱作一团。等几分钟后重新来电，大家看到我还吊在绳索上的时候，我已经没了呼吸。其实我只是闭了气。导演发现我的身体还残存温热，怕求助 120 来不及，就让剧务主任对我进行急救和人工呼吸，情况略好一点后，又叫司机小张把我送往最近的医院。”

“可能我当时的状况的确非常危急，很多人都吓着了，再加上我跟雪莉小姐穿着同款衣服，化着同样的妆，而众所周知雪莉小姐从来不用替身，于是不知情的人就把雪莉小姐片场意外身亡的消息散播了出去。而另外一些所谓的‘知情者’，则把‘替身胡菲菲吊死片场’的‘实情’公之于众。不管谣言怎么传，我真的没有死，不信你们可以过来查验，死人是没有脉搏和呼吸的，对吗？”

小汤欲上前，再次被刘光耀拽住：“你的意思是，司机把你送往医院的途中，你自己又苏醒了过来？”

胡菲菲点点头：“是的。”

刘光耀：“情况那么严重自己能苏醒过来？谁能证明你的话是真的？”

胡菲菲：“司机小张呀。”

刘光耀：“他人呢？”

“他出车祸死了。”说着，胡菲菲的眼睛里又布满了惊恐和哀伤的神色，“我醒来的时候，发现我们的车跟一辆兰博基尼撞在一起，车头都陷了进去，小张趴在方向盘上，满脸都是玻璃碴儿和鲜血。”

“这么说，是死无对证了?”刘光耀阴冷一笑。

“不，我可以证明。”一个陌生的男声突然从背后传来。

众人大骇，全都警惕地循声望去，只见不远处的黑暗中佝偻着一个模糊的人影。

“你是谁?”小佟重新抄起适才扔在地上的钢管。

人影不回答，一步一晃地走进车灯的亮光中。当看清他的面目和身影时，所有人都惊叫起来，胡菲菲先是瞪大眼睛叫了声“小张”，继而大喊“鬼呀”向后转身，不料撞到面包车身上昏倒在地。

这回小汤没再干丢份的事，跑过去把胡菲菲扶起抱在怀里。

“你别过来，别过来!”小汤揽着女友往后撤，与此同时，小汤尿了。

那人浑身是血，脸上布满散碎的玻璃碴儿，摇摇晃晃地走到小汤跟前，把刚才那句话又重复了一遍：“我可以证明，菲菲没有死。”

小汤哆嗦着说不出话来，心里却在呐喊：大哥，现在的关键不是菲菲，而是我们怕你呀!

那人似乎意识到问题所在，慢慢转过头望向刘光耀。包括刘光耀在内，众人集体后退两步，小佟更是吓得把钢管丢在地上。

“你就是胡菲菲说的司机小张吧?”孙婷婷壮着胆子问道，

她不信鬼，只是觉得对方的样子实在有点可怕。

“是的。”那人讷讷地回道，“可能这几日连续跟组太过疲倦，我在送菲菲去医院的途中睡着了，结果撞在一辆停在路边的兰博基尼上。前车头受损严重，我也直接昏死过去。醒来的时候，菲菲不见了，我的手机也坏了，没法打救援电话，实在无奈只好就近到这儿寻求帮助，恰好听到你们的对话。你们真的搞错了，菲菲没有死，她只是昏过去了。”

“那你呢？”刘光耀松了半口气，还有半口含在嘴里，“弄成这个鬼样子，谁能证明你是死是活呢？”

小张怔在那儿，心里骂道：我浑身带伤跋涉数里到这儿求助，敢情你们把我当成鬼了？车上就我跟胡菲菲两人，醒来后胡菲菲跑了，就剩我一个，叫我找谁来做证明？这不是为难我吗？这一怔，使得众人刚刚落下一点的心又再次悬起来——毕竟刚才胡菲菲信誓旦旦说他已经死了。

这时，孙婷婷推开阻拦的何爱萍，走到小张跟前，硬着头皮伸手试探了对方的鼻息，而后大声说了句：“有气儿，是个活的。”

所有人长出一口气。刘光耀看看对方的身体条件，觉得他的外伤虽然吓人，但内伤似乎不太严重，至少没什么性命危险，否则也不会跋涉几里路跑到这儿，于是一心想着拍戏的他再次提出交易：“甭说是菲菲同剧组的朋友，就算大家素不相识，该出手时还是会出手，但出手之前，还望你先帮我们一个小忙。”

“刘导，我看还是算了。”刘光耀的行为连何爱萍都看不过去了，“小张伤成这样子，咱就甭难为人家了，还是先救人要紧。”

“咱就一辆车，而且小汤还得留下帮忙拍摄，所以咱也只能打120。120赶到这儿不也需要时间吗？让他拍组镜头也就几分钟的事，这互不耽搁。”刘光耀看看表，语气更加焦急迫切，“现在已经3点半了，再过一个多小时天就要亮了，倘若错过这个机会，夜戏还怎么拍？媒体会和杀青宴又该怎么办？”

14　尾声

何爱萍一时语塞。刚才她跟刘光耀、孙婷婷在车下讨论，发现最大的问题还是组内无人可用，如今多了胡菲菲和小张，而且他们体形分别跟演齐航和陈军的演员非常相似，让二人临时替代的确不失为一个好办法。于是，她将恳求的目光投向小张。

小张有些不大情愿，但考虑到还要求人帮忙，便没怎么推辞：“只要你们不介意，只管安排好了。”

刘光耀喜不自胜，立刻让何爱萍打120急救电话并通知《吊颈之约》剧组。后者速速照办，然后回复说因为位置过于偏僻，救护车大约15分钟才能到。

15分钟，对于刘光耀来说，足够拍完一组镜头了。他开始安排人员各自就位，先拍小张的戏份，也就是第11组镜头。这时，胡菲菲也醒了过来，看到小张又是一阵尖叫，小汤赶忙解释、安抚。

由于事实已经澄清，大家心里不再有疙瘩，所以合作起来比较顺利，陈军（小张饰）的戏一会儿就拍完了。虽然拍的都是背面或远景，只有一个近镜头而且还是侧写，但刘光耀对拍摄效果还算比较满意。尤其那个近镜头，刘光耀完全按照孙婷婷的建议，让陈军（小张饰）被“厉鬼”（雪莉饰）推倒的破衣柜砸死，面目全非的脸上全是玻璃碴，根本不用化妆，再加上灯光昏暗，即便近景也根本看不出来谁是谁。

第 11 组镜头拍完没多大工夫，救护车就到了，小张被医护人员接走，基本没怎么停顿便进入第 10 组镜头的拍摄。

跟前面相比，第 10 组镜头的产出过程略微复杂了那么一点：一方面是胡菲菲女扮男装，其形体、动作太过女性化而被矫正好几次；一个是齐航（胡菲菲饰）被“厉鬼”（雪莉饰）吓昏后，头朝下被扔进雨水翻滚的窨井里，因为雪莉力气有限而且脚上有伤，动作不能一气呵成，故而重拍好几次。

虽然拴着保险绳，但来回反复几次入水，胡菲菲被冻得够呛，即使换上干衣服，披上毛毯，依然是喷嚏不断。

不管怎么说，十一组镜头全都拍完了，剩下的工作交给后期即可。刘光耀颇为兴奋，按照承诺，他让小佟和小汤打开后备厢，取出早就准备好的烧烤、凉菜，又搬出两箱啤酒就地开喝。本来没打算喝白的，可上前帮忙的张贵华眼尖，愣是翻出藏在后备厢最里面的四瓶剑南春。

男人们铺场子，女人们摆碗筷，很快，嬉笑声、吆喝声、猜拳声此起彼伏。看别人胡吃海喝、觥筹交错，小汤经不住酒香诱惑，也斟了一杯白酒往嘴里送，胡菲菲赶忙把他拦住：“你不能喝，待会儿还要开车呢！”

“没事儿，就喝一丢丢。”说着，小汤把杯子里的酒一口闷下去，然后又倒一杯送到胡菲菲嘴边，“你也喝一点，暖暖身子。”

胡菲菲把杯子推开：“你胆子真够肥的，就不怕半路交警找你麻烦？再说了，这么多人的身家性命都系在你身上，要是出了事……”

“甭说不吉利的。”刘光耀出言打住，“小汤6年驾龄，也算老司机了，几杯酒干不倒他，放心吧。”

“刘导说得是，小汤对这辆面包车熟悉得只怕比你的身体都清楚。”张贵华打着酒嗝一番调侃，引得众人哄堂大笑。

小崔也喝红了脸，他晃着左腕上的手表说：“这都凌晨4点钟了，没事！”

“就是嘛，一个人看着别人喝多急人。”小郑举起杯子舌头打着结，“来来来，一波波惊险刺激之后，正好彻底放松一下。”

“小郑说得好，大家都放开一点，尽情吃，尽情喝，今晚不过瘾，明天杀青宴咱接着来！”说完，何爱萍端着酒杯走到胡菲菲身旁道，“菲菲小姐，常言说，‘大难不死，必有后福’，为你的吉人天相走一个。”

胡菲菲看看小汤，后者使劲点了一下头。无奈，胡菲菲只得举杯仰脖，辛辣的味道令她直吐舌头。

散场的时候，孙婷婷看了一下手机，接近4点50分。跟胡菲菲差不多，从不饮酒的她今晚也喝了一点，一来，拗不过现场热烈的气氛；二来，这次极不寻常的探班给她提供了很好的创作素材。

拾掇干净后，所有人上了车，在小汤的驾驶下往市区的方向赶。燥热的一天结束了，此时的气温跌到一天中的最低点，刚降过雨，在凉风的吹拂下感觉十分舒爽。与空气相比，大家的情绪余热未尽，有唱有笑，全然不在乎通宵达旦带来的疲惫。

见没有人昏昏欲睡，有些微醺的小汤便敞开领子，开足音响的同时，脚底也使上了劲，于是，在限速60公里/小时的路上不知不觉开到了80公里/小时。

坐在最前端的孙婷婷看看仪表盘，又看看手机，心里盘算着，照这个速度，不到30分钟即可抵达她所入住的酒店。按8点半起床吃早餐计，还能睡差不多3个小时安稳觉。这对习惯夜间爬格子的她来说稀松平常，如果白天实在犯困的话，还可以在回厦门的火车上补补觉。

正想着，耳边突然传来刺耳的刹车声。透过前车窗，孙婷婷错愕地发现，大约20米外两辆车在拐弯处撞到一起，一辆是白色的商务捷达，一辆是红色的兰博基尼，均车体迸裂、损失惨重。

小汤在拼命控制车速、调整方向，可惜来不及了，车头冲着兰博基尼的屁股狠狠撞了上去，随着巨大的冲击力，全车人的欢笑声瞬时化作惊恐至极的喊叫……

九　抄袭

孙婷婷的故事讲完了。

跟上一位嘉宾沈方不同，她的票数在讲述中呈快速飞升状态，不过随着故事接近尾声，票数增加的速度渐渐变慢，5 分钟后投票通道关闭，票数最终定格在 3182332，比沈方略低一些，但综合往期节目仍属比较好的成绩。

沈方明显松了一口气——她仍然是第一。孙婷婷亦双手合十面带微笑，似乎对这个结果非常满意。

直播结束。接下来，又到了嘉宾集中讨论的时间。

“相比上一个故事《丧钟》，我个人其实更喜欢《惊声尖笑》。”弓涛率先发言，“不是说沈方姐的故事不够好，而是我更喜欢这种惊悚加喜剧的创作风格，可能大部分粉丝没有这样的偏好，导致分数有些低……低了。”

如此直爽的赞扬令孙婷婷感到不安，她赶忙谦虚地表态：“主要还是我水平有限，粉丝们还是比较客观的。”

“对了婷婷姐，”金子琪趁机插进话来，“故事结尾留了很大悬念，我想知道车上人员最后的命运呢，能否借此机会告知一下？”

“至少我还活着，否则就不会出现在这里了。”半开玩笑之余，孙婷婷接着正色地说道，“由于受到猛烈撞击，车辆损毁严重，不过除司机小汤当场昏迷外，其他人都只是轻伤。随后，我们被送进附近的医院，每个人都得到了很好的照顾和治疗，小汤也在当天夜里转危为安，谢谢关心。”

“这么说，《惊声尖笑》是个真实的故事了？起码大部分是真实的吧？”夏天问。

邱月啧啧着：“别太天真了小帅哥，天底下哪有那么多凑巧的事？依我看，除了作者本名外，其他全都是杜撰的。”

“杜撰？”卓不凡突然冷笑两声，“我看是抄袭吧？”

孙婷婷脸色一僵：“卓不凡老师何出此言？如果有根据您最好讲清楚，毕竟抄袭是主办方严格禁止的，抄袭者不仅要被取消大赛资格，成绩作废，还得遭受无可预知的惩罚。”

卓不凡在椅子里跷着二郎腿，一副不屑理会的样子。

“泰国恐怖片《诡片场》你应该看过吧？”难堪之中，欧阳凤玲适时开口了，“故事中的子线使用《诡片场》这个名字，除了致敬原作，看得出，你还想暗示自己要借用里面的一些套路，我说得没错吧？”

“欧阳凤玲老师好眼力。”孙婷婷为自己辩解说，“我的确看过《诡片场》，子线使用这个名字也的确有向原作致敬的意思，故事中也的确用到其中个别套路，但我构思的故事，无论结构还是情节都跟对标题材截然不同，但凡看过这部电影的应该都能明白。”

邱月听罢哈哈大笑：“故事名字借用《惊声尖笑》，情节套路致敬《诡片场》，敢情从里到外都是抄的呀！唉，本想靠大家的阅历盲点浑水摸鱼，不料卓不凡老师见识更胜一筹，这下撞枪口上了吧？”

“《诡片场》我也看过，除了个别不疼不痒的桥段，其主体框架跟婷婷的《惊声尖笑》根本就不像好不好？”张森的语气带着明显的袒护意味，“没有看过就不要在这儿乱说话，没人当你是哑巴。”

邱月噌地从椅子上站起来：“嘿，我点评孙婷婷关你什么事？甭在这儿给我装模作样，出门忘吃药了吧你！”

“你才忘吃药了呢！”张森也站起来，“精神病加狂犬病晚期，逮谁咬谁！小爷在这儿奉劝一句，有病抓紧治，否则小命不保！”

邱月肺都快气炸了：“死鸡崽，说话再不干不净的，老娘过去撕烂你的臭嘴！”

“二位消消气，为这点鸡毛蒜皮的小事闹翻脸多不值啊。”连驰使劲拍了两下巴掌，待张森和邱月重新坐回原位后，才继续说道，“《诡片场》连某正巧也看过，所以在这儿说句公道话，孙小姐的故事构思相当精妙，虽然有几处借鉴了对标作品，但无论量还是质都够不上抄袭的标准。退一步讲，即便算作抄袭，也是个豪华升级版，无论质还是量都要胜过原来的故事，这依然掩盖不了她难得的才气。”

“我赞同连驰老师的观点。”一直未开口的沈方也表达了中肯的意见，“我虽然没看过《诡片场》，但相信孙婷婷小姐未曾抄袭。毕竟《诡片场》这部电影还是有一定普及率的，孙婷婷小姐实在没有理由去冒抄袭的风险，否则子线直接使用《诡片场》的名字等于不打自招。对此，粉丝们已经给出了他们的答案，相信主办方也会有个客观的判断。”

此言过后，众人陷入沉默。最后还是欧阳凤玲做了完结发言：“已经 6 点 20，又差不多到了晚饭时间，大家有事的可以继续私聊，没事的就都散了吧。”说完，仍旧自己率先下了线。

紧接着，沈方、张森、连驰、弓涛、邱月和孙婷婷陆续下线。此刻，头像下仍闪着绿灯的又只剩下夏天、金子琪和卓不凡三人。夏天原以为卓不凡会像之前那样告诫自己，结果对方头像下的绿灯却很快停止了闪动。该来的没来，究竟是“无可救药”还是“警告解除”？这让夏天无所适从。

“发什么呆呢？看起来一副闷闷不乐的样子。”金子琪在单体沙发里伸了个懒腰。

“压力山大呗。”夏天实话实说，“沈方姐和婷婷姐都发挥得很好，我却仍然一点头绪都没有。有时候，真想听从卓不凡老师说的早点退出，免得丢人现眼。”

“还有 8 天时间，着什么急呢？慢工出细活儿，最终鹿死谁手还不一定，我对你有信心，加油！”金子琪做了个鼓励的动作，然后突然话锋一转，“说到比赛，我想起了婷婷姐，今天讨论的焦点竟然是抄袭，我都替她感到委屈呢。”

“是呢。”夏天附和道，“幸好连驰老师主持大局，替她说了句公道话。”

“连驰老师一向如此。”金子琪哈哈一笑，“他是地道的老好人，最擅长和稀泥。”

对于金子琪以上说法，夏天发表了不同意见：“不能这么讲，‘老好人’和‘和稀泥’用来形容缺乏原则、底线的妥协与宽容，而连驰老师则是秉着公正客观的态度，一个油滑市侩，一个正气凛然，完全不同的目标和境界嘛。”

“行行行，你说得对。”金子琪不与他争辩，“对了，昨晚的事你问沈方姐了吗？她怎么说？”

夏天恍然忆起：“哦，问过了，她好像很生气的样子，对这件事讳莫如深，再三交代我不让我告诉任何人。”

金子琪两手托着下巴：“这倒奇怪了，难道这里面藏着什么不可告人的秘密？”

“算了，不愿提肯定有人家的道理，就别打听他人的隐私了。”夏天抱着胳膊。

“我不过随口说说，才懒得操这份心呢。”金子琪扶着膝盖站起来，用邱月的语气调侃道，“继续发你的呆吧小帅哥，我要去吃东西了。”

夏天倒也不计较，冲着屏幕摆摆手：“回见。”

金子琪下线后，夏天留意了一下大屏幕，发现此刻只有张森跟孙婷婷在私聊，其他人要么在吃东西，要么在看书。

夏天往后仰了仰，换个舒适的姿势继续坐在椅子里，他望着天花板真的发起了呆，直到肚子咕咕叫才到食品柜里拿东西吃。

吃完东西，夏天又回望了一眼大屏幕，除了沈方和孙婷婷在玩手机外，其他人均在认真地看书或执笔思考。他从食品柜里取瓶可乐搁在写字台上，打开盖子，看着它吱吱地冒着气泡。

书页翻开着，却没有心思看；纸笔在手边，也没有心思写。夏天脑子里一直回想着一个问题：目前讲的两个故事，无论是《丧钟》，还是《惊声尖笑》，都跟自己存在着某种关联，究竟关联在何处却又说不出来，或许是某个角色的部分经历，又或许是主人公性格的某个方面……

就这样磨磨蹭蹭了几个小时，到深夜 11 点左右的时候夏天终于撑不住了。看看大屏幕，几乎所有人都上了床（睡没睡不知道），唯独弓涛还坐在电脑前快速敲击着键盘，处于“妙思如泉涌”的亢奋状态。

从背包里取出健脑安神口服液，夏天有点纠结：像平常一样喝一支，担心难以入睡或者睡眠过浅，万一再看到什么可怕的场景……喝两支又担心睡得过死，万一错过某些不可预知的事件……思前想后，最终还是选择了两支。

在口服液和心理慰藉的双重作用下，夏天很快熟睡过去。不知过了多久，耳边传来嘀嘀的响声。夏天实在过于困倦，想翻个身继续睡，但嘀嘀声一直响个不停。他掀开薄被坐起来，揉揉眼，赫然发现大屏幕上九位嘉宾头像下的绿灯闪作一团。

十　死亡

起初，夏天以为自己睡过了头，现在第二个故事讲完又到了集体讨论时间。仔细一看才发现，此刻大屏幕显示时间是凌晨 5 点 44 分。这么早大家聚在一起干什么？带着疑问，他整好衣服，梳完头发，简单抹把脸走到大屏幕跟前，伸手按下左侧功能区的联通按钮。

“咋睡这么沉？我都呼叫你半天了！”金子琪压低声音道。

“大家都好早啊。”夏天掩口打了个哈欠，随即感到气氛有些不对，“发生了什么事？”

金子琪仍旧压低着声音，用前所未有的恐慌语气道：“婷婷姐出事了，跟《惊声尖笑》里雪莉的替身一样——吊死了！”

夏天大惊，立刻看向孙婷婷的头像。——刚才没有留意，误认为九位嘉宾都在，这会儿才发现，只有她头像下的绿灯没有闪动。虽然头像是缩小版的，但夏天依然清晰地看到，孙婷婷身穿一袭睡衣悬挂在吊灯下方，脑袋低垂、两脚绷直，看上去已经死了很长时间。

“每位嘉宾的房间不是都有 Waiter 吗?” 夏天表示很不理解，“既然有工作人员，为什么还会发生这样的事？再说了，人死为大，至少也得把尸体弄下来，总不能一直吊在上面吧?”

“Waiter 也得睡觉啊，不可能一天 24 小时守着嘉宾。” 邱月抽着香烟说，“再说，现在尚无法判断自杀还是他杀，警方到来之前不得保护现场吗?”

沈方抱臂站在椅子边：“前一天还好端端的，一点轻生厌世的迹象都没有，不可能是自杀。”

“更不可能是他杀。” 弓涛接茬道，“且不说 Waiter 和其他工作人员就在附近，光是把一个大活人挂……挂上那么高的绳索直至身亡，而且还要神不知鬼不觉，这个过程难以想象！别告诉我这事儿是几个人合……合伙干的，事情绝对没那么扯!”

“我们见到的未必就是第一现场。” 欧阳凤玲拢了拢长长的鬈发，间接否定了弓涛的观点，“如果为他杀，凶手势必先勒死受害者，然后再制造出自杀的假象，这样的操作更靠谱些。”

“大家说得都有道理，但同时也都忽略了一个问题。” 连驰捻着串珠坐在椅子里，“我们这档栏目属于直播形式，每个直播间都装有至少一个摄像头，而每个摄像头的连接终端都有存储和记忆功能，换而言之，想要查看昨天晚上到底发生了什么，只需调取监控记录即可。当然，遇到这种事情只有警方才有权限。想必这个时候，主办方已经在开展此类工作了。”

欧阳凤玲点点头，而后问道：“孙婷婷小姐之死，咱们九位嘉宾是谁最先发现的？”

“我。”张森脸上的泪痕尚未干涸，“昨天晚上跟婷婷聊了一个多小时，她受了很大委屈，心情非常不好。我安慰了许久并劝她早点休息，她答应了。但我还是担心她想不开，所以一直睡得不安稳，每次醒来就朝大屏幕上看看，5点40那会儿我起床上厕所，结果看到……”

张森讲不下去了，抽噎逐渐变成哀号。

邱月把烟屁股丢进垃圾桶：“一个大男人的能不能好好说话？哭什么？最讨厌男人娘们唧唧了！”

“去你妈的！”张森破口大骂，“等你死了，就不这么叽歪了！”

邱月也不跟他对骂，只继续冷眼冷语：“哟，这才几天啊就相好上了？怪不得如丧考妣。”

张森指着邱月的鼻子：“婷婷之所以会死都是被你挤对的，她若在天有灵，绝不会放过你！”

邱月不服气地叉着腰：“当时好几个人都说她抄袭，怎么就单独赖上我了？是不是觉得老娘好欺负？”

“行了，别吵啦，还是关注下事态进展吧。”出面劝说的依旧是“老好人”连驰，“出了这么大事，主办方一定忙得一团糟，比赛能否继续下去都难说。”

“放心吧，这事主办方一定会想办法解决，大赛也一定会照常进行，否则后台的视频信号早就被切断了。对于观众来说，他们看到的只是直播部分，所以整体下来就像什么都没发生过一样。咱们与其操这些无用的心，还不如抓紧创作自己的故事呢。”言毕，邱月第一个下了线。

“说得倒也是，时间尚早，我还要去睡个回笼觉。”沈方伸下懒腰，第二个下了线。

之后，其余几人又嘀咕了一会儿，然后陆续下线，包括表示要“关注事态进展”的连驰。夏天没注意到他们说些什么，因为有个问题萦绕在他心头：眼下已经讲完两个故事，每个故事结束，里面的某些情节或场景都发生在讲述者身上，这绝非“凑巧”二字可以解释。

他忽然想到卓不凡的警告，因此望向后者，这才发觉，大家讨论半天卓不凡似乎一直没有说话。而这个时候，尚在线上的就只有他和卓不凡了，不过后者并不在镜头跟前，不知道出了屋子还是待在洗手间。

他肯定知道一些事情，夏天这样想。但若问他，他会告诉自己吗？之前的交谈结果显示，这绝对是痴心妄想，因此夏天苦笑着关闭了大屏幕左侧的联通按钮。下线前，他朝孙婷婷那儿看了一眼，发现其头像变成了静态照片，下方的灯也由绿色变成了灰色。

回到床边，夏天却丝毫没有睡意，于是起身坐在写字台前。这两日嘉宾所讲的故事以及自己的亲身经历似乎给了他一些灵感和启发，遂拿来可乐和纸笔又开始写，可从早上到下午，还是没有形成满意的故事框架，废纸则堆满了大半个废纸篓。

16：00，又到了直播时间。毫无悬念，今天的主讲者是弓涛，相比沈方和孙婷婷，他显得更加平心静气、胸有成竹。

“各位嘉宾，电脑、电视和手机跟前的粉丝朋友们，大家下午好。我叫弓涛，很荣幸今天由我来讲述自己刚刚创作完成的故事。”弓涛神态自若地坐在椅子里，“相信大家都遭遇过噩梦的困……困扰。噩梦之所以可怕，是因为其内容和情节充满了恐怖和惊悚。”

“而实际上，只有恐怖惊悚的内容还不是最可怕的，更可怕的是梦境跟现实纠扯在一起，让你傻傻地分不清楚。更更可怕的是，这样的梦无时不有无处不在，只要一闭眼就会发生。今天所讲的故事，名字就叫作《夜长梦多》，大家做……做好准备，我的故事开始了。”

第三个故事：《夜长梦多》

讲述者：弓涛

1　恶犬

我从小路边的垃圾堆中抄起一根手腕粗的木棍，万分紧张地与一条半米多高的流浪狗对峙着。

我不知道它的品种，更不知道它的名字，但有一点是清楚的，即我们都曾有过非常不幸的遭遇，作为被遗弃者，如今都在这座繁华都市的边缘苟延残喘。然而，同病相怜的一人一狗，没有童话故事里的温情脉脉、相互怜惜，只有现实世界中的针锋相对、剑拔弩张。

它长着一身黑色的、凌乱而且卷曲的长毛，龇着发黄且失锋利的獠牙，一双三角眼寒光四射、凶残无比，虽然跛着一条腿，但丝毫不影响它的结实与健壮。对面的我，披一件极其肮脏、满是洞洞的军绿大衣，束（没有腰带，勉强拿草绳勒住）一条看不出本色、露着棉絮的破旧棉裤，戴一顶仅剩一只掩耳的老式火车头帽，身上唯一完整的只有脚上的皮靴，尽管不是一双，我还是感到心满意足。

此刻，隔在我跟狗中间的是一小塑料袋包子。大约半分钟前，有个送外卖的小哥骑着电动车从这儿经过，那一小袋包子从他后座上的无纺布包里掉了出来，因为路面坑洼不平，他在剧烈颠簸中丝毫没有察觉。

我从距离小路 5 米之外的水泥管道中看到了这一幕，于是拖着羸弱的身体钻了出来。包子的外袋摔破了，酱汁也流了出来，热气腾腾的雾霭中散发出诱人的香味。就在还有 2 米不到的距离我就唾手可得的时候，对面蹿来了新的掠食者——眼前这条狗。

常言说，“人为财死，鸟为食亡”，我现在就是一只小鸟，明知没有太大胜算还要为口食物拼尽全力，而那袋包子便是获胜者的战利品。

一阵寒风裹着雪花吹来，我剧烈地咳嗽起来，身体明显佝偻下去。这时，黑毛（权且这么称呼它）不再看我，它小心翼翼地向前走了两步，伸长脖子去嗅那袋包子。很显然，它没有把我当作势均力敌的对手。与其说傲慢的黑毛惹怒了我，不如说饥饿刺激了我的原始本能，我先下手为强，抡起木棒照着它的嘴巴用力砸去，黑毛哀号一声跳开老远。

我忍住咳嗽，乘机捡起那袋还有些温热的包子，刚要转身，黑毛凶猛地扑了上来，我的左手被它狠狠咬了一口，包子啪嗒掉在地上。我看了一眼血肉模糊的伤口，本能地后退几步，黑毛慑于我手中的木棒，也后撤一段距离，我们各自退回自己的战线。

第一轮的交手未分胜负，我们都觉得心有不甘。于是，再次对峙 10 余秒之后，第二轮人狗大战开始了。照例是我先出手，这回我没打算仅仅把对方击退了事，而是想来个彻底了结——没错，我要命中要害直接将它置于死地。这样不仅报了它咬我的仇，更可以永绝后患。

所以，在黑毛腾空而起的瞬间，我瞄准它的脖颈用尽全身力气砸去。我确信我做到了“不遗余力”，打击的位置也足够精准，可惜我严重高估了木棍的坚韧程度。猛烈的碰撞之后木棍应声断为两截，非但未造成致命伤害，反而彻底激恼了它。黑毛迅速反扑，我在惊慌失措中孤注一掷，这次，竟直接把手中的半截木棍甩脱了出去。

我知道我已经没有翻盘的机会，甚至失去了继续对抗的本钱。可我不甘心任狗宰割，更不甘心把近在咫尺的包子拱手让狗，因此我手脚并用、歇斯底里乱舞一通后，趁黑毛错愕的瞬间，做了一个连自己都为之惊讶的举动——我飞身扑在那袋包子上，用双手紧紧把它护住。

那一刻，我脑子里还残存着幻想：黑毛照着我厚厚的军大衣撕咬一番后无可奈何地悻悻离去。可很快被现实打脸了——那畜生根本不理会我的军大衣，而是专拣我裸露的地方如手臂、脚脖和脸面。我忍着剧痛，一边极力挣扎，一边死死护着身下的包子。

黑毛撕咬得极凶，看得出，它不只想夺取那袋包子的归属权，还想置我于死地。渐渐地，我挣扎的幅度越来越小，血腥气淹没了包子的香味。

第二轮较量，我完败。

为了一袋包子，我怎么也没想到，最终会付出身家性命这么惨重的代价。是的，我感觉我死定了，即便不被黑毛活活咬死，也会因伤重无法觅食而病死、冻死或者饿死在这荒郊野外。

就在我停止挣扎的前两秒，黑毛住口了，它用嘴巴拱了我几下，试图将我翻过来，但没有成功，于是一步三回头地悻悻离去。虽然遍体鳞伤，但包子终究是我的了，为此我长出一口气，甚至露出凄惨的笑意。

可当我准备取出身下的包子，安心享用这袋用鲜血换来的战利品时，才发觉浑身没有一丝力气。我想我真的不行了，即便贫贱如斯，我也必须在断气之前安排好后事——我希望死后有好心人能将我掩埋，而不是暴尸荒野最终成为野狗的食物，再奢侈一点，我希望他能记住我的名字，在坟前立块石碑（哪怕木牌也行），这样好区别于那些真正的流浪者。

没错，我确信我本不该属于那个群体，虽然身份同样卑微，但至少我有着自认为高贵而不屈的灵魂。我还确信，三个星期前在我身上一定发生过什么特别的事情，可惜除了唯一的身份印记，我什么都不记得。

现在，我攒足全身气力把右手艰难地探入内衣口袋，把身份证抓握在手中。三个星期前的一个傍晚，我在藏身的水泥管道里从昏迷中醒来，是它让我知道自己是谁、年龄几许、户籍何处。我没有弄错，因为证件上有我的照片，虽然照得有一点走样，但我照了残破的镜子，确认那就是我。

我叫杨令，女，1981 年 7 月 16 日生，河南孟州人。这张身份证原本夹在一个样式陈旧但并无破损的女士钱包里，除此之外，里面还有 100 多块同样陈旧的纸币，这些足以证明我本不是街头的流浪者。

所以，认准身份后我第一个反应就是要回家。可人心险恶第一次打击了我，在火车站附近的一个小巷，我遇到个陌生的中年男人，他劫掠了我的钱包，把钞票拿走，只将身份证抛给我。

面对比我强壮几倍的汉子，我敢怒不敢言。身无分文的我别说回家，连安身之处都没有，只能到附近的一个涵洞里过夜。

然而，人心险恶第二次打击了我，在那个潮湿阴冷的涵洞里，我差点被一个流浪汉强暴，幸亏一个出租车司机路过，那混蛋才在黑暗中逃之夭夭。为免再招麻烦，我在街边的一个公共洗手间度过了一夜，第二天天亮找到警察，求助他们，让他们送我回家。

警察很快帮我核实了住址信息，然而，令人崩溃的是，当地户籍处资料显示查无此人。警察没有气馁，又联系到我所在村的村主任，对方告知我，本村的确有家姓杨的，单门独户，但 9 年前举家搬走了，至于搬到哪儿去了谁也不知道。

万般无奈之下，我被暂时送进了收容所。在收容所，我第三次见识了人心险恶，那里乏有同病相怜的抱团抚慰，更多的是眉高眼低和欺辱霸凌。在那里待了不到三日，我就逃了出来。我想用自己的双手养活自己，一边赚钱一边继续寻找回家的路。

可事实证明，我还是太天真了。连续碰了一鼻子灰之后，我最终选择了放弃，从此成为这座城市流浪者中的一员。不怪人心凉薄，只怪命运不济。如今换位思考，如果我是老板，肯定也不会要一个除了身份证之外什么都没有的人，甚至这个人连记忆都没有。

我又回到了那根水泥管，把它当作临时的家，为避免引人注目，我尽量把自己装扮得看起来像个男人。可万万没想到，我躲过了那些流浪汉的侵扰，却栽在一条同为天下沦落者的恶犬嘴里。

此时此刻，雪花在我身上已积下白白的一层。我感到浑身渐渐冰凉，只剩下胸口一小片暖暖的像在燃烧的一团水。那份热量不只来自被揉烂的包子，更来自我不肯屈服的意志。

虽然仍旧不甘，但我实在是撑不住了，眼睛闭上之前，远方出现一个模糊的黑影。我想，大概是黄泉路到了。

2 重生

我感觉有人牵着我的手，使我渐渐离开地面，身体轻盈地飘起来，飘向浓厚且黏稠的黑暗深处。在此过程中痛觉消失了，取而代之的是狂烈的炙热，仿佛被投进熊熊燃烧的岩浆之中。我想大喊，却发不出任何声音，只能任由身体被挤压、撕扯和蹂躏，没有时间，没有空间，没有方向，也看不见终点。

不知道过了多久，远处出现一团微弱的亮光。我像搁浅的鱼儿看见水一样，不顾一切地拼命游过去。亮光越来越近，越来越炫目，逐渐将我的身体整个包围。莫非是我从地狱来到了天堂？正想着，耳边依稀传来说话声，其中一个年长的女声说：“还在烧，而且伤口感染得很厉害，需要加大抗生素用量。”

另一个年轻些的女声说：“现在已经是安全范围内最大剂量，再加，只怕她的身体承受不了呀。”

年长的女声沉默了一会儿，回道：“加吧，尽人事，听天命。”接下来，是脚步远去和木门开合的声音。

这时，一个苍老的女声开口了：“护士，她不会扛不过去吧？”

“我们会尽力的，但究竟能不能醒过来，真得看造化。”年轻的女声叹了口气，“关大妈你让一下，我该给她换药了。”

几秒钟后，我感到身上某处伤口撕心裂肺地痛，然后我重新跌入黑暗的深渊，并且耳朵里什么都听不到了。

这次，我仿佛做了一个无头无尾也没有时间线的梦，在黑暗里，我仍旧跟那条恶犬不停地搏斗着，左翻右滚、上蹿下跳。不知过了多久，远方再次出现亮光，我见那恶犬逃向光亮中央，也张牙舞爪地追过去。

眼看就要追上，忽然有人把我拦住了。耳边还是那个年长的女声："按住她，别让她乱动，吊瓶和仪器的线都被扯掉了。"

你们是谁？为什么要帮那条恶犬？别拦着我，放开我！我手脚并用，歇斯底里。

被束缚的手脚很快又获得自由。于是，年轻的女声听起来很焦急："不行，我按不住她。"

年长的女声："打镇静剂！"

随即，我感到更多的手压制我，与此同时，右臂前方一阵刺痛，一股凉飕飕的液体缓缓进入血管，不多时又什么都不知道了。

当我第三次醒来，真正睁开眼睛的时候，阳光正透过窗子射进房间，到处金灿灿、暖烘烘的，让人辨不清是早晨还是黄昏。

适应了一会儿光线之后，我开始转动眼珠，这是个三人病房，另两张床铺暂时空着，我正躺在最左侧的病床上，左腕连着输液软管，伤口缠着厚厚的纱布，身上多处接着杂七杂八的线。

我感到喉咙干得厉害，特别想喝水。隐约听见门外有人说话，我努力想张口呼唤却只发出一声轻微的咳嗽。但这细小的动静还是被门外的人捕捉到了，一个粉衣的年轻女护士和一个穿白大褂的中年女医生先后进来。

“我的天，你终于醒了！”女护士望着我高兴地说，“你昏迷了快一个礼拜，都以为你扛不过去了呢。”

女医生看样子也很开心，但没前者那么喜形于色，她环顾四周，轻声问道：“关大妈去哪儿了？”

女护士关注吊瓶的液体，然后调慢下滴的速度：“我5分钟前看见她下楼，可能去打开水了。”

女医生“嗯”了一声，走到病床边俯身摸了摸我额头：“怎么样？可以说话吗？”

我重新积聚力量，含混地吐出一个字：“渴。”

这时，病房的门开了，一70岁上下的老妪提着暖瓶进入，看看围在床前的医生和护士，又看看还在咳嗽的我，晦暗的眼神立刻明亮起来：“醒了？”

“醒了。”女医生直起腰身，“其实病人的各项指标三天前就已基本恢复正常，只是暂时还昏迷着，这是我们把她从ICU转到普通病房的前提、依据。既然已经醒过来，那么问题就不大了，我觉得顶多再观察几天，没有特殊情况就可以出院了，回家继续慢慢休养。”

老妪微笑着点点头：“醒了就好，醒了就好，谢谢您了，医生。”

“不客气，应该的。”女医生又扫视一遍监测仪器，双手插兜往门口走。

“她口渴了，给她倒点水。快5点半了，我们还要去查房，你就在这儿陪着她吧，瓶液快输完的时候按床铃哈。”说完，女护士拿着记录本跟着离开了。

“你们忙。”老妪目送对方至门口，然后瞧了我一眼，提起暖水瓶往桌上一个瓷杯里倒水，倒一半热的，又添一半大玻璃瓶装的凉白开，小心尝了尝确定不烫才喂到我嘴边。

我喝得过于急切，因此被呛得不停咳嗽，老妪拿纸巾帮我轻轻擦拭着。

我看着老妪的脸，虽然衣饰普通、妆容淡薄，但通过岁月蚕食未尽的形体风韵，我猜她年轻时一定是个大美人。刚才医生提到“回家”，那么她一定是我什么亲人，可到底是何种关系？我该怎么称呼她？一时很多问题涌上心头，可脑子疼得实在厉害，舌头也不听使唤，话到嘴边最终化作一连串的咳嗽。

醒来后的第三天起，我渐渐能吃一些东西，也能说简短的话，于是便有了开口问询的契机。老妪告诉我，她姓关，出事那天她到邻市走亲戚，返回的时候公交车半道出了故障，而下一趟迟迟不来，无奈只能抄近路步行回家，正巧遇到被狗咬伤陷入昏迷的我，见我躺在路边奄奄一息，她赶紧打了120。

医生、护士们跟我说，我被抢救了一整夜，接着在ICU病房住了两日，情况稍微好一点又被转到普通病房，这几日一直都是关大妈守护在床边，医药费自然也是她垫付的。我命大福大，从鬼门关走一遭还能回来多亏了关大妈，现在这社会，不是谁都可以遇到这么好的人。

这也就意味着，救命恩人关大妈跟我没有半点血缘关系。

待能讲整段话的时候，我终于忍不住问了那个萦绕心头已久的问题。那是一个阳光明媚的午后，我刚换完药靠在床头闭目养神，关大妈坐在旁边，戴着老花镜慢慢削着一个苹果。趁房间只有我们两个，我斟酌良久终于开口了。

“关大妈，我知道您是个好人，但这个不足以解释您所付出的一切，所以我想知道，我们非亲非故，您为什么要如此尽心尽力地照顾我。”

关大妈削苹果的手停了下来，看了我一会儿，她淡淡地回道：“‘救人一命，胜造七级浮屠’，我平时吃斋念佛，这对我来说是莫大的功德。见死不救，会受到良心上的谴责，也是一种莫大的罪过。”

我知道，这是原因之一，但不是全部。

见我继续投来疑问的眼神，关大妈叹了口气，又接着说道：“还有一个原因，你跟我 9 年前发疯失踪的儿媳妇儿长得很像。她是个知书达理、勤快能干的女人，可惜命不好，嫁进我们家还不到 3 年就得了急病，发疯失踪再也没有回来。看到你，我便想起了她。”

原来是这样。我问：“那您没找过她吗？照您说的情况，她是不可能跑太远的。”

“怎么会不找呢？”关大妈继续削着苹果，“我们全家找了很久，警察也没少出力，可始终都杳无音讯。”

“已经 9 年了。”我大胆推测道，“恕我直言，她要么被人困在某个地方，要么……要么已经不在人世了。”

关大妈把削好的苹果递给我，眼睛里面毫无波澜，这说明她对我讲的那种后果也早有预料。

“说说你吧。”沉吟片刻，关大妈开始把话题往我身上引，“从言谈举止来看，你不像个没有文化、粗俗卑微或者心智不全的流浪者，怎么会搞成现在这个样子?”

3 回“家”

“我……”我一费力去想，脑子就又开始疼了，“说来不怕您笑话，3个星期前的事情，我什么都记不起来了。只知道醒来的时候是个傍晚，我蜷缩在一条废弃的水泥管道里，身上脏兮兮的，口袋里除了一只钱包外什么都没有。”

关大妈望着我，忽然有意无意说了一句：“真希望像电视剧里演得那样，你就是我失踪多年的媳妇儿。可惜你叫杨令，有名有姓的，这个错不了。”

“不，名字只是个代号，需要的话可以改。”倾听到关大妈的心声后，我激动地放下苹果，撑起身子跪在床头，“我的命是您给的，如果不介意，从今儿起我就做您的干女儿吧，端茶倒水、洗衣做饭，捶背揉腰，像亲女儿一样伺候您。”

“这可使不得。”关大妈立刻紧张起来，“我也就随口这么一说，怎好强人所难呢?”

“能给您做干女儿是我前世修来的福分，只要您不感到为难，我当然求之不得，毕竟我更需要一个家呀。”我抓着关大妈的胳膊言辞恳切地说。

关大妈一时热泪纵横，她一只胳膊扶着我，另一只胳膊轻轻拍打着我的脊背：“好好好，咱先这么说，出院了你暂住在我们家，等家人找到你了你再回去。”

“不可能的。”我下巴搭在关大妈肩头一脸苦笑，“警察按照我身份证的住址找了，结果一无所获，实在没办法他们才把我送进收容所，所以，您就当我是个无家可归的孤儿吧。”

“唉。”关大妈长叹一声，“兴许是我日日烧香感动了菩萨，她老人家又把我失去的重新赐还于我，真是佛渡有心人哪！”

“对了，刚才听您讲，您的儿媳妇9年前发疯失踪了，那后来呢，您儿子有没有续找一个？他们有没有孩子？”我直起腰来，望着关大妈的眼睛，“您别误会，我的意思是，一个家庭会有很多成员，您最好征求下他们的意见，总不能我们两个一时冲动把这事定下来，万一……”

“不会的。”关大妈慈爱地摇摇头，“我老伴儿去世得早，只有一个独子叫舒希，原配发疯失踪后他又续找了一个，名叫曹云莲，两人常年在国外做生意，留下个儿子舒念在国内读初中，孩子上的是寄宿学校，平时家里就我一个人，正好缺个伴儿。”

我终于有所恍然：“怪不得这些天我从未见过您的家人。”

“所以你只管把心放到肚子里。”关大妈扶我重新在床上卧好，“他们要是知道我认个干女儿，只会替我感到高兴呢。”

“可是……”

关大妈做了个噤声的手势，把苹果拿起来递到我手里：“别说啦，大夫不让你多说话，吃点苹果润润嗓子吧，听我的，都不是事儿。”

我使劲点了点头，拿起苹果咬了一小口，哽起喉咙咽下去的同时，眼泪随之流了出来。

又过了4天，我被安排出院了。那天是周六，跟我入院当天一样，天空飘着鹅毛大雪。由于伤口还未彻底好，加上天气比较冷怕伤口感染，纱布就暂时没有撕掉。出门时，我穿着厚厚的棉衣棉裤，头上包着围巾，只从白色的纱布里露出眼睛、鼻子和嘴巴，活像个木乃伊。我就是以这样的造型与舒念在医院门口见了第一面。

当时，舒念刚从公交车上下来，他穿一件大号的橘红色羽绒服，下摆直接裹到膝盖，脚蹬白色运动鞋，背着黑色双肩包。他身材瘦高，个头儿差不多到我肩膀的位置，长相看上去十分干净，唇上留着一层淡青色的绒毛，喉结微微凸起，浑身散发着浓浓的荷尔蒙气息。与之青春阳光的穿着相比，其脸上则挂着一种颇不相称的忧郁神色。

“不是说让你放学后直接回家吗？怎么跑到这儿来了？”关大妈皱着眉毛。

“我来接你和杨阿姨，雪天路上不好走。”舒念上前搀住关大妈，又冲我微微点了下头，“杨阿姨好。”

很显然，关大妈已经提前跟他说过有关我的情况。我尽量夸大表情，让他看出我在友好地微笑：“你好呀，舒念。你不是寄宿吗？这样恶劣的天气怎么回来了？”

本是一句关心的问候，却不知为何碰触了对方敏感的神经，舒念脸色微红，显得颇为尴尬。

关大妈仿佛知道一些内情，又似乎碍于场合不便言说，因此岔开话题：“舒念，你来的时候路上公交车多吗？”

舒念如蒙大赦，吐出一口气说：“特别少，路上听公交司机说，因为大雪有几条线路都停运了。”

“哦。”关大妈开始朝远处张望，“那咱就打出租车回去。”

舒念应了声“好”，随即也关注起来往车辆。

“你多大了？”作为今后“家”里不可或缺的一分子，舒念对我的重要性不言而喻，我一定不能给他留下没有眼色、不会讲话的坏印象，于是没话找话地跟他套近乎。

舒念的视线一直在马路上：“刚过12岁生日。”

“期末考试结束了吗？”我盯着他的书包，“差不多该放寒假了吧？”

舒念极其简单地“嗯”了一声。

我想了想，继续问道：“一放寒假离春节就不远了，到时候爸爸妈妈就会从国外回来，是不是很开心呀？”

舒念的脸色变得跟刚才一样难看，只不过刚才是发红，这会儿是惨白。见苗头不对，我吓得不敢再多嘴，只在心里嘀咕着：为何提到父母舒念会是这副表情，难道还有孩子不喜欢自己的爸爸妈妈吗？或者，父母很少从国外回来看望他，以至于孩子跟他们产生了芥蒂？

“以后杨阿姨就要跟咱们一起生活了，奶奶不在家的时候，你要替奶奶好好照顾她，把她当亲姑姑一样对待，不许耍小孩子脾气。”关大妈扯扯舒念的胳膊。看得出，关大妈在暗示舒念向我展示友好。

然而，舒念依旧头也不回：“知道了。”

关大妈只好冲我无奈地笑了一下："他还是个孩子，你别介意。"

我笑着回应："怎么会呢？舒念还是很乖、很懂事的，不然就不会跑这么老远接我们了。"

这时，一辆出租车开了过来，舒念伸手拦下，不声不响地坐在副驾驶位，我和关大妈坐在后排。出租车七绕八拐开了约半个钟头，抵达一个名叫润丰花园的小区。

这是一个看起来有点老旧的居民区，无论建筑外形、环境设计还是格局规划都显得十分老式，门口岗亭内站着个模样同样沧桑的保安。见我们依次下车，保安远远地朝他熟悉的关大妈打招呼："关姐回来啦。"

"回来啦。"关大妈在舒念的搀扶下慢慢往小区门口走，"一个多星期没见，你又吃胖了，老陆。"

保安哈哈大笑，随即把视线移到我身上："这位是……？"

关大妈转身拉住我的胳膊："我的干女儿，名叫杨令，以后就住这儿了。"

"以前好像没见过呀。"保安上下打量着我，"哎呀，是受伤了还是咋的？脸上还包着纱布呢。"

"平时来往少，现在家里出了些事情，所以到我这儿暂住些日子。"关大妈指指门口的横杆，"老陆，放个行吧。"

"哦哦，好的。"说着，保安按了下控制横杆升降的按钮，横杆便抬起来了。

关大妈和舒念走进小区，我却依旧在原地站着。四顾门口的环境，一种奇异的感觉直冲脑门，随即感到一阵强烈的眩晕。

4　似曾相识

见我趔趄着要摔倒，保安赶忙把我扶住，同时呼唤关大妈。

“哎哟喂，怎么了这是？”关大妈在舒念的搀扶下小跑着过来。

眩晕感稍纵即逝，我重新感到脚底有了重量，于是摆摆手表示自己没有大碍。可能是一种错觉吧，就像现实中的某个场景感觉在梦里发生过一样，我心里这样想。

“不小心脚底滑了一下。”我对迎上前的关大妈说。

“刚从医院出来，要是再摔一下可就要重新住回去了。”关大妈一边扶住我的胳膊，一边向保安道谢，“谢谢你呀老陆。”

“不客气，应该的。”这时，有业主进门，保安又回到了岗亭里。

“你扶着杨阿姨，她身子虚得很。”关大妈对舒念说，“我自己可以慢慢走。”

“我没事，不用扶。”言毕，我迈开步子向前走，尽量显得从容、自信。舒念也不坚持，在我身后不远不近地跟着。

三个人一路无话。至 7 号楼 3 单元门口附近，关大妈停下了，回头看见舒念跟在我后面，很不满地“啧”了一声。舒念会意，赶忙上前搀住我的胳膊。这次我没有拒绝，因为经过这 100 多米的路，我发现自己体力没有完全恢复，尤其受伤的脚脖子仍旧疼得厉害。

上了两级台阶，在一层东户门前站定。关大妈拿出钥匙插入锁眼，扭动门锁的声音回荡在安静的楼道里。不一会儿，隔壁的门打开了，一位年纪跟关大妈相近的老太太探出脑袋，看看关大妈，又看看舒念，分别向他们打招呼："关姐最近去哪儿了呀？有阵子没见你了。舒念也很久没回来了，看样子又长高了！"

关大妈已经将门打开，浓浓的生活气息和着一股淡淡的檀香味扑鼻而来。

"到医院照顾我干女儿了，刚回来。"关大妈回完老太太，又指着对方向我介绍，"这是你梅姨，20多年的老邻居，我俩关系好得像一个人似的。"

"梅姨好。"我微微躬了下身。

"除了身体不好，哪儿都好。"老太太爽朗地笑笑，"你就是关姐的干女儿吧？叫什么名字呀？"

"杨令。"

楼道里光线昏暗，老太太看不清我的样貌，似乎也对此并不很在意，听罢我的名字，她只是客套了一句："都是自己人，有空来家里坐哈。"

关大妈进到门里，把我和舒念让进去，反身把右臂撑在门框上："眼看天就要黑了，如果没开火的话就不要做了，晚饭搁这儿一起吃吧。"

老太太摆摆手："不了关姐，待会儿儿子和媳妇儿过来，我得备着他们的饭呢。改天我请你们呀。"

关大妈："那好吧。"

两人又客套了两句，各自关了门。

舒念打开了客厅的灯，把书包挂在衣架上，然后去了洗手间。趁关大妈放置行李的空当，我快速浏览了房屋的整体布局：客厅很大，家具陈旧，但还算齐全。值得注意的是，沙发与阳台的夹角放着个佛龛，上面供着南海观音菩萨，左右两盏长明灯一闪一闪，檀香味儿就是从中间那香炉里飘过来的。

餐厅与客厅相连，各类物品繁而不乱，我所站的位置的侧后方就是厨房，与厨房相对（客厅与餐厅之间）有条过道，过道两侧和尽头各有一个卧室，总体算是三室两厅的格局吧。由于是老式小区，没有安装暖气设备，即便门窗紧闭，房间里仍格外阴冷。

"把棉袄脱了坐沙发上吧。"关大妈过来对我说，"我去把空调打开，再烧点热水。"

我站着一动未动，也没说话，因为那种奇异的感觉又来了。虽然家具和陈列变了，但格局仍然似曾相识，即便这种感觉只是一瞬而过，我还是确确实实被吓了一大跳。——我跟关大妈非亲非故，更是头一次随她回家，为什么会出现这种感受？莫非关大妈的儿媳真的死了，我乃是她的转世或被其附身，而适才的感觉来自前世残留的记忆？

不，不可能，世上哪有这种事情？因为想法太过荒谬，我自己都忍不住笑着摇了摇头。

这时候，舒念从洗手间出来，看了我一眼，走到沙发边坐下，打开电视机，连换十几个台，要么是广告，要么是选秀、综艺、动画片，最后骂了声“弱智”，丢下遥控器，朝其中一间卧室走去。

“等等，舒念。”关大妈叫住他，“刚才下车时给忘了，你到街上去买点蔬菜和馒头回来。”

“知道了。”舒念看似有些不情愿，但还是顺从地穿戴完毕，拉开入户门。

“钱!”关大妈持着两张大钞喊道。

“我有!”舒念晃晃手机，头也不回地走了。

“这孩子，越大越不听话了。”关大妈低嗔一句，把门关好，然后扯扯我的衣角，“把厚衣服脱了吧，我已经开了空调，一会儿就暖和了。”

“好。”我小心翼翼地把棉袄和围巾摘掉，挂在衣架上，转身时关大妈又拉住了我。

“这原本是舒念的房间，我简单收拾了一下，以后啊你就住在这屋。”关大妈推开其中一个卧室的门，“这屋朝南，阳光好，被褥也都是现成的，你先休息会儿，吃晚饭的时候我再来喊你。”

“那舒念呢?”我问。

“舒念住他爸妈的房间啊。”关大妈眨着眼睛，“说实话，那间屋子够大，也向阳，就是长期不住人有点寒凉，怕对你身体不好。男孩子家火气旺，扛得住。”

“他爸妈要是回来呢?”我继续问。

“那就跟我睡。”关大妈轻描淡写道，“反正他在学校寄宿，偶尔才回来一次，随便凑合一下就行了。”

也只能这样了，我还能说什么？于是，我向关大妈表示感谢，然后走进舒念的房间。屋里没有开灯，也没有装空调，所以我就把房门敞开，让光亮和热气从客厅透进来。

跟常见的儿童房不一样，舒念的房间装饰得比较素净，除写字桌、台灯和一摞书本外，很难看出是孩子的房间。正如关大妈所说，床铺已经铺好，我走上前摸了一下，被褥蓬松干爽，枕头柔软舒适。

我在床边坐下，一转身便看到写字桌上的两个水晶摆台，一个是舒念小学毕业的集体照，另一个是他近期的生活照，照片里的季节一个在夏天，一个在冬天，跨度有半年之久，而照片上的人却是一样的忧郁神色。

坐了片刻，我感到有些便意，本想问关大妈厕所在哪儿，却见她正忙着烧水做饭，于是就自己去寻找洗手间。绕过舒念的卧室，穿过餐厅，我在厨房后方拐角处发现有扇破旧的暗红色木门，门外靠着一卷破了边的竹席和一台布满灰尘的电风扇，心想位置这么隐蔽，大概这里就是洗手间了。

我挪开竹席和电风扇，赫然发现门上挂着一把黑色的大锁。奇怪，洗手间门外装把锁是什么意思？莫非厕所损坏已经不能使用？那关大妈在家怎么方便呢？总不能跑到别人家去吧？哦！我恍然大悟：应该是木门的锁扣坏了不能自由关合，担心开着门导致异味泄出，所以才在外面加了把锁。

按说，这个时候我该找关大妈索取钥匙才对，可当时不知为何突发奇想，愣是伸手过去抓住锁身往下使劲拽——我想弄开这把看上去不甚结实的大锁。

一下，两下，还好，手臂上的伤不算很疼。就在我准备第三次发力的时候，一个声音突然炸在耳边：“住手！”

我吓了一大跳，循声望去，见关大妈端着杯热水站在拐角，脸上的惊恐甚于我十倍。

“不要碰它！”见我仍愣在原地，关大妈再次厉声大喝，“快走开！”

5　禁忌之地

在我的印象中，关大妈一直都是个暖心善良、优雅持重的人，从未见过她如此惊慌失措。看来我的确找错了地方，而且这扇门背后一定是个危险的禁忌之地。

“我……”我结巴着说，“我想上厕所。”

“厕所不在这儿。”关大妈的语调已经恢复平静，她伸手朝斜前方指了指，“在那边，你找错地方了。”

“哦。”我低着头逃也似的离开。原来，几步之外就是洗手间。我拉开门躲进去，长出一口气，小腹明明憋得难受，却又解不出来。过了七八分钟，我终于解决完毕，出门后朝适才那扇木门看了一眼，发现关大妈已把席卷和电风扇放到了原位。

我回到房间，见关大妈坐在床边，写字桌上放着一杯冒着热气的开水。看样子，关大妈是在等我，她有话对我说，而且我确信跟那扇破旧的木门有关。

伸头一刀，缩头也是一刀，所以我决定主动提及：“刚才那扇门，为什么不能碰？”

“不是门不能碰，而是门后是道台阶，通往地下室。”关大妈迎着我疑惑的目光不紧不慢道，“由于地下室严重渗水，生满虫子，没法存放东西，也没法住人，已经废弃很久。这两年更是出现裂缝，有随时坍塌的迹象，非常危险。所以我才着急忙慌地拦住你，免得出什么意外。”

说实话，我不是特别相信。毕竟地下室属于房产的一部分，花钱买来的东西岂能轻易因渗水而废弃？出现裂缝置之不理就更不对了，难道就不怕威胁一层及以上住宅的安全吗？可关大妈不愿讲，我也不好打破砂锅问到底，只好假装恍然大悟：“原来是这样，那以后是要离它远点啦。”

关大妈微微弯了弯嘴角，用下巴点点桌上的水杯：“喝点热水暖暖身子吧。”

这时，外面传来开门声，是舒念买菜回来了。关大妈从床边起身，轻轻拍拍我的胳膊：“躺床上盖好被子休息一会儿，饭做好我喊你。”

“哎。”我应了一声，在床边坐下。

关大妈走后，我小心地脱掉鞋子躺在床上，拉开棉被缓缓蒙住头，心里一个劲儿在揣摩关大妈适才的表情和她所说的话，同时猜测，那扇门后面到底藏着什么见不得人的东西？想着想着竟睡了过去。醒来的时候，写字桌上的闹钟显示已经晚上 6 点 20，与此同时，鼻子嗅到一股浓浓的饭香味。

不能真等着关大妈来喊我，那样不礼貌，于是我主动走了出去，结果一出门便听到客厅有人在谈话，仔细听，除关大妈和舒念外，还有一个陌生人的声音。

显然在此刻出去会破坏对方的交谈，弄不好我这个样子还会吓人家一大跳。于是我便打算回房，刚转过身，忽然听到关大妈提到我，故而停住脚步，侧耳倾听。

关大妈的声音："对面是我干女儿杨令的房间，她受了伤需要好好静养，你们谈话的声音尽量小一些，不要影响她休息。喝水的话客厅有饮水机，洗手间在厨房左后方的拐角，有其他什么需要让舒念跟我讲，授课之余最好不要到处走动，明白了吗？"

陌生的男声："明白。"

关大妈继续说："除价钱和约定时间外，你还有什么要问的？"

"暂时没有。"停顿片刻，陌生男子又说，"不过，教和学毕竟是两……两个人的事情，需要双方默契配合，如果只凭一方努……努力，很难达到预期效果。这个，也希望您能明白。"

关大妈："你有什么顾虑直接讲出来，不用拐弯抹角。"

陌生男子："给舒念同学请家教，是您个人的主意吧？或者说，您在做这个决定的时候是否征……征求过他的意见？"

关大妈："这有什么区别吗？"

"当然有区别。"舒念不满地叫起来，"你的意见不等于我的意见，现在都喊着给学生减负，你却偏偏反其道而行之，总是给我增加课业负担。"

关大妈硬声硬气："你爸妈不在身边，我就是你的监护人，有权替你做主。"

舒念不吃这一套："我已经12岁了，奶奶，不是什么都不懂、完全依赖长辈的3岁小孩，你能不能尊重一下我的意见和想法?”

关大妈反搒：“那你首先尊重一下自己的考试成绩，你若每科都100分，我至于费这个劲吗?”

舒念的语气颇不耐烦：“我的成绩怎么了？除了数学和英语，其他不都在90分以上吗?”

关大妈的嗓门提高八度：“那也不行，初一不打好各科基础，后面会越来越吃力的，渐渐就会造成严重偏科，若是考不上好一点的高中，我怎么对你爸妈交代?!”

舒念轻声嘀咕：“交代不了就不交代呗。”

关大妈真的恼了：“把你的态度放端正点！就你这个样子，再不严加管束，迟早要混成个二流子!”

舒念不服地回顶：“我怎么不端正了？怎么就成二流子了?”

硝烟味越来越浓，我有点想去劝劝这祖孙俩，于是向前挪了两步，站在这个角度，刚巧看见背对我坐着的关大妈和舒念，以及正面朝着我的陌生男子。那男子年约30岁，留着飞机头，下穿紧身牛仔裤，戴一副黑框眼镜，颇有几分书卷气。

听着祖孙俩的争执，男子显得有些尴尬，他低着头，两手在腿间搓来搓去，关大妈和舒念更是目不旁视，所以都没看到我。

这时，关大妈又丝毫不留情面地开口了：“你要是学好，能被老师三番两次打电话投诉，能被学校赶回家里住吗?”

听到这句，我暂时打消了上前劝阻的念头——对于这个曾经产生过的疑点，我想知道为什么。

可能理亏，舒念的态度蔫了许多：“不就是熄灯后在宿舍聚众打牌吗？别的宿舍的人也打，只是我点儿背，被老师抓个正着……”

“说说你都被抓住几次了，而且你这个带头的还是宿舍长！”关大妈仍然没有好气，“啥都甭说了，今天请弓涛老师过来就是跟你打个照面，从明天晚上开始正式上课，趁在家这段时间好好把数学和英语往前赶一赶！”

服不服气不知道，反正舒念终于不吭声了。

“不好意思啊，弓涛老师，让你见笑了。”关大妈对陌生男子说。

弓涛明明颇为在意，嘴里却说着：“没事，没事。”

“这事呢就这么定下来哈，明天晚上 8 点按时开始授课，舒念这边我来对付，保证让他配合你的教学工作。”关大妈开始从沙发上起身。

弓涛看看舒念，也从椅子上站起来：“这个年纪的孩子普遍存在叛逆心理，对待他们一定要用摆事实讲……讲道理的方式，不能强迫。”

关大妈点点头：“我知道，你放心吧。”

送走弓涛老师，关大妈转身看到了站在拐角处的我，神色一滞，淡淡地说了句：“正准备喊你呢。饭好了，咱吃饭吧。”

“哎。”我应了一声，看看舒念，他仍坐在椅子上，满脸不开心的样子。

盛好饭菜，我们趁热开吃。之前医院的饭菜很清淡，很少有这样多的油水，所以我吃得很香。我边吃边瞅着舒念，他还在赌气，只吃了几筷子便说不饿，起身要走。

“甭去你那屋了。”关大妈的声音追着舒念的脊梁，“你那屋杨阿姨住。”

舒念停住脚步：“那我住哪儿？”

“睡你爸妈房间。”关大妈边嚼着饭菜边道，“自己把床铺收拾一下。”

我觉得很不好意思，于是站起身：“我帮舒念一起收拾吧，他一个男孩子……”

“都已经12岁，不再是小孩子了。”关大妈用筷子指指我的椅子，“别管他，你坐下吃。”

我无可奈何地坐回原处，这时，身后传来木门被用力关上的声音。

接下来的时间里，我跟关大妈各自吃着饭，彼此没怎么说话。吃完之后，我抢着要刷碗，但被关大妈拒绝了。我只好走到房间，无聊地坐在床边翻起桌台上的书。翻了一会儿，感到困意来袭，便早早脱了外衣躺在床上准备睡觉。刚熄灯，忽然听到门被敲响。

我以为是关大妈，所以只穿着睡衣和拖鞋前去开门，结果外面站着的却是舒念。

“杨阿姨。”跟我一样只穿着睡衣的舒念用请求的语气对我说，“咱们能换换房间吗？”

6 “鬼”宅

我颇为意外地问：“为什么？”

舒念的样子有些忸怩：“我爸妈的房间住不习惯，所以一直睡不着，还是我的房间舒坦些。”

“可是，这都是你奶奶的安排。”我斟酌片刻，“要不，咱去找她说说？”

“别。”舒念拦住我，“还是别告诉她。”

“为什么？”听到隔壁房间传来关大妈的咳嗽，我尽量压低声音，“我可以跟你换，但一天两天可以，时间久了你奶奶终究会发现，到时候我们怎么说？”

舒念紧咬着下嘴唇。

客厅的空调早就关了，我冷得直打哆嗦，舒念也在发抖，因此我只能尽量劝他：“凡事都有个逐渐适应的过程，闭上眼睛什么都别想，一会儿就能睡着了。”

舒念扭捏得更厉害了：“不行，我害怕。”

我听了想笑：“你都是个小男子汉了，怕什么？还能有野狼把你吃了？”

“鬼。”说完这个字，舒念近前一步，同时表情显得极度恐惧，“那个房间有鬼。”

大夜晚的听到这个，让我肾上腺激素猛烈升高，但表面上我还是故作镇定：“别胡说，世界上没有鬼。”

“是真的！”因为激动，舒念抓住我裹着纱布的手臂，“我亲眼见到过好几次，每次都在我即将入睡的时候，我想动却动不了，想叫也发不出声，那种感觉实在可怕极了！”

“肯定是你在做梦。”我安慰他，也在安慰自己。

“不是梦，是真的。”舒念手上的劲突然增大，“我看得清清楚楚，她就吊在我床头的位置，舌头伸得老长老长，死鱼般的眼睛死死盯着我。”

我被他抓疼了，于是轻轻拨开他的手：“这事，你告诉过奶奶吗？”

“说了，可她不相信。”舒念撇起了嘴，“因为只有家里来亲戚朋友的时候，我才会在我爸妈屋里住一夜，平时不在那儿住，所以也就没怎么坚持。上初一之后我在学校住宿，几乎忘了这事，可就在刚才，我又看到她了。”

“她是谁？”我问。

舒念又不吭声了，神色惊惶地望着我依旧缠着纱布的脸。我猜出了七八分，于是小心翼翼地问道：“你爸爸那位失踪的前妻？”

舒念点点头：“我奶奶说，你跟杜阿姨长得很像。另外，我爸爸和奶奶都说她失踪了，可我却很多次梦到她吊死的样子。我奶奶不信，说我在胡说。”

“什么时候开始出现这种状况的？”我继续追问舒念，“你爸妈看到过她吗？”

舒念转着眼珠想了想：“有 2 年多了吧。我爸妈说他们从未看到过，到底是不是真的那就不知道了。”

“在你自己房间发生过这种事吗？”

“没有。”停了一会儿，舒念接着说，“我爸爸和我奶奶肯定知道些什么，就是不肯告诉我。大概‘见鬼’这种话出自小孩之口没人在意，所以每次让亲戚朋友住我的屋，我住我爸妈屋。”

“别瞎猜了。”我实在冻得受不了，只好想一个折中的解决办法，“这样吧，你不是只在临睡前有那种现象吗？我可以到你爸妈房间陪着你，等你睡熟了再走，好吗？”

舒念看似不太满意，但也没有别的办法，因此只好点了点头：“那你留意我的状态和反应，一看情况不对立刻叫醒我。”

进入对面房间，我再次产生那种似曾相识的奇异感觉，但仅仅在脑海中闪了一下，很快就被环境的陌生感替代。

说实话，房间布置得还算温馨，只是由于长期不住人，感觉阴阴的。

“这是你爸爸妈妈吧？”我望着墙上一幅有些发黄的婚纱照。

舒念“嗯”了一声。

对于以后势必要打交道的男女主人，我特意多看了几眼。男的看起来还算英俊，女的形象气质倒是一般，即便化了浓妆也掩盖不住普通的姿色，虽然两人跟舒念眉眼都有几分相似之处，但舒念像父亲更多些。

我盯着照片上那个年轻帅气的男子，犹如被磁石吸住一般动也动不了。突然发觉这个从未谋面的陌生人竟似我牵手多年的老相好，以至于舒念连叫了两声“杨阿姨”我才移开视线。

“你怎么了，杨阿姨？”舒念问。

“没事。”我突发奇想道，“这里有那什么杜阿姨的照片吗?”

“有。”说着，舒念打开床头的柜子，从下层抽屉里取出一本陈旧的相册，翻开，指着其中一张照片给我看，“这张就是杜阿姨跟我爸的合影。”

我走过去，拿过相册在灯下细看。那是一张夹在相册尾端、极其普通的5寸胶片式照片，虽然因年代久远、照相技术等显得有些模糊，但人的面貌尚能依稀识别，关大妈和舒念说得没错，那个女人的确跟我长得非常相似，只是体格稍显丰满。客观地讲，相比曹云莲，这个杜阿姨跟舒希倒是更加般配。

“还有别的吗?”我把抽出来的照片放回原处。

“没了。”舒念将相册合起塞回抽屉，“这是唯一一张，其余的都让我爸给扔了——我妈不让留。”

“哦。”我理解地点点头，“那这个杜阿姨，你见过她本人吗?”

“没有。”舒念关好柜门坐回床边，“我3岁那年跟我妈过来的时候，她已经失踪了。”

“哦。”我明白了：未婚先孕，而且第三者插足。如此说来，这个杜阿姨的命运的确十分悲惨。另外，那个舒希也不是什么好东西，家里有老婆还在外面勾搭别的女人，脚踏两条船，渣男一个。

等我把舒念、舒希、曹云莲以及杜阿姨之间的关系梳理完毕，再做一番分析、推理，回头看时，舒念已经倒在床上睡着了。我帮他脱掉鞋子，盖好棉被，然后静静地坐在床边看着他，等他睡熟。

看着看着，我只感到眼皮发涩，脑袋沉甸甸的，若非房间里阴冷刺骨，怕是早就坚持不住睡过去了。

差不多可以离开了吧？我长长地打了个哈欠，慢慢直起身体，刚要转身，忽然感到有人在我左肩上拍了一下。这个房间里只有我和舒念两个，现在舒念就睡在床上，那拍我的人会是谁呢？莫非是关大妈？我骤然转身，赫然发现一双红色的高跟鞋垂吊在眼前。那鞋红得实在鲜艳夺目，灯光下刺得我眼睛发痛。

顺着鞋子往上看，乃是一双被红色长裙包裹着的纤纤细腿，再往上则是凹凸有致的女人腹部和前胸，紧接着是一段修长光滑的脖颈，脖颈与下颌连接处则是一条拇指粗细的麻绳，麻绳深深勒进肉里，周边留下紫黑色的瘀痕。

继续往上，终于看到她的脸，那张跟我极其相似且被长发飘覆的脸面上双目圆瞪、舌头伸出。就在我惊恐万状、呼之欲出的瞬间，她嘴角那滴血突然坠下，不偏不倚刚好落进我张开的口中！

7　“中邪”

我大喘着粗气醒来，发现自己满头汗水，而躺在床上的舒念还在熟睡。原来是个梦！

我逃也似的从房间离开，匆匆回到自己住处。不仅仅因为恐惧，更因为恶心得厉害。我俯身朝垃圾桶里呕吐，却什么也没吐出来。

我躺到床上，拉紧被子蒙住头，心里一直在想：为什么我会做跟舒念同样的梦？难道梦境还会传染不成？或者舒念的描述太过形象逼真，使我产生了心理阴影？还有一种可能我几乎不敢想，那就是对面房间真的发生过可怕的事情！可倘若是后者，为何关大妈和舒希夫妇都不曾说明？莫非这里面藏着什么见不得人的秘密？

想来想去，我的头又开始疼了。我只好暂时放弃，然后强迫自己安眠。我相信，无论属于前面所想的哪种情况，适才的梦境在这边都不会发生。

大概因为刚才的梦太过刺激，我辗转反侧迟迟睡不着。就在我数羊数到快两千只的时候，忽而听到被子外面传来轻微的咚咚声，像有人在叩击地板。我心想，大概是舒念或关大妈起床上厕所了。可奇怪的是，咚咚声并没有增强或衰减，而是以同样的节律萦绕在耳边。也就是说，那个人并没有靠近或走远，而是一直在原地徘徊。

咚咚……叩击声渐渐和心跳共鸣。我实在忍无可忍，壮着胆子把脑袋露出被子，这才发现自己错了，原来叩击声并非响在房间外，而是产生在我脑袋附近的墙面上。隔壁是梅姨家，难道是她半夜三更在敲墙不成？

咚咚……声音似乎越来越大，吵得人心烦意乱。我摸索着找到开关，按亮房间的灯，四下看看，什么都没有，再把耳朵贴在床头左侧的墙壁上，结果，叩击声一点儿都听不到了。我长出一口气，顺手按下开关。灯光熄灭的瞬间，我瞥见桌台上的镜子里悬着一双脚，脚上穿着鲜红色的高跟鞋，脚尖随身体摆动而不时撞上墙壁，与此同时，耳边再次传出有节奏的咚咚声。

“啊!”我直着嗓子坐起身来，右手在床头摸亮电灯。借助灯光，我望向身体左侧，墙壁上干干净净，什么都没有，再看镜子，那里面只有我惊恐万状的脸。

可能睡得太熟，也可能房屋隔音太好，关大妈和舒念都没有过来。我吓得再也不敢睡觉，瑟缩在床头直到天亮。

早饭后，舒念被关大妈要求去街上买供果，我则借机跟关大妈聊起了天。得知我做的噩梦，关大妈显得比较吃惊。

“怎么会这样呢?”关大妈拿干净的黄色棉布擦拭着供桌上的菩萨，“若说舒念梦到她倒还有因可循，毕竟他们都是我的家人，而你与她非亲非故，怎么也会出现这种情况？何况，能感知灵异的多为 12 岁及以下孩子，你都是 30 多岁的成年人了，这实在是稀奇。”

我听完之后更加吃惊：“这么说，您其实并不认为舒念在胡言乱语，换而言之，我们梦里出现的情景，在那个房间里真的有可能发生过?”

关大妈当即摇头：“那不可能，我家里绝没发生过这种事情。如果真像你说的那样，为何你在舒念的房间里也会做同样的噩梦?”

我有些哑然。

关大妈用擦过菩萨的棉布接着擦拭供盘和香炉：“说实话，虽然我没做过类似的梦，但心里隐隐感觉到她的确可能已经不在人世了。舒念年少多病，容易招惹不干净的东西，所以我才请尊菩萨到家里，而你刚出院，气虚体弱，引发同样梦境大抵跟这个有关。”

我有所恍然。

关大妈继续擦拭桌台：“舒念还是个孩子，我不想让他知道太多无助于学业和成长的事情，所以今天咱俩说的，你知我知，千万别让舒念知道。”

我想说，舒念已经是个大孩子了，所遇的谜题自己会去探索，与其封闭禁锢，不如迎刃而解，但最终没有说出来。

浑浑噩噩的一天，我几乎每时每刻都沉浸在昨夜的梦境中。由于睡眠不足，刚吃过晚饭我便熬不住躺在床上睡着了。之后，噩梦断断续续，内容一直都是红到扎眼的高跟鞋、惨白无色的脸面、凸出的眼球和长长的舌头……

过了许久许久，可怕的场景逐渐归于淡然，混沌的大脑也缓缓趋于清醒。迷迷糊糊地，我伸手去摸开关时，耳边传来一阵女人的哭泣声，那声音凄凉哀怨，犹如一股寒气深入骨髓，我伸出的手快速收进被窝，同时把被子往上提，结果用力过猛，蒙住头的同时双脚却露了出来。

就在我将收而未收之际，右脚突然被一只冰凉刺骨的手抓住了。我惊叫着拼命踢蹬，甩开那只手后整个人蜷缩在被窝里。真的，我被吓哭了，而且是只敢抽噎不敢出声那种，生怕自己的动静淹没了外面传来的某些信号。

过了一会儿，外面的哭声停止了。我实在闷得喘不过气，于是瑟瑟发抖地把半个脑袋送往被窝外面，冷冽清新的空气袭来的一刹那，借助月光，我发现枕边抱膝蹲着个披头散发的女人。

她身着白色连衣裙，光着一双染血的脚，样貌与那个姓杜的女人截然不同，看起来有几分熟悉，似乎在哪见过。她的面部有道很深的刀痕，一脸愠怒地盯着我，阴冷冰寒的目光使得我连打几个寒噤。战栗中，我忽地想了起来，她就是舒希的第二个妻子曹云莲，舒念房间里婚纱照上的那个女人。

她什么时候进到我房间的？大半夜蹲在我床头干什么？我跟她有仇吗？不然，她为何用这种啖肉噬骨般的眼光看着我？正想着，曹云莲猛地朝我扑了过来，双手死死卡住我的脖子，嘴巴里还不停地低声嘟哝着。

我拼命挣扎，可无奈身上有伤力不从心，不一会儿便觉得胸闷气短。不，我不能不明不白地死在这个陌生女人手里，记得桌台的镜子边有把裁纸刀，如果拿到它便能适时展开反击，运气好的话还能救自己一命。

于是我孤注一掷地腾出右手，在桌面上一阵摸索，上天保佑，我如愿以偿地拿到了想要的东西。紧接着，我使出浑身力气挥动右手，随着刀尖划破肉皮与筋脉的声音，曹云莲的双手渐渐松开了，进而身体前倾扑倒在我左肩上，同一时刻，温热的血液从对方的脖颈喷涌而出，浇在我抽搐不止的脸上。

听到我的惊叫，对面正在上课的弓涛老师和舒念快速跑了过来，房间里的灯旋即亮起。我睁大惊恐的眼睛四下扫视，刚才所有可怕的场景统统消失了，除了右手那把锋利的裁纸刀，现场未留下一丝痕迹。

“杨阿姨，你做噩梦了吧？”舒念站在门口诧异地看着我。

我直起脖子想要起身，未料起到一半竟沉沉地落了回去。下一秒钟，我开始牙关紧咬，四肢不可抑制地猛烈抽搐，嘴角不停往外溢着白沫。舒念害怕地望向弓涛，后者也是一副束手无策的样子。这时，关大妈到了，看到屋里的情形，二话不说，一手捏住我的两腮把脸掰向一侧，另一只手夺去我紧紧抓着的裁纸刀。

"她这是怎么了？"弓涛小心翼翼地问关大妈，"癫痫吗？"

"不。"关大妈斩钉截铁道，"是中邪。"

8 就医

关大妈让舒念取来朱砂粉和香灰，用温水和了，手指蘸一些点在我眉心，同时嘴里念叨着我完全听不懂的经文。

过了两三分钟的样子，我终于缓了过来，虽然意识清醒，但精疲力竭。

"你又梦到她了？"关大妈拿纸巾擦拭我嘴角的泡沫。

"这次不是她，是曹云莲。"我有气无力地说。

"云莲？"关大妈有些意外，"你梦到她什么了？"

"她要杀死我。"想起适才梦中的情景，我依然控制不住打着寒战，"实在太可怕了，真真切切的场景，实实在在的触感，好像不是梦境，而是在现实中发生的一样。"

"你跟她素不相识、无冤无仇，她为什么要杀你呢？"关大妈扔掉纸巾，用手抚着我起伏不定的胸口，"况且，她跟舒希在国外过得好好的，又不是……总之，这没有道理呀，除非……"

“除非什么?”我问。

关大妈望了舒念一眼，似乎有所顾虑：“这里没你的事儿了，回房间看书去吧。”

舒念不大情愿地应了声“好”，转身从房间离开。弓涛关好门继续站在那儿，大概我刚才那声惊叫刺激到了他，使得他一心想留下来看个究竟。

“之前跟你说过，你气虚体弱，容易招惹不干净的东西，而舒念他杜阿姨很可能已经不在人世，你在这儿梦到她算是事出有因，可云莲尚且活着，之所以出现这种情况，除非你来到我家之前就已经招了邪，这种东西可以根据你的想象幻化成各种角色来纠缠你、恐吓你，有可能是熟人，也有可能是陌生人，有可能是死人，也有可能是活人。也就是说……”关大妈再次欲言又止。

我轻拍关大妈的手：“您只管说，不必顾忌。”

“也就是说，除了12岁以下的孩子和体弱多病的长者，还有一种人容易招惹不干净的东西。这种人品行不善，作恶太多，以致恩寡福薄，易遭天谴。现在看来，你恐怕属于这一种。”见我脸色变得十分难看，关大妈赶忙解释道，“当然，这些说法不科学。毕竟，像你这么好的姑娘哪会做什么伤天害理的事情呢?”

弓涛听罢也道：“那都是迷信的说法，不……不科学。”

“有些东西，还是宁可信其有的好。信了掉不了你二两肉，不信则有可能招致无妄之灾。”关大妈另一只手轻轻覆在我的手背上，“以后随我一起布施、放生，有空的话念念经，想必总有好处。”

“可是，我不能不睡觉啊，现在只要一闭眼就会做噩梦，之前在医院并未有过这种情况。”我将实话脱口而出，“所以我觉得，问题的症结应该还是在这所房子里，是不是请高僧做做法事什么的？”

这回轮到关大妈脸色难看了：“我早就说过，这里从未发生过任何不吉利的事情。乐意在这儿住你就好好待着，以后不要再说这种丧气话；不乐意的话我也不勉强，你打哪儿来还回哪儿去。”

“我不是这个意思，您千万别误会……”情急之下，我捉住关大妈的手，同时眼泪夺眶而出，“您是我在这个世界上唯一的亲人，这里是我唯一的家，离开这儿我能去哪儿呢？求您原谅我，以后我再也不胡乱说话了，求您了。”

关大妈心一软，口气也跟着软了下来：“我只是随口说说，好不容易把你从死神手里拽回来，哪能再把你推回去？万一出什么事，岂不是莫大的罪过？好了，时间不早了，你再睡会儿，实在不敢睡就先挺一下，等到天亮咱去叫人家瞧瞧。”

“对，到正规医院，挂精神心理科。”弓涛似乎担心关大妈所称的“人家”是些巫婆、神汉之类，所以在“正规医院”四个字上特别加重了语气，“杨姐受过伤，我怀……怀疑产生了某种应激障碍。”

“大医院花钱不办事。几十块钱挂的专家号，两三分钟就把你打发出来。这么短的时间能看透一个人的病吗？我不相信。”关大妈边说边从床边站起，“我认识一个医生，姓岑，跟我儿子舒希是好哥们儿，在康复前街开了家诊所，专治睡眠障碍相关的毛病。小区里好几个街坊邻居，都是找他治好的。”

弓涛看似还想坚持，关大妈堵住了他的口：“快去给舒念上课吧，马上 9 点半了，他明天要上学，10 点半前必须睡觉呢。”

弓涛转身要走，关大妈又叫住他：“今儿晚上的事，回去之后不要跟舒念多说，即便是他主动问，你也要守口如瓶。十几岁的孩子缺乏鉴别能力，我不希望他的学习和生活受到任何不相干的事情的影响。”

弓涛点点头：“明白。”

关大妈走后，我不敢继续入睡，靠在床头直到天亮。

翌日吃过早饭，我们先送走舒念，然后转车来到康复前街，见了关大妈推荐的那个岑医生。

岑医生 40 出头的样子，体形精瘦，穿着白大褂，戴一副无框眼镜，只在下巴底留了一撮小胡子，脸上带着职业的微笑。

“这就是我的干女儿杨令，你一定要给她好好瞧瞧。也不知咋的，晚上一睡着就做噩梦，现在弄得觉也不敢睡了。”关大妈拉着我向岑医生介绍。

“嗯。”岑医生点点头，“噩梦是除失眠外，睡眠障碍中最常见的一种，因个体不同引发噩梦的恐怖元素和诱因也千差万别，其采用的治疗方式也不尽相同，所以还需患者详细说说自己的情况。”

“我是两天前才开始不断做噩梦的，梦里的情形，实在是恐怖极了……”我把这两日所做的噩梦内容以及当时所处的环境一一如实说了。

岑医生一边听，一边在纸上记录，等我讲完了他也正好搁下笔。

“你这里近期受过伤吗？”岑医生指着自己的脑壳。

“没有。”关大妈替我回答，“你看她包着纱布挺严重的样子，实际是狗咬的，都是皮外伤。”

岑医生又点点头，然后抬手翻翻我的眼皮，接着看看舌苔，最后帮我把了脉。

“到底什么情况？需要吃药吗？”关大妈问。

“从西医的角度，属脑功能紊乱，内分泌失调；中医则称气血两虚、神思不宁之症。”岑医生边说边写药方，“药肯定还是得吃的，不过急不得，得慢慢调理一段时间。”

“气血两虚、神思不宁。”关大妈轻声嘀咕道，“要不我说是中了邪来着。”

岑医生听了哈哈大笑：“就同一现象，神学与科学各有一套说辞，这两种说辞看似矛盾，其实相通。比如，神学所说的中邪，科学解释就是人体内正负因子的失衡；风水，实际上就是环境和磁力效应；运势，说白了就是气场循环等；报应，说到底就是能量累积等。”

“我开的有西药，也有中药，西药主责补脑安神，中药主责梳理气血。当然，药物治疗只是一方面，另一方面，患者还需积极配合，比如不可过度劳累，保持良好心情，睡觉时不要过度靠近电源，不要把手压在胸口，等等。”

“好的好的，一定配合。”我感激且满怀期待地点着头，“谢谢您了，岑医生。”

这时，助手过来取走药方，关大妈则趁机跟岑医生拉起家常。几分钟后，岑医生把包好的药装进塑料袋递给我，顺便将用法、用量嘱咐了一遍。

我身无分文，这次看病照例是关大妈付的钱。从诊所出来的时候已临近中午，关大妈带我去附近的菜市场买了菜，然后乘公交车回家做饭。

吃过午饭，接着开始熬药。药熬成之前我先把西药吃了，西药片大粒多但尚能顺水下肚，中药光闻着药锅里的味儿我都受不了，所以药也是关大妈帮我熬的。一个多钟头后，关大妈把熬好放凉的药端给我，我憋着气喝了几大口，结果吐得一塌糊涂。为保证药量足够，关大妈不得不又加水重新熬了一回，这次在碗里加了许多白糖，总算勉强压住草药的酸涩味道。

不管怎么说，药总算是喝完了。关大妈让我卧床休息片刻，自己则应隔壁梅姨邀请出去打牌。说实话，我刚吃完药那会儿的确非常困倦，可因为怕做噩梦愣是不敢睡，只好硬撑着在屋子里打扫卫生来回走动。

打扫到厨房拐角的时候，我再次看见那扇破旧的暗红色木门，它就像块巨大的磁石一般吸引着我，使我暂时忘记了关大妈的警告，不由自主地向它靠近，再靠近……

9　地下室

挪开竹席和电风扇，我用木制的拖把杆儿插进铁锁使劲撬了一下，“啪嗒”一声，锁开了。我深吸一口气，取掉铁锁，推开木门，眼前顿时出现一条曲折向下的楼梯。

顺着台阶往下走，我随即嗅到一股难以名状的气味，这种味道不好闻，但令我感到无比亲切，产生了一种怪异的舒适感。

光线很暗，我摸索着朝里边慢慢走，直到指尖碰到一个按键式的开关，伸手一按，头顶上的一个灯泡亮了，淡黄色的光线铺满整个空间。我快速环顾四周，发现墙面潮湿导致水泥有些起皮，但远未达到“严重渗水，生满虫子，没法存放东西，也没法住人”的地步，更没有所谓的“出现裂缝，有随时坍塌的迹象”。

相反，这里摆着一张小号竹床、一只木质衣柜和一张老式书桌，此外还有针线笸箩、编织竹筐、洗漱用品甚至塑料马桶等物，虽然都十分陈旧，但还是散发出浓浓的生活气息，这些东西表明，此处很长一段时间内有人住。

究竟是谁住在这里？难道除了关大妈、舒念以及舒希夫妻外，这个家里还有其他人？那么，住在这里的人去哪儿了？如果只是正常地住人，为何关大妈对此讳莫如深？

正思索着，忽然眼前出现一个人的模糊影子，我吓得差点叫出来。定神一瞧，原来是自己在柜门玻璃中产生的映像。

我抬起右手，手掌轻轻从镜面的灰尘上滑过，随即擦干净的镜面处清晰呈现出自己依旧缠着纱布的脸。

出院有几天时间了，我的脸差不多该复原了吧？我这么想着，同时手伸上去扯动纱布的边角，一点一点缓慢地揭开。意料之中地，我未感到撕扯伤痂引发的痛苦，但同时又在担心伤好之后会否留下疤痕。

随着纱布被层层揭开，逐渐露出小半张脸，在并不十分明亮的光线下，我看到处处都是暗红色的痂块。揭着揭着，纱布在鼻梁处卡住了，似与伤口有点粘连。我不敢再轻举妄动，正犹豫着要不要把纱布包回去，忽然发觉脖颈后的伤口有点痒。

紧接着，纱布开始松动。在我从满怀疑惑到瞠目结舌的表情转换中，一只手扯着纱布从颈项后绕了过来。我下意识地举起两只手掌压在眼前的玻璃上。事实证明，那只手的确不是自己的，它在我处于静止的时候继续游动，顺着下巴往上，将食指和中指插入我因极度恐惧而微微张开的口中。

我“啊”地大叫起来，转过身去却什么都没有。我重重地喘息着，后背湿了一大片。可能是我看花眼了？正想着，衣柜里扑通一声，像有什么东西坠了下去。

虽然感到恐惧，但控制不住再度被激发的好奇心，我抓住两个有些生锈的铁制门环，小心翼翼地往外拉，柜门打开的瞬间，一只深灰色的东西嗖地窜了出来，撞到我怦怦乱跳的胸口，然后落在地上，吱吱叫着逃走了。

原来是只老鼠。可能由于在之前流浪的那段时间常与老鼠为伴，我并不害怕，反而长长地出了一口气。

柜子里挂着十来件旧衣服，似曾相识的感觉再次令我变得精神恍惚，我一件一件拨弄着，同时从已基本格式化的大脑存盘里寻找丢失的记忆碎片，正想得脑仁发疼，突然一只手从柜子深处探了出来，抓住我的胳膊把我往里面拖。

我边惊叫边拼命挣扎，经过一番拉扯，我终于挣脱束缚，但又随着惯性跌倒在地。万分惊恐之下，我顾不得疼痛，爬起来跌跌撞撞地往门口跑，直到与关大妈撞个满怀。

“您……您不是去打牌了吗?”我知道自己擅闯了禁地，心虚得张口结舌。

“忘了带老花镜，回来取。”关大妈盯着我背后敞开的木门，“你下去了?”

“没……没有，我打扫卫生时看到有只老鼠从门下钻了进去，想把它打死，所以……我刚下两层台阶，见里面太黑就出来了，然后就碰到了您。”我结结巴巴撒谎道。

关大妈板着脸，但不像上次那般疾言厉色：“我早就跟你说过，这间地下室严重渗水，而且有裂缝，非常危险，你偏偏不听……”

可她越是这样，我越是感到不安，于是双膝不由自主往下跪去：“我知道错了。您就原谅我这一次吧，以后再也不会了。”

“你这是干啥？快起来!”关大妈赶忙把我扶住，“既然把你带到我家，我就要为你的一切负责，如果你的人身安全出了问题，不单对你的亲属无法交代，我也难脱连带责任。我这人不会拐弯抹角，一向心直口快，特别在这件事情上的确严厉了些，但不管怎么说都是出于好意，希望你能明白。”

“明白，我明白。”我含着眼泪使劲点头。

“把门还锁好吧。”关大妈看着我把地下室的门重新锁好，将竹席和风扇放回原位，才接着说道，“下不为例啊。如果再发生这种情况，我可就真的不能留你了。”

“不会，真的不会了。”我脑袋摇得跟拨浪鼓似的。

“脸上的纱布怎么揭开了?”关大妈望着我，眼睛里掠过一丝爱怜的神色，“这才出院没几天，伤口还未痊愈，万一得了破伤风怎么办?”

我不能让关大妈知道是自己揭开的，于是接着撒谎：“可能是打扫卫生的时候，不小心挣开的，我重新把它包起来便是……”

正说着，房门被敲响了。关大妈刚打开门，隔壁梅姨的头便伸进来了：“快点呀关姐，仨人都等你一个呢。”

“这就来。”关大妈应付完梅姨，又转头对我说，“卫生不用打扫，你回屋休息会儿吧。”

我把拖把放回洗手间，然后回到自己屋内。

不知是不是药物的副作用，总感觉精神比往日更加不济。由于怕睡着，我不敢往床上躺，只坐在被窝里靠着墙头。地下室里似曾相识的感觉到底怎么回事?揭开纱布以及拖我入柜的那只手又是谁的?关大妈为何对那间地下室如此戒备，以至于一而再再而三地对我撒谎?越想头越疼得厉害，干脆弃之不理，从桌上拿过一本小说百无聊赖地翻着，直到舒念放学回来。

“舒念回来了。”我起身跟舒念打了个招呼。

“杨阿姨好。”舒念简单回应了一句，而后在房间里四顾，“我奶奶呢?”

“在隔壁梅姨家呢。”我做出要出门的架势，“要不要我叫她回来?”

“不用了。”说完，舒念背着书包钻进自己屋里。一会儿传来文具盒开启的声音，他应该是写作业去了。

我原想敲门进去问问他前两天晚上是否又做噩梦，顺便打听有关地下室的情况，但又怕打草惊蛇招来麻烦，还是再找机会吧，于是抬起的手又放下了。

没过多久，关大妈提着一兜子菜和烧饼从外面回来。我欲帮忙洗菜做饭，照例遭到谢绝，无奈，只好继续待在屋里翻小说。

吃晚饭的时候，我的眼皮子已经开始打架，服完药更是精神萎靡、四肢倦怠，眼皮重得撑都撑不开，连走路都是晃的，像脚底踩了棉花。虽然吃了两服岑医生开的药，但心里还是不够踏实，我仍旧不敢入睡，靠在床头瞪着发红的眼睛继续翻阅那本情节乏味的小说。

看着看着，忽然觉得左侧耳朵痒痒的，同时有吹气的声音。转身去看，骇然发现身旁坐着个陌生却又有点熟悉的男人，他脸色蜡黄，双目无神，一边伸出右手抚摸我的头发，一边用嘴巴冲我的耳朵吹气。是他！我认出来了，此人便是舒念的爸爸（我在舒念房间的墙壁上见过他的婚纱照）——这个家的男主人舒希！只是他远在国外，什么时候进入这个房间，然后钻进我被窝的呢?

然而，在看到对方的手臂之后，我更是浑身汗毛直竖！我敢肯定，这只手跟我在地下室看到的是同一只，尽管当时速度飞快，但我还是看得清清楚楚，其前臂跟眼前这只一样，在接近肘部的地方都有颗榆钱大的黑痣！

10　自残

这不可能是真的，一定是在做梦，我必须在恐怖镜头出现之前从噩梦里醒来！我这么想着，一边冲他大声喊叫，一边从桌面上取过裁纸刀，做出要割腕的样子。

舒希根本不为所动，他直勾勾地盯着我，嘴角露出诡秘的笑意。我预感到恐怖的一幕即将出现。果然，他慢慢扯开胸前的衣服，露出惨白如纸的胸膛，在接近心窝的地方有一道寸把长的伤口，肉皮夸张地往外翻着。

我不敢想象下一幕将要发生什么，只能毫不犹豫拿裁纸刀割向自己的左腕。

这的确是梦，舒希的形象在我的尖叫中瞬间化为乌有；这又的确不是梦，因为剧烈的疼痛直刺心扉，鲜血从开裂的血管处奔涌而出，用手捂都捂不住，直到弓涛和舒念推门而入时，依然血流不止。

舒念被吓呆了，弓涛连喊两遍“有没有纱布”他才动身去找。很快，关大妈也到了，看到屋内的情景，二话不说扯下枕巾将我受伤的手腕紧紧裹住，然后拽着我就往客厅走。

“上哪儿?”弓涛问。

关大妈头也不回：“上医院呀，再这样她会没命的!”

弓涛紧追几步上前拦住：“我已经打……打过 120 了，救护车应该很快就到，伤者还是不要乱走动得好。”

“也不看看什么路况，外面冰天雪地的，只怕救护车还未到人就没了！”说着，关大妈吩咐拿着纱布跑来的舒念，“你去叫辆车，咱立刻去急救中心。”

弓涛还在较真：“万一刚走，120就到了呢？”

“不可能，最近的急救中心到这儿只有一条路，只会在半道遇见。”关大妈已经走到门口，她继续吩咐舒念，“你拿着手机，随时跟120联络，通告具体位置。”

“算了，昏天黑地的，你们一老一小还不够让人操心呢，我自己一个人背她过去吧。”说着，弓涛蹲下身让我伏在他背上。

关大妈犹豫了一下：“能行吗？”

“行。”说话间，弓涛已经将我背起来，“您跟舒念在家等我消息，不出意外的话，个把钟头后，我就能把杨姐送……送回来。”

“那就辛苦你了。”关大妈边开门边客气道，“真不好意思，你是客人，却让你为我们的家事出力。”

“举手之劳。”弓涛小心下着台阶，“只是舒念今晚的课只上了一半，另外一小时的费用我就不收了。”

“那怎么行？两小时的费用，该给的一分都不能少。”关大妈忽然想起什么，又追上去，“对了弓涛老师，给你打车的钱。”

虽然失血比较多，但我到医院的时候意识还是清醒的，精神状态也还可以，所以根本没采取抢救措施，医生给缝合伤口，输了点血，观察一阵子后，没啥状况就让我回家了。

返回住处的路上，弓涛老师为方便照顾我，跟我一起坐在后排。由于路况不好，车辆颠簸严重，我们左摇右摆不时发生肢体碰撞。为缓解尴尬，也为打听消息，我向弓涛问起舒念的情况。

“跟你在一起的时候，舒念也是话很少吗？”我问。

“还行。”弓涛回答说，“不过我们聊的多是学习方面的事。”

“哦。”停顿片刻，我继续问，“那他的精神状态怎么样？有没有上课打瞌睡的现象？”

“没有啊。”弓涛不解地反问，“怎么，他平时睡眠不好吗？”

“我跟他不在一个屋，我哪儿知道？就是随便问问。”我讪笑着切换下一话题，“哦对了，舒念这两日有跟他父母电话或微信联系吗？”

“没有。”弓涛的语气非常肯定，“不仅舒念未跟父母联系，也未见父母给他打过电话。按理说，父母跟孩子两……两地分居，该多多交流感情才对啊，可能是我来的时间还短，暂没有发现，也可能是时差的原因，他们不……不方便联系吧。不过，有件事情我感到很奇怪……”

“什么事？”

弓涛皱着眉头：“有两次我提及他的父母，但每次都被他有意打断。他的脸色看上去非常不好，态度焦躁，甚至还有些恐惧。我估计，他跟父母的关系可能有些紧张……”

“也许吧。”我顺着对方的话说，“夫妻分开久了感情都容易出问题，何况父母跟孩子呢？舒念都 12 岁，有自己的想法了。这种家庭关系对孩子的成长是不利的，可也没有办法，家家有本难念的经啊。”

表面上如是说，我心里想的却是：关大妈冲我撒了谎，舒念也在撒谎，我的噩梦绝非偶然，这里面肯定有问题！弓涛固然可靠，可他才来两天，知道的毕竟太少了，要想获取舒家更多真实的消息，找到令我噩梦缠身的原因，我该找谁呢？

正当我绞尽脑汁时，忽然想到一个人：梅姨。于是第二天，趁舒念上学、关大妈外出买菜的机会，我敲响了隔壁梅姨的房门。

梅姨脑袋从门里伸出来，看到是我稍稍有些意外。

“梅姨。”我直截了当地对她说，“我想向您了解一些事情，不知道这会儿您方便不方便？”

“都是自己人，有啥不方便的？”梅姨一贯的爽快大气，“外面冷，快进屋说话。”

我道了声“谢谢”，抬脚迈进梅姨家中。

梅姨家的户型相对小一些，再加上客厅开着空调，感觉十分暖和。屋子里的东西虽多，但摆放得井井有条，可见她平日里是个非常利索的老太太。

梅姨指着旁边的衣架：“把外套脱了挂在上面，咱坐沙发上聊。”

我忙摆手：“不了，我说几句话就走。”

梅姨也不强求，把我引坐在客厅的沙发上，然后去倒水。

“在关姐家还住得惯吧？”梅姨的声音从饮水机那边传过来。

我嗯嗯啊啊地应着：“哦，还……还行。”

梅姨未留意到我支支吾吾的表现，嘴里只顾夸赞：“关姐是个大好人，不只亲戚朋友得她的好，我们街坊邻居都跟着沾光呢，认上她那可是你的福分。”

我嘴里说着“是”，心里却在担忧关大妈像上次一样突然从外面回来。

梅姨倒好水递到我的手里，跟着在沙发边坐下：“伤好些了吗？你看，我这整天不知道瞎忙的啥，也没顾上过去看你。”

如果没记错，昨天你还约关大妈打牌什么的，怎就没时间了？我心里这么想着，嘴巴里还是表达了谢意：“瞧您说的，我是晚辈，要看也该是我来看您才对。”

梅姨笑得红光满面：“咱都甭客气了，两家只隔一堵墙，以后见面啊有的是时间和机会。”

我也笑着点头：“是啊。”

彼此客套一通后，梅姨终于把话步入正题：“你刚才说，要找我问什么事呀？”

“您跟关大妈做邻居20多年，应该对她家的情况比较了解吧？”见对方点点头，我继续问道，“那么舒希原来的那个姓杜的妻子，您应该知道吧？”

“知道！那姑娘能干得很，做人又实在，就是命不太好。”说着梅姨叹了口气，“她嫁进舒家还不满3年就得了急病，发疯失踪了，到现在是死是活都不知道哩。你怎么突然问起她来了？”

“我昨天见到了她。”我煞有介事地说。

“那不可能！”梅姨的眼睛立刻撑得圆圆的，“都失踪9年了，警察都找不到，怎么会让你给轻易碰着？你肯定认错人了。”

“没有弄错，我真的见到了她。”我压低声音同时向梅姨靠近，“她穿着一身红裙，鞋子也是红的，眼睛往外凸起，舌头伸得老长老长……”

梅姨“啊”地叫了起来，把茶杯碰翻热水洒了我一手。

“你……你这是见……见鬼了。”梅姨哆嗦着想往后退缩。

“没错，的确是在梦里见鬼了。”我顾不得疼痛，紧紧抓住梅姨的手，“您一定知道什么对不对？麻烦您告诉我！”

11 调查

梅姨颤巍巍地说：“你……你把我抓疼了……”

“对不起。”我松开她的手，深吸一口气尽量让自己平静下来，“我太激动了，但如果您知道什么请一定告诉我。您是关大妈的姐妹，她那么仁慈善良，您也一定是乐于助人的对不对？”

梅姨搓着手低声嘟哝：“我真不知道能帮你什么。”

“告诉我您知道的。”我言辞急切，目光诚恳，“有关杜小姐，有关舒家的事。”

梅姨左右顾盼，似觉为难：“你为什么不直接问关姐？”

“那样不合适。”我没有说关大妈不愿讲，而是编了个理由，“如果事实非常不幸，岂不正戳中她的痛处？”

梅姨犹豫片刻，终于松了口：“好吧，我告诉你，但你要替我保密，千万别说是我告诉你的。”

我努力做出诚恳的样子：“放心吧梅姨，我绝对不说。”

“你说的那个杜小姐，的确是在9年前已经死了。上吊死的，就在舒希他们住的那个房间。”尽管声音已经压得很低，梅姨还是感到不放心，她起身到门口冲外面查看了一番，回来继续说道，“那姑娘性格也倔，丈夫在外面有外遇，知道了骂他一顿不就得了？真不行离婚也成，可她偏偏就寻了短见！毕竟自身有着过错，关姐怕儿子受牵连，更担心杜家人知道后咬着不放，对外不敢公布死讯，只说杜小姐得急病发疯失踪，尸体是舒希藏在轿车后备厢里偷着运出去的，至于埋在哪儿，连关姐都不知道。”

事实基本上如同我预料的一样，所以我没有太意外。不仅如此，我还就后来发生的事情做了进一步的推测：“房间里死过人，势必不能再住，再加上随后又跟曹云莲奉子成婚，怕街邻说三道四，所以二人以借做生意之名躲到了国外？”

“差不多是这样。”梅姨点点头。

我长长吐出一口气：“这些事情，都是关大妈告诉您的吧？”

“是啊，关姐心里苦得很，出于信任才到我这儿来诉苦，所以这件事你千万不能告诉别人！”说着，梅姨反抓住我的手。

“放心吧，我一定至死保守秘密。”我慢慢从沙发上站起来，把茶杯交还给梅姨，“我得走了，万一关大妈回来见我在这儿会起疑心的。”

回到家后，我坐在床上心神不宁：梅姨的话可信吗？如果事实真如她所说的那样，关大妈撒谎的意义何在？难道只是因为担心我和舒念知道真相后感到恐惧？如果不可信，她欺骗我的目的又是什么？总之，梅姨的一面之词也需要验证。可身在屋檐下且人生地不熟的，我到哪里、找谁来验证呢？

正在这时，门忽然被敲响了。我以为是关大妈回来了，赶忙打开入户门，结果站在外面的是个穿着黑色制服的中年人。

“是关姐家吗？”得到确认后，中年人笑吟吟地对我说，“关姐打电话，让我给家里送桶水。”

我让开一条道，看着他把扛来的一桶纯净水放在客厅的饮水机旁。从身边返回的时候，我叫住了他：“师傅，请问你叫什么名字？在哪儿上班？”

中年人停下来，仍旧笑吟吟的：“我叫杨捷，是咱们小区物业的。”

“哦。”我表示了解地点点头，“你在物业干多久了？”

杨捷眼珠转了转：“到今年年底就11年了。”

我感叹：“在同一单位干这么久，不容易啊，想必小区里的业主都十分熟悉了吧？”

杨捷不好意思地搓着手：“物业公司三十多号人，我是干得最久也是年龄最大的一个，都37了还是个普通员工，没办法，瞎混呗。”

“会有机会的。”我随口应付一句，开始进入预想的正题，“可以向你打听个人吗？”

“什么人？”杨捷停止搓手，“这个小区的吗？”

“准确地说是这户人家的。”迎着对方略显惊疑的目光，我继续说道，“她是舒希的前妻，姓杜，听说9年前发疯失踪，至今没有找到。”

“哦哦，倒是有这么个说法。”杨捷轻轻挠着头皮，“不过具体情况不是很清楚，我也是听别人说的。”

“那么舒家那段时间发生过什么比较特别的事情吗？”我极力启发对方，试图获取任何一丝对自己有价值的信息。

“特别的事情……好像也没什么……”挠着挠着，杨捷的手忽然停了下来，紧接着猛地往下一拍，“哦，我想起来了，姓杜的女人被宣布失踪前的某天，曾有一个和尚到过这里。当天是我值班，我问他干啥，他说应关姐相邀看看风水，给请来的菩萨选个好方位。可他随身包袱里的东西我见过，那分明是做法事用的。只是这种事咱无权干涉，所以就没再仔细盘问。”

见我原地发怔，杨捷倒反问起我来了：“你是舒家的亲戚吧？姓杜的是你什么人？你打听这些做什么？”

“哦，没事，随便问问，谢谢你哈杨师傅。”我担心关大妈回来，赶忙支走杨捷。

杨捷走后，我坐在床边心神不宁。

就目前得到的讯息来看，舒希的前妻即杜小姐肯定已经死了，而且是带着愤懑和怨恨死的，就死在他和舒希住的那间屋子里。而我的噩梦多半与此有关。

在我有限的知识体系里，“中邪”是很难解决的，那需要高僧或道士做法“驱邪”，然后还愿什么的，动静肯定比较大，如此一来，就等于把舒家的秘密公之于天下，作为被收留者，我也将失去立足之地。

可如果不这么做，解决问题的办法便只有一个，那就是离开舒家。一番艰难的思想斗争后，我终于打定主意。找来舒念的作业本，撕下一张空白纸，我拿竹筒里的圆珠笔给关大妈留下一封简短的书信：

> 对不起，关大妈，当您看到这张字条的时候，我已经离开了。我仔细想了想，还是继续属于自己的生活吧，流浪虽苦，却不用每天与噩梦和恐惧相伴，更不会因此搞得伤痕累累甚至命悬一线，您也会少掉不必要的麻烦和拖累。您的救命和收留之恩永世难忘，只有下辈子再来报答了。
>
> 您不争气的干女儿：杨令

搁笔。我走到入户门口，最后回望一眼这个曾给予我体贴、温暖，又令我噩梦不断的临时住所。锁门。

狂风呼啸，天昏地暗，这是又要下雪的前奏。我走在小区的路上，脚步沉重得厉害，哆哆嗦嗦、摇摇摆摆的我开始扪心自问：杨令啊杨令，你真的做好重新流浪的准备了吗？一身外伤还未痊愈，如何在恶劣残酷的环境中生存下去？出了小区的门该去往何处？天下虽大，哪里是你的容身之地呀？

我突然为自己的命运感到心酸难过，泪眼婆娑中，忽然脚下一滑，眼前一黑，摔倒在地。

12　舒家的秘密

再次睁开眼的时候，我发现自己又回到了舒家，就躺在这几天睡的那张床上，床边坐着关大妈和梅姨。

“我怎么会在这儿?”我想起身，头却疼得厉害，估计是栽倒时摔着了。

“你说你该在哪儿？在那条又脏又臭的水泥管道里吗?”关大妈没好气地按住我的身子，“好好躺着吧，头上这伤又够你几天受的。”

“哎呀，以后可不能一个人随便出门了。”梅姨接着关大妈的话说，“幸好在小区超市上班的花妹子发现及时，见你浑身抽搐不省人事赶忙把你扶了起来，正准备打120，关姐回来了。这冰天雪地的，天气也不好，路上一直没什么人，若不是人家花妹子，后果真是不堪设想呢。”

我望着关大妈，内心五味杂陈，说不清该庆幸还是该遗憾，该感恩还是该抱怨。

“你留的字条我看了。”关大妈沉吟了片刻，接着说道，“我跟你梅姨商量了一下，从今天起你暂住在她那里，等身体恢复得差不多了再回来。”

梅姨连连点头：“对对，或许换个环境病就好了。”

说实话，这倒也是个解决问题的办法，只是……

见我犹豫不决，梅姨说道：“都是街坊邻居，互相帮忙是应该的，你甭有啥顾虑。再说，我也是独居的孤老婆子，巴不得身边多个伴儿呢。”

我再次把目光投向关大妈，后者拍拍我露在被子外面的右手：“你要是没啥意见，咱就这么定了。”

我含着眼泪点了点头。

于是，当天晚上我便搬到了梅姨家，过去了才发现所住的次卧与舒念的房间仅一墙之隔。但对我来说，这堵墙隔出的却是另一个世界。人的心理有时候就是这样奇怪，就像面对万丈深渊，一道并不算很坚固的护栏就会让你感觉安稳许多。在这片新的天地里，连空气都是自由而轻松的，加之连日来睡眠不足的困倦以及药力所产生的作用，我躺在床上很快便进入梦乡。

正睡着，耳边突然传来男人的呼噜声，时绵长，时短促，萦绕不绝，从方向判断似自隔壁传来。隔壁是舒念的房间，莫非我离开之后他又搬了回去？可也不对呀，一个12岁的孩子怎么会发出这么大的呼噜声？

我翻个身朝另一侧想继续睡，结果发现身边躺着个人，而呼噜声正是从他嘴巴里发出的！我惊恐万状地摸黑打开灯，果然，有个男人面朝外背朝里躺在我身侧，通过其右前臂上的黑痣，可断定是关老太太的儿子舒希！

我立刻意识到自己正在做梦，是杜小姐的“鬼魂”幻化出了舒希的形象。真是阴魂不散，我躲到梅姨家竟也逃不过她的纠缠！惊惶之中，我本能地伸脚把舒希从床上蹬了下去，他直挺挺地躺在地板上，裸露的胸口插着一把锋利的尖刀。

我双手掩口往后退缩，脊背死死抵住冰凉的墙面，而就在此刻，一团蓬乱的长发缓缓压扣在我的头上，仰脸看去，竟对上一张自上而下倒悬着的、吊死的女人的脸。

是屈死的杜小姐！她在幻化成别人的同时，也以本尊面目出现了！我本能地叫了一声，蒙住被子蜷缩在床上，只盼着在极度的惊恐里从噩梦中醒来。然而，借助被角透入的一小束亮光，我看到被子里还坐着个人！我已经没有胆量跟勇气去辨别其面目，只从嘤嘤的哭声判断，此人乃是舒希的第二任妻子曹云莲。

对方哭，我也在哭——我已经尝试掐伤大腿、咬破舌尖，却还是不能从梦里醒来，不知道是不是痛苦太小，无法激醒沉睡大脑的缘故。就在我下定决心寻找利刃，大不了再挨一刀的时候，曹云莲用冰凉的手抓住了我的双肩。

我再次惊声尖叫，甩脱曹云莲，带着被子从床上跳了下来。可普普通通一扇木门，我却死活拉不开，好像从外面上了锁一样。

“梅姨!”我一边声嘶力竭地喊叫，一边不顾一切疯狂撞门。可怕的是，这个时候屋子里的灯忽然黑了。

我不敢乱动，只能缩在原地压抑着低声抽泣。——倘若不哭，实在无法释放紧张恐惧的情绪，倘若大哭，又势必会掩盖某种细小的动静，从而对危险失去判断。哭着哭着，我渐渐感到一股阴寒之气逼近身旁，进而一只僵硬冰冷的手触摸到我的膝盖，就在它顺着大腿缓缓往上，逐步攀缘到胸前的那刻，我紧咬牙关用力向墙壁撞去。

咚的一声巨响，我感到脑袋里血气翻涌，眼前金星乱冒，但并没有昏过去。就在我准备撞第二下的时候，梅姨穿着睡衣开门进来了，按亮了屋子里的电灯。

“梅姨!”我痛哭着扑进梅姨的怀里。

梅姨揽住我的脊背轻轻拍打着：“又做噩梦了吗？没事，没事，有我在呢，不怕哈。你看，这儿不是什么都没有吗？做梦那都是假的!”

我抽噎着转头看去，果然什么都没有。可大腿、舌尖疼得厉害，更要命的是，这个时候脑袋开始蒙了。

“哎呀，头怎么流血了?”梅姨惊诧地看着我，“你等等，我去拿纱布给你包一下。”

“不，您不要走。”我死死拽住梅姨。

“好，好，我不走。”梅姨把我扶到床头坐下，扯起掉在地上的被子帮我盖好，自己也在床边坐下来。

“这不应该呀。”看着屋子里的一片狼藉，梅姨自言自语道，“换了环境按理说该没事了才对，难道人过来邪气也跟着带过来了?”

“梅姨。”我忽然起身跪在床上，紧紧攥住梅姨的双手，“看在跟关大妈姐妹一场的情分上，您就救救我吧。”

“傻孩子，我就是个普通的老太太，一不懂医术，二不懂法术，即使想帮你也帮不上啊。哎，对了，看能不能这样……”梅姨忽然想起什么，“关姐不是给你请了个医生吗?到明儿让他再帮你诊治诊治，调整调整药剂，实在不行，让关姐请个和尚什么的做做法事，到这个时候了，人命比什么都重要，我也不在乎关姐会怪我出卖她了。”

对于梅姨提出的解决问题的办法，我沉重地摇了摇头：“不，这个世界上能帮我的，只有您了。”

“我?”梅姨颇显为难，“刚才不是说过了?”

“不是那些。”我直截了当地问梅姨，“您告诉我，舒希和曹云莲是不是也已经死了?”

梅姨先是愣了一下，之后眼神开始闪烁起来："怎么会呢？他们不是常年在国外……"

"那是关大妈在撒谎！"我毫不客气地打断对方，"如果舒希夫妇真在国外，为什么我来这几天，从未见舒念或关大妈跟他们联系过一次？还有，您和关大妈口口声声说，舒希和曹云莲是杜小姐的'鬼魂'幻化出来的，可为什么每次幻化的都是他们两个，而且都是他们死亡时的样子？"

"这……我……"梅姨张口结舌，不知该如何作答。

"您一定知道真相对不对？而且他们的死都跟我有一定的关系，对不对？"我迎着对方飘忽不定的目光，"求求您告诉我，这对我来说非常重要，也许引发噩梦的只是一个心结，这个心结一打开，我的病就彻底好了！"

"唉！"梅姨紧皱眉头一声长叹，继而陷入深深的沉默，就在我准备再度提出请求的时候，她终于又开了口，"好吧，我实话跟你说吧。舒希和曹云莲的确也已经不在人世了，他们被杜小姐的'鬼魂'纠缠，都有些神志不清，在一次激烈扭打中互相拿刀刺死了对方，尸体还是我儿子帮忙用面包车偷运出去的呢。"

"因为牵涉到人命官司，关姐不想节外生枝，更怕由此牵出当年杜小姐的事，对外只说舒希夫妇出国做生意。父母的死包括之前杜小姐那件事舒念都不知道，作为舒家唯一的独苗，他承担着太多太多的责任，绝对不能受到任何不利于学业和成长的负面影响。"说着，梅姨竟也向我跪了下来，"舒念是关姐的命根子，关姐又是我最亲最近的姐妹，所以梅姨也求求你，这事知道就好，千万不要声张出去，否则等于要了关姐的命，从今往后我也没脸再见关姐了！”

13　记忆重叠

“梅姨快起来，我一定为您保守秘密。”我俯身把梅姨搀起，自己也坐回原处，“照这么说，杜小姐，舒希以及曹云莲的死跟我没有关系了？”

“怎么可能跟你有关系呢？非要说有关系，那就是你身体太弱，又恰巧住进舒家，招惹了他们。”梅姨说。

我看看桌上的闹钟，显示此刻为凌晨1点36分，于是我对梅姨说：“谢谢您告诉我这些，时间还早，您回房再睡会儿吧。”

梅姨也看看闹钟，张口打了个哈欠：“那你呢？”

我苦笑了一下：“就这么挺着呗，等到天亮，然后找岑医生，看能不能换换方子。”

“唉，真是难为你了。”梅姨指指床头的一卷卫生纸，又指指我的额头，“先凑合着擦擦吧，血都快流到鼻尖上了。”

我点点头，目送梅姨关门退出。

天亮之后，我回到舒家，把前一天晚上所做的噩梦告诉了关大妈。关大妈十分吃惊，但碍于舒念在家，没跟我讨论太多，只等着吃过早饭，送舒念上学然后转车带我去了岑医生那里。

听完我的叙述，岑医生严肃地指出：“可以确定的是，你现在大脑功能紊乱，而且还有严重的受迫害妄想症，这种症状如影随形，所以换住所无法从根本上解决问题。这样吧，我给你调换一下药方，加大对中枢神经反射的干预，然后等你外伤恢复得差不多，再配合两个疗程的针灸，效果可能会更好一些。”

“谢谢您了岑医生。”我由衷地表达着谢意，“哦对了，能否帮我开点安眠药？听说安眠药可以减少梦境的产生，使人睡得更踏实。”

岑医生边开药方边回答：“我给你开的药里本身就有一定的催眠镇定成分，如果感觉效果不好可以再适当加一些，但不建议使用专业的安眠药，那种药有严重的依赖性和较大的副作用。”

“那好吧。”我转念一想，又接着问道，“还有啊岑医生，我经常会产生一种感觉——这个地方明明没来过，却突然有种似曾相识的感觉……”

“嗐，这种情况我也有过。”关大妈打断我的话，“老人们都说，这是上辈子残存的记忆，过奈何桥时孟婆汤喝少了。”

岑医生听罢哈哈一大笑：“在医学和生理学上，这种感觉被称为‘记忆重叠’。我们认为，记忆是由众多脑细胞构成的，脑细胞之间通过极强的化学反应相联系，想唤醒记忆，就要定位和刺激某组脑细胞，但是某些记忆之间有相似性，比如现实中去了梦境中的地方，那么就有可能激发起那些记忆，这样一来，现实的体验和以前的记忆给人的感觉仿佛一致，于是就产生了‘似曾相识’的感觉。”

我似懂非懂还想再问，这时有新的病人进来。岑医生把开好的药方递给助理，然后迎上去打招呼。

跟上次一样，拿完药我和关大妈去了附近的菜市场，回到家已经是中午时分。吃过午饭，关大妈开始打扫房间卫生，我照例上前帮忙，却依旧遭到关大妈的谢绝，于是，我只能百无聊赖地躲在房间里看小说。

我看了一个下午的书，药物的作用加之睡眠不足，还没做晚饭我就昏昏沉沉，吃过晚饭之后眼都快睁不开了。见我困得厉害，关大妈问我晚上准备在哪儿睡，我思索片刻，说还去梅姨家吧，而且被子什么的都还在那儿呢。关大妈说行。

到了隔壁，梅姨在我房间聊了会儿天，大概十几分钟的样子。送走梅姨，不一会儿我就躺在床上睡着了。

睡得正熟，忽然一个激灵清醒过来，与此同时，鼻孔里蹿入一股熟悉的味道。我仔细回想，最终断定这味道和关大妈家的地下室的一样。可我不是睡在梅姨这儿吗？怎么会有舒家地下室的气息？

带着强烈的疑惑，我开始伸手去摸开关，结果开关没摸到，却摸到一张年轻的人脸。我吓得赶紧往后退缩，这时有只手抓住了我的胸襟，同时耳畔传来舒念的声音："是你害死了我的爸爸妈妈，你这个魔鬼!"

"不是我！不是我!"我本能地大叫，"我没有害死你爸爸妈妈，我根本就不认识他们!"剧烈挣扎中，我碰到了墙上的开关，啪嗒一声，灯泡亮了。

果然，我身在舒家地下室，而揪着我衣服的正是平日里言语不多、顺从乖巧的舒念。

“舒念，你这是怎么了？我是你杨阿姨啊。”望着他冰寒冷滞的目光，我伸手在他眼前晃了晃。

“你害死了我爸爸妈妈……”舒念一边念叨着，一边高高举起握着尖刀的右手。

“我都说过了，我不认识你爸爸妈妈，我见都没见过他们……”情急之中，我犹豫着要不要把梅姨告诉我的真相说出来，而就在此刻，我的脑袋重重挨了一下，接着有碎玻璃落地的声音，转头去看，见关大妈目光狠戾地站在身后，右手拿着半个残破的啤酒瓶。

“关大妈，你……”我头脑昏沉眼冒金星，脑袋上有热流混着玻璃碴儿流下。

“你个贱人，还我儿子命来！”关大妈一边喊，一边将手中的半个酒瓶朝我猛砸过来。

我本能地把头一偏，破酒瓶擦着我的鬓角砸到身侧的墙壁上，而下一秒钟，我便被舒念和关大妈一起扑倒在地。舒念蹲在我头顶的位置，两手死死按着我挣扎的双臂，关大妈则骑跨在我大腿上，拿尖刀划开我胸膛处已经被扯破的衣裳：“我要挖出你的心，为我死去的儿子报仇！”

“不！”我绝望地嘶吼着。

但尖刀还是不偏不倚地刺向我的心脏，就在利刃穿透皮肤的一刹那，我猛地从梅姨家的床上坐了起来。大口喘息中，发觉睡衣已被汗水浸透。

打开灯，桌上的闹钟显示此刻为晚上 9 点 27 分。我忽然想到什么，赶忙穿好衣服，小心翼翼地穿越客厅拉开入户门，正巧看到弓涛从舒家出来。

“弓涛老师请留步。”我低声呼唤道。

弓涛停下脚步。室外光线昏暗，他好几秒钟才辨出是我：“是杨姐呀，你怎么……”

“嘘。”我做了个噤声的手势，把他拉到十几米开外。

“非常冒昧，我想请你帮个忙。”我言辞恳切地对他说，“除了你，我现在真不知道该信谁了。”

“现在吗?”弓涛貌似有点为难，“时间不早了，我还要赶最后一班车。”

“人命关天，十万火急。”我胸口剧烈起伏着。

“有这么严重吗?”弓涛犹豫起来，“发生了什么事？我能帮你做……做些什么?”

我用下巴指了指不远处的入户门：“陪我去一趟舒家的地下室，我怀疑那里有我做噩梦和自残的秘密。”

“我是外人，这样不好吧?”弓涛挠着头皮，“再说，你是舒家的亲戚，想去完……完全可以自己去啊。”

“我之前下去过一次，结果引发了非常可怕的幻觉，差点困在里面，我怕再产生跟上次一样的状况。”看对方还想推辞，我直接用话堵了他的口，“这事不想让舒念尤其是关大妈知道，所以眼下能帮我的只有你了。”

“可我已经从舒家出来了，再回去找什么理由呢?”弓涛摊着手。

我思索片刻，支着儿：“就说我有事找你，到屋内说几句话。想必关大妈也不会拒绝，天气这么冷，不会让我们在外面聊吧!”

弓涛不说话了。于是，我们回到舒家门前，由弓涛抬手敲响了房门。谢天谢地，开门的是舒念，弓涛按我交代的话术说明意图，很顺利地进去了。

“舒念，你奶奶呢?”我试探着问。

舒念掩口打了个哈欠:“已经睡了。”

“哦。”我的心放下一大半，“那你也先睡吧，待会儿走的时候我们自己会把入户门带上。”“好的，谢谢杨阿姨。”说完，舒念径直走入自己房间，关好房门。

我给弓涛使了个眼色，带他来到拐角的小木门前。悄悄挪开电风扇和竹席，小心地用从工具箱找来的扳手撬开门锁，然后由弓涛持手机照明前方开路，我们一起顺台阶缓缓向下走去。

14 被掩盖的真相

弓涛见我边走边张望，有点魂不守舍，因此问道:“你要找什么?”

要找什么我自己其实也不知道，但直觉告诉我，这里一定藏着跟我有关的秘密。木柜及里面的旧衣服我上次看过，由此引发的恐怖幻象至今让我心有余悸，所以我径直走到竹床边，翻了翻窝在一起的被褥，又拿起枕头看了看，什么都没有。

接着，我又查看了针线笸箩、编织竹筐、洗漱用品以及塑料马桶，除了似曾相识的感觉外，还是什么都没有发现。最后，我的目光看向床边的旧木桌，木桌上放着四五本布满灰尘的书、两段废弃的竹篾、一个空的瓷笔筒，还有一个停了的闹钟，下方则装了两个抽屉，其中右侧抽屉上了把绿色的小锁。

我走到跟前，打开左侧抽屉，里面是一幅未绣完的十字绣和几卷彩色丝线，除此之外，还有几小瓶早就过期了的治疗风湿和癫痫的药物。现在，整个地下室尚未查看的就只有右侧这个上了锁的抽屉了。

有扳手的帮助，我没费多大劲便拧开了那把小绿锁，然后深吸一口气，缓缓地把右侧抽屉拉开。然而，出乎意料的是，里面除了一本塑料封皮的旧笔记本外，什么都没有。

“什么东西藏得如此隐秘？”弓涛执手机照着那本笔记本。

“估计是地下室主人所写的日记吧。”我边说边把笔记本拿起来，翻到夹有一支圆珠笔的那页：

“2020 年 11 月 28 号，星期六，天气未知。这是我被关在这间地下室的第 3342 天。9 年的时间，我以为自己早就放弃了怨恨，适应了这种暗无天日的地牢生活，甚至变成一个无欲无求、宽容大度的女人，直到两周前那个孩子无意间开启木门的瞬间，我才发现我对自由的渴望、对光明的向往从未减弱丝毫。

“那是 9 年来我离自由最近的一刻，可惜还未跑到跟前，木门又被万恶的婆婆给锁上了，意料之中，那个孩子遭到一顿严厉的训斥。我知道，此事之后，他们会变得比过去更加谨慎小心，而我逃出这里的机会也将变得更加渺茫。事实也证明了这一点：他们在门上换了一把更加结实的大锁，同时将送食物的频率由三日一次改为一周一次。

“此时此刻，上方正传来《西游记》里《五百年沧海桑田》的歌曲，时而从中爆发出人群的喧闹，真可谓高朋满座、歌舞升平，而我就像压在五行山下的孙猴子，仰天长叹、欲哭无泪。孙猴子在山下压了500年方获自由，我相信我最终也会迎来山崩地裂的一天，可谁是救我于煎熬之中的唐僧呢?”

日记到这里结束了。我往后翻看了一下，全是干净的纸张，可见这是地下室主人最新一篇日记。居然有人在这里关了9年的时间！那么谁是这个笔记本，又或者说这个地下室的主人呢?

带着强烈的疑问，我把笔记本翻到最前面，果然见扉页上写有“杜慧娟”三个字。这个“杜慧娟”不会就是舒希的前妻杜小姐吧？如果真是这样，那么日记本里所称的婆婆指的就该是关大妈，换言之，杜小姐并没有失踪或者死亡，而是一直被关在这间终年不见天日的地下室里！

不，这实在太令人匪夷所思了！关大妈怎么可能会是这样的人呢?即便是，那也……我的头又开始疼了，难道关大妈、舒念、梅姨串通一气对我撒谎了吗?可他们这样做的目的又是什么?倘若反过来，“杜慧娟”并非那个杜小姐，而是另有其人，这笔记本里的事件又该作何解释?

“2020年11月28号，不就是一个多月前吗?”弓涛的思维仍然停留在刚才那篇日记里，“在这样的地方被关9年，实在是太惨了，要知道，非法拘禁可是要坐牢的呀！那么，这个被关的‘杜慧娟’后来上哪儿去了?被放出去了还是自己逃跑了?又或者已……已经死掉了?”

差不多一个月前，我从郊外的一根水泥管道中醒来，记忆缺失、行迹不明，被关大妈认作干女儿带回家后，自进小区就有一种似曾相识的感觉，接着就是恐怖至极的噩梦，难道这些只是巧合吗？我不敢往深处想，因为浑身已经哆嗦得不行了。

“怎么，又产生幻觉了吗？”弓涛轻轻拍了我一下。

“没事。”我强使自己镇定下来，“要把这件事弄清楚，我们估计得把日记从头看起了。”

弓涛抬手看了看表，有些不耐烦地说：“已经10点钟了，还是拿出去以后慢慢看吧，万一被关大妈发现就不好了。”

真相对我来说，已经刻不容缓。所以我快速翻过扉页：“再给我5分钟时间，只看第一篇就行。”

弓涛只好点了点头。

很快，我们的目光随着手机光亮投射在笔记本开端那段娟秀的字迹上。跟预想中差不多，首篇日记记录的时间为2011年7月19日，星期二，天气未知。但内文的第一句话就把我和弓涛彻底惊呆了！

“我叫杨令，这是我的本名。为了更加契合舒希的八字，婆婆硬让我改了名，现在小区里所有认识的人都知道我叫‘杜慧娟’。但我不喜欢这个名字，就像我不喜欢这个刁钻古怪的婆婆一样。可没有办法，我太爱舒希了，虽然我知道他在外面还有一个女人，而且已经生了孩子。

“刚进舒家的时候我跟婆婆还是合得来的。之所以闹到今天这步田地，最主要的原因就是入门3年，我始终未能给舒家生下一儿半女，这让把延绵子嗣看得比什么都重要的婆婆大为光火，私下不止一次要求舒希跟我离婚。除此之外，还有一个原因，那就是我患有间歇性癫痫，婆婆担心败坏了舒家的门庭，没特别必要从来不让我外出。

“我自认是个悲观主义者，但在舒家的处境比预想中还要恶劣。更令我不可思议的是，当婆婆提出把我关进地下室的时候，舒希不仅没有反对，而且在实施此事的过程中还充当了帮凶，这使我感到非常绝望。我可以为了最爱的人主动承受一切困难，但无法容忍最爱的人背叛我，为方便另外一个女人进入舒家而给我这个不愿离婚的妻子施加磨难。

“桌上的闹钟告诉我，这是我被关在地下室的第 44 天。这一个多月的时间，我都不敢回想是怎么度过的，但至少，我已经放弃了最初寻死的念头——我仔细想了想，还是不要正中他们下怀。与此同时我也知道，他们不会主动给我自由的机会。所以，我决定从今天起在笔记本上写下些文字，一来，打发无聊的时间；二来，期待着作为证据某日能将他们的恶行公之于天下……”

看到这里，我感到一阵眩晕，手中的笔记本落在地上，将要跌倒时弓涛扶住了我。

“你终于还是进来了。”身后突然传来关大妈的声音。

我挣开弓涛，强撑着转过身去，见关大妈背着双手，站在台阶上目光凶狠地盯着我和弓涛。

“这里没你的事，你走开。”关大妈对弓涛说。

“我不走，我不会让你再伤害她。”弓涛张开胳膊护住我，“关大妈，你也是有文化的人，应该知道，私自囚禁他人是犯……犯法的，所以我劝你尽快到公安部门自首，不要一错再错了！”

关大妈看到地上的笔记本，仿佛意识到了什么：“这么说，你们什么都知道了?”

“对,‘杜慧娟’通过日记,把一切都告诉了我。”我迎着关大妈不善的目光,“既然把我关在地下室长达9年之久,为什么还要救我,然后煞费苦心把我请进家里?你的目的是什么?”

15 尾声

“好吧,我就让你死个明白。”关大妈边说边向前缓慢移动着步子,“之前跟你说的那个姓杜的儿媳,也就是你刚才讲的‘杜慧娟’,根本没有发疯和失踪,那都是我为掩盖真相而捏造出来的谎言。现在你已经知道了,所谓的‘杜慧娟’本名杨令,也就是你,被我和舒希在地下室关了将近9年。直到大概一个月前,舒念12岁生日那天无意间打开门锁,才让你找到机会逃出去。”

“我原本并不想这么做,可你实在没用,作为女人,你跟舒希结婚3年都没有生下一儿半女,对我来说,这是绝对不可原谅的。更可气的是,你死活都不同意离婚,致使我的孙子舒念长到快3岁时都无法随她母亲进入舒家的门。说实话,没要你的命我们已经够仁慈了。

“今天,你之所以能够站在这里,应该感谢舒念,这个满心好奇的孩子曾两次打开地下室的门,而最近这次终于让你逮到了机会。为了阻止你逃出舒家,我和舒希以及曹云莲在地下室与你发生了激烈冲突,黑暗中,舒希误杀了曹云莲,你则夺刀刺死了舒希,而你逃出地下室的瞬间,我用啤酒瓶砸伤了你的头。

“受伤后的你虽然成功逃离舒家,但由于大脑受损失去了部分记忆，醒来后无处可归，只得在市郊流浪为生。直到一个月前，我在郊外偶然碰到你，那时，你被一条流浪狗咬得奄奄一息。讲实话，认出你的那一刻，我真想补上一刀结果了你，因为你害得我家破人亡，但转念一想，这样做又太便宜了你，我要把你带回家慢慢折磨，让你求生不得，求死不能！”

我听得后背直冒凉气：“所以，你假装好心给我治疗外伤，又假意认我为干女儿带我回家，就是为了折磨我，好亲手给你儿子舒希报仇？”

“没错。”关大妈走到跟前，用目光继续跟我对峙，“回到家的第一天，我就在你的饭菜里下了致幻的药，然后故意让舒念给你讲起杜小姐以及他所谓的噩梦，果然，我们施加的心理暗示奏效了，当晚你便做了噩梦。”

“真无耻！”我怒而斥之，“这么小的孩子你都利用，他可是你的亲孙子啊！

“利用？说得好！”关大妈冷笑一声，“我就是要利用一切可以用到的力量来对付你！在这件事情中，舒念只知道是你杀害了他的亲生父母，所以他没有理由不配合我！”

我拨开弓涛的胳膊，上前一步，直视着关大妈的眼睛：“如果没猜错的话，岑医生和梅姨也是你的帮凶吧？”

“聪明。”关大妈微微仰起脖子，“岑医生是舒希多年的朋友，得知舒希死于你之手，在实施报复这件事上当然义不容辞，他给你开的方子全部经过我的授意，都是些致幻剂，目的就是让你分不清现实和梦境，在精神和肉体的双重折磨中生不如死！至于梅姨，她跟我更是情同姐妹，在我的蒙蔽下，她所起到的作用就是欺骗和恫吓你，好让你在噩梦的泥潭中越陷越深。”

恍然大悟的我缓缓闭上了眼睛：“明白了，一切都明白了。”

“你不觉得明白得有些晚了吗?”关大妈冷冷一笑。

“一点都不晚。”弓涛忽然插口道，“你刚才讲的话，我已经一字不漏地录进了手机里，要不要放一遍给你听听?”

关大妈语带威胁：“想拿这个作为证据？那得看你们有没有机会出去了。”

我睁开眼睛，赫然见关大妈从背后拿出一把寒光闪闪的菜刀。

就在此刻，外面传来一阵杂乱的脚步声。发生了什么事？我们诧异地循声看去，只见五个威风凛凛的警察自外闯入，高举手枪厉声喊道：“全都不许动，抱头蹲下！”

我和弓涛抱头下蹲，同时长长松了一口气，毕竟免了一场不必要的厮杀，而这场厮杀注定没有赢家。关大妈则愣在原地，看样子意外到了极点，直到警察再次发出命令，她才丢掉菜刀慢慢屈身蹲下。

6个月后，判决结果下来了，我因防卫过当致人死亡被判处有期徒刑2年零4个月。服刑中的某日，我在会见室里看到了前来探视我的弓涛。

拿起电话，我隔窗望着弓涛，一时竟不知道该说什么。

弓涛倒是先开口了：“本来，非直系亲属是不能探视的，你的情况比较特……特殊，我这才能够顺利进来。”

“麻烦你了。”我由衷地表达着谢意，“我还以为，这个世界上不会有人惦记着我了。”

"哪能呢？今天我来的时候，舒念也嚷嚷着要来，只可惜政策不允许。"顿了片刻，弓涛接着说道，"舒念是个好孩子，那天若不是他到地下室偷听到我们对话，及时用他奶奶的手机报……报警，我们难免要跟关大妈恶斗一场。她拿着菜刀，我们则手无寸铁，结果还真难说。"

提到舒念，我有几分不忍："他现在一定还在恨我吧？毕竟因为我，他不仅失去了父母，唯一的亲人关大妈也被送进了监狱……"

"若说恨，原来是有一点，不过那完全因为关大妈欺骗他，现在他对你就只剩下理解和同情了。还有……"弓涛把听筒换到另一侧继续说，"岑医生涉嫌故意伤害罪也遭到了相应的处罚。至于梅姨，他跟舒念一样系受……受人欺骗，知道真相后主动自首并出庭做证，算是功过相抵，警方最终不予追究。"

"只是可怜了舒念。"我长长叹了口气，"从此以后，他就是孤儿了。"

"你放心，他的姑妈是他新的监护人，想必生活上不会有什么难处。"弓涛认真地对我说，"至于学业方面，我已经通过相关机构签……签署了资助协议，直到舒念成人。"

"谢谢，弓涛，你真的是个好人。"我抑制了夺眶而出的泪水，一个劲儿地点着头，"谢谢。"

会见完毕，我在管号民警的带领下从会见室离开，转身的瞬间，远处依稀传来此起彼伏的鞭炮声。

我完全忘记了，今天是除夕。